国家出版基金项目

谢六逸全集
十一

谢六逸 著
刘泽海 主编

贵州出版集团
贵州人民出版社

新闻储藏研究
实用新闻学

《新闻储藏研究》

谢六逸编,申报新闻函授学校讲义,申报新闻函授学校印行,1933年2月。

《谢六逸全集》以申报新闻函授学校1933年2月版为底本。

《实用新闻学》

谢六逸编,申报新闻函授学校讲义,申报新闻函授学校印行,1935年。后影印收入芮必峰主编"中国近代新文学文典",2018年6月。

《谢六逸全集》以申报新闻函授学校1935年版为底本。

目　录

新闻储藏研究

- 003　第一章　绪论
- 005　第二章　报纸的保存
- 010　第三章　报纸索引与报纸剪材的差异
- 013　第四章　剪报的重要和实用
- 020　第五章　剪报工作与社会问题的关系
- 031　第六章　怎样剪报
- 036　第七章　报纸剪材的分类
- 057　第八章　报纸剪裁与粘贴
- 061　第九章　报纸剪材的检查
- 064　第十章　报纸的装订
- 066　第十一章　索引对于报纸的功用
- 081　第十二章　报纸索引的处理
- 090　第十三章　剪报室
- 098　第十四章　新闻书提要

实用新闻学

123	第一章	绪论
128	第二章	新闻学的性质
132	第三章	新闻的意义
139	第四章	新闻的职能
147	第五章	新闻的进化
153	第六章	新闻记者
160	第七章	新闻的要素
192	第八章	新闻记事的分析
254	第九章	新闻记事的构成
272	第十章	"标题"的写作
281	第十一章	"撮要"的写作
296	第十二章	"正文"的写作
313	第十三章	混合编辑
317	第十四章	硬软两性新闻的编辑方针
321	第十五章	副刊编辑
324	第十六章	地方版编辑
327	第十七章	评论
330	第十八章	采访
336	第十九章	新闻发行
344	第二十章	结论
345	人名索引	

新闻储藏研究

第一章　绪论

　　报馆愈古者，则愈有价值。盖泰西之报馆，一史晟也。其编辑文库，所藏记事稿，无虑百千万亿通，所藏名人相片，及名胜图画，无虑百千万亿袭，分年排比，分类排比。吾尝游大报馆数家，其最令吾惊起者，则文库是也，无论何国有一名人出现，或移动、死亡，今夕电报到，而明晨之报纸，即登其相，地方形胜亦然。彼何以得此，皆其文库所储者也。

　　　　　　　　　　　　——梁任公氏《新大陆游记》

　　世事纷繁，千变万化，往往一事的发生，一人的出处，足引起社会的注意，欲借记忆之力，多致遗忘，欲检旧书，正如大海捞针，而在生活繁忙的今日，我们又哪有如许工夫从事搜寻，所以宜先有报纸的剪裁，加以分类，预为储藏，这样，则可免材料的散失，遇到应用时，纲举目张，一检即得。

　　报馆方面，编辑部搜罗材料之际，根据访员的报告外，更须查阅剪报材料。剪报材料，成为今日之编辑文库了。我们有完善的剪报制度，才能将各种丰富的记事充分储藏，非但编辑方面，随时可得许多有价值的资料，并且可以节省时间和精力；个人方面，在自学上，必须自己很精细地去收集材料，才可以利用这些材料，作一种学问上的参考。其他国家的大学生，他们对于材料的收集，视为一件很重要的事。我们中国一班人对于参考材料，也该一样的重视，一个学者之所以能够成功，大半固是他聪慧的智力，但丰富的参考材料，对于他是有很大的帮助的。

收集材料，当然是十分重要，但如何储藏和利用这些材料，也要有很正确的方法。同样有许多参考报材，假使处置得宜，那么可以得到很多的便利和帮助，假使随意搁置，不加整理，那些材料便等于无用了。

近来剪报工作，引起了人们的重视，不但机关和团体，就是个人方面，对于报纸的剪存，也渐渐发生兴趣，然有许多人虽喜欢剪报，因为不懂处理的方法，结果费了很多的时间和精神，所得到的却是一堆堆凌乱的碎报，不能成为系统的知识，所以报纸的如何剪贴、分类，才得整理，储藏而便于应用，是为本书的目的了。

第二章　报纸的保存

一般人对于报纸的观念，普通只知其为新消息的报告，和公众舆论的制造二端，而不知它还有一个绝大的价值，就是在参考工作上，也占着很重要的地位。因为报纸逐日出版，即在逐日供给史料和各地重要的有参考性的，以及若干为一般书籍中所不屑记载的资料，而年代久远的报纸，便又可在里面察知此时代思想的潮流或此时代的种种风尚，所以便有人认报纸是一种"活页的历史"，于是报纸的价值也可见一斑。

我们对于有许多学术机关和学者私人所订阅的报纸，往往在阅过以后，便随意乱弃，或包裹另物，而不知利用这重要的参考材料，这实是一件很可惋惜的事情。因为我们既知报纸为"活页的历史"，其有永久参考性的价值，那么我们当然应该讲求怎样去保存报纸。不过说到保存，这样包罗万象、记载庞杂的报纸，而不去下一番整理和选择的工夫，像今日一般图书馆的只知逐月装订，逐年死藏起来，这种决不是我们的所谓保存方法，因为像这样保存的方法，于应用上、贮藏上都感到莫大的困难。换言之，这样的保存，也等于置诸地下和随意乱弃没有保存的那种一样。所以我们竟可把这种保存方法抛弃而不谈。

因为报纸的材料，较诸杂志尤为繁复而没有系统到百倍、千倍，现在杂志，人人尚都不知道利用索引的重要，那么像这样繁复而没有系统的报纸材料，当然更因各人的目的不同，而发生未必都为篇篇所需要的东西，所以必须要在保存的上面，再加以一种整理和选择的工作，换言之，即怎样整理报纸的工作。然而这种工作须应用哪一种工具来完成呢？在今日那就大致不出于下列的两种：第一种为索引，第二种为剪裁。这二种莫不都是适应上述工作的一种工具。这二种功用的共通点，都在既可节省时间，可免去翻检一项的麻烦工作，同时又可把报纸中所有的精粹为之剪留。盖报纸这项东西，非但是记载浩繁，并且又是累积无穷，若欲查考一人或一事件，最先便非忆其年月日不可，但是如年代久远，而日期遗忘的，那就等于失去其参考的价值。至于说到逐一检查的方法，那不要说其中虚耗的时间为不可胜算，且在事实上也为一不可能的办法。所以要免去这一项麻烦的工作，自非借重于这任何一种的工作不可，即不是索引，便是剪裁。

一、索引

报纸索引至今已成为事实的，在国内也已有多处，远如十四年的《时报索引》，近如中山文化教育馆及中国银行经济研究室，也都有报纸索引之举，上海市通志馆闻近年也有关于六十年来上海部分的《申报索引》。如再将此种索引的种类一为分析,则也规模略具,如《时报索引》,便是一种以报纸为本位的索引,中山文化教育馆的《日报索引》和其他的两者,那又大都是以人事为单元的一种索引。

二、剪材

报纸剪材的简单意义,不外将一人一事的记载,散见于报纸中的去分门别类剪而汇集,以供参考检用的一种工具。言其特色,可分为下述的五项。

1. 可以省时间,把富于繁复的材料,分类罗列于一处,令人于短时间内,便能一览而知。

2. 可以得要领,各事分类编列,莫不都依时日的先后为序,如此,我们即不谈其内容,而于一事件的起讫及其前后的关联,已不难窥得其要领。

3. 可以得保存的便利,报纸剪材,一方是保存了报纸,而一方却又得了贮藏上的便利。

4. 可给事实本原的考查,报纸的记载或断或续,或散见数处,又或绵延数月。今有剪材的分类汇集,那岂不是既有系统,又便考查。

5. 可得精粹的材料,这不啻已经过一编辑的手续,将所有的精粹为之整理及显现的一般。

报纸剪材既有这许多的特色,所以欧美各国的报馆及各学术机关,如《美国世界报》(World)、《巴黎晨报》(Le Matin)、《苏联伊士威斯吉亚报》(Izestia),等等,莫不都有此种剪报部的设备。并且这种剪报部，很多并非为图书馆的一部者，即以《伊士威斯吉亚报》言，其剪报部占编辑部下十大部之一，而和图书部所并列。该报所载的纪事的最大来源，除苏联通讯社及国内各地的通信外，其次便要轮到这剪报部。（见曹谷冰《苏联视察记》）又如我国中央社会科学研究所，最近也有剪报部的设立，每日分类剪贴中外报纸二十种，闻应用这种报材的结果，业已有好多关于农村经济的重要著述发刊。大厦大学教育馆，从民国十三年（1924年）起迄今，也曾将国内十余种著名日报之教育或和教育有关的社会经济材料，逐日剪存，闻其成绩，亦已达十余万页之多。并且此种剪报的工作，也不仅是报馆或学术机关等才有，即在一般私人方面，也固多有此小规模的剪报工作，现在我们可以举一个人来说，美国前总统胡佛氏，他就每天令其秘书将每天报纸中的重要材料，代为剪存，以为其不时的需用。即此一例，可见剪报的这一项工作，是具有怎样深切的意义！

日本的报馆，也莫不视剪报部与图书馆为并重，日本对于剪报，其名曰切拔，并已有兼以此为营业者，名曰"切拔通信社"。在二十年间，我国上海亦有观海月刊社《时事分类编集月刊》的发行，而杭州听说也有这种剪报社的组织，其所揭示的旨趣，大致以为"清末沪上，虽有选报之发起，然采择不出文艺之外，范围狭而效力微，近百年来，报纸发达，报价昂贵，览者不易举其全而汇其通，故有剪报社之组织"〔见《大公报》二十年（1932年）五月廿一日孟华榿君文中所引〕。于此我们也还可知道我国在清末，已有类于这种剪报的举行。又最近上海有《时事汇报》的出版，盖亦应此种剪报需要而产生的一种刊物。

　　如上所述,可见报纸剪材,自有其重要的理论以及各国所以重视的理由,我们一切设备无不落后,此种工作,当也未能有所例外了。

第三章　报纸索引与报纸剪材的差异

现在没有说到这二者的功用以前，不妨先将此二者的名称一为分别，什么叫作报纸索引呢？简单言之，就是将每一标题分门别类编就索引，使参考者得于短时间内而即能利用此一种历史的工具。报纸剪材者，已如上述，是将一人或一事件的记载之散见于各报中者，——剪下粘贴于簿册，综合分类而汇集后，以供参考检用的一种工具，故其间最大的差异，就在一者是完全保存厚报而只摘录其目录，而由此目录以利用此材料者；而另一者却是将报纸中重要或有参考性者，——剪下而分类汇集于一处，以供参考者能直接使用该项材料者。

此二者的名称，既已说明，便可再进而研究其功用，等等，查报纸索引与报纸剪材，在功用方面，可谓并没有怎样差异的可言，因为他们同样是利用报纸的一种工具，在索引中所具的几点功用，在剪材中固依然存在，不过在剪材中所具的几点功用，索引者也可以找到。然而索引与剪材的差异究竟在哪里呢？约可从三方面来说。

现在先从工作方面来说,索引的工作是繁重而艰难,大概都非普通的报馆学术机关或私人所能举办;反之剪材却较为轻易,故常为一般机关或私人间所易于采用。这可以说是剪材与索引差异的第一点。

现在再在应用方面来说,我们当知报纸索引仅由一目录就可以检得所要的材料在钉好的日报中。这事于时间于精力,固然是减省不少,然而不知在应用的时候,那么远不如检查剪下来的材料为利便多多,贴报的簿册(或封套或纸片),纵横亦不过数时,不仅携带便利,并且在参考某一类材料时,也早已将此类材料汇集于一处,因之可免翻检之劳。所以较诸索引某一材料而须至数处甚至数十处始能检得者,其于应用的时间上与精力上,当然不可同日而语。这也可以说剪材与索引的第二点差异。

现在更从保存方面来说,报纸索引最大的优异之点,是在于材料的万无一失,像报纸剪材,无论剪至如何细密,总难免不缺。这一点,我们实无庸讳言索引是优于剪材的。但我们在此也须一述的,就是报纸索引所索引的材料,并不是真的一些不漏而都为之索引的,它也只择重要或有参考性者为之索引,其所选择的标准,固与剪报的标准略同,所以其中所未经索引的材料,实在也可说就等于剪材中所废去的相同。且报纸索引设如年代久远,报纸亦随之累积递增,在保存方面,立刻即成为一个很难解决的问题。这又可以说是剪材与索引的第三点差异。

综上所述,索引与剪材在功用方面,虽无差异可言,但在工作方面、应用方面以及保存方面,便各有其优劣的差异,在今日我们虽不能即肯定究属何者为优何者为劣,且亦非本书所欲谈者,但我们如从轻易而经济的一点上比较观之,则剪材较索引为轻易而经济。所以关于剪材和索引的方法,将另章详论之。

第四章　剪报的重要和实用

一、剪报的全形态

剪报,是一件为个人研究上及新闻事业上很重要的工作。

报纸是每天的社会动态的记录。这记录,累积起来,就是人类的一部全史;但是报纸的使命,只是仅仅到每天把空间的动态记录下来为止;倘然我们想保存这一部全史,只是把每天的报纸收藏起来,那么,它的效用,也就仅仅到把这一些史料杂乱地堆积起来为止。

一个问题的发展,少的几天,多的几年,甚至几十年、几百年,而报纸的记载,只是每天关于一个问题的片段,我们要看到一个问题的前前后后,在纵的方面,我们就需要把报纸上关于一个问题的记载归纳在一起。同时,一张报纸的记载,包含几百个问题,甚至几千个问题,我们要看到每一个问题的发展情形。在横的方面,我们也就需要把它各个问题分剖开来。

报纸是大幅单张的,除了新闻以外,还有论文、广告和趣味文字,所以我们第一步的工作，是对报纸行使一个支解的刑罚，把每一条新闻、论文和与新闻有关系的广告剪开来；但单单剪开来还不够，这是很容易失散或毁坏的，这样，我们就该用同样大小的纸张上，再把剪下来的报纸，粘贴起来。

粘贴完竣的报纸，是杂乱无章的一大堆，所以我们第二步手续，是须要运用我们的归纳的手续了。归纳的手续，我们须预先定下一个纲目，把这一大堆的纸张，同一问题的，排在一起，做一番整理的工作。

报纸记载的问题，是多方面的，而且，有的是经过很长久的时间，为了检查的便利，我们便不能以分了类以后，就算满足了，我们势必再把整理好的纸张，做一个索引，同时把每一个问题，依着索引的次序，装订成一本本的小册子。

因为我们要明白一个问题的全形态，我们就对报纸有了纵横两方面的需要；为完成这需要，我们就把每天的报纸，做了粘贴、分类、索引、装订四步的手续；在这种需要情形之下，于是就产生了这个人研究上及新闻事业上很重要的一件工作——剪报。

二、由新闻内涵来探讨剪报的重要

新闻的内涵是什么？引一个俗话，新闻的英文是 news，news 这单词，是取北（north）、东（east）、西（west）、南（south），各个单词的头一个字母组成的，就是说从四方搜集报道的意义，虽然这是一个不足取的一个俗话，但四方搜集，却是一个事实。

若从新闻纸的史的发展来观察,新闻纸向来就包含新事实的报道与意见的发表。最初最注重意见的发表,由意见的发表再倾向于注意于新事实的报道,一直到现在,这两种还是占着新闻纸的重要地位,但是说到新闻纸的发达,则其内涵是次第的分化,已不是单纯地限于收集意见与新事实的报道这两种范围了。我们随便拿取一份新闻纸来一看,立刻可以知道不论哪张新闻纸面,决不专限于新事实的报道,以发表意见为职志的言论,固然仍旧和从前一样存在着,可是此外有既非意见,亦非新事实的报道,和又是意见又是新事实的报道的东西,充满于报面;如各地长篇通讯、各种统计、各种副刊、各种特刊、有系统叙述的论文、长篇记事,等等,都是现代新闻纸所特有的东西,所以有人说,新闻纸已渐次趋于杂志化了。像 Liven 就这样说过:"新闻,往昔是解为近来发生某事物的新鲜的报道,可是近来渐渐地到了杂志的领域里了,苟是有兴味的,无论什么,多认为是新闻。"再引 Mike Wallace 说过的话:"新闻是于智力的及情操的、兴趣的各方面用文字来表现出世界、国、州及市所发生的事件,这些事件是社会的、经济的、政治的、科学的或是个人的。"这更使我们明白新闻纸发展到了最近,它的内涵是扩张到了怎样大的领域,同时,它又是占在怎样重要的地位。

我们既明白它的重要,保存这些材料,当然就成了我们的目的;既明白有保存的必要,当然,剪报就是我们唯一的手段了。

三、剪报在实际上之应用

在欧美各国,多数报馆,均有调查部之设立,如日本之《朝日新闻》、伦敦之《泰晤士报》、纽约之《讲坛报》，其调查部之规模，均极宏大。所谓调查部，它的任务，就是收罗各种参考书籍，搜集各种照片，保存各种杂志报纸，而以保存报纸，占全部工作之大部分，尤为调查部中重要的工作。

通常发生了什么事故，例如，过去很久的，邮员第二次大罢工，那么，第一次罢工时双方议决的条件及经过情形，就有略为提及的必要，最近例如申新七厂被汇丰银行的非法拍卖，它向汇丰押款时以及去年一时周转不灵的事情，也应有略为提及的必要，诸如此类的例子极多，这些，都是要依靠着平日有剪报的准备，方不致临时费周折，或竟感到手足无措，因为无论任何紧急事件发生，我们总需要关于它的一切材料参考，所以有人说，剪报一部分的工作，为编辑部之顾问，或报馆之图书馆，个人知识的文库，这似乎不是过甚其词。

何月何日要起怎样的风波，而可以及早预期的事件，如国际劳工大会、国联理事会、学校毕业式、政务官就任式、巨大的桥梁和铁路的落成典礼，等等，我们记述这一种的事件，对事前的经过，就该先有一个概念。这概念，只有剪报能够给你，于某一定时期发生的事件，如冬季的足球锦标[赛]、国耻纪念，等等，虽然这些空时发生的事件，大抵是重复一下，但是倘这一次起反常的形态，我们就需要把前后的情形，作一对比时，也只有依赖于剪报。

又如关于一些无形的事件，就是不显于外面的事实，我们要提及它，就需要运用特殊的手段，例如，内阁更迭、前政治家的策动、世界第二次大战前列强的形势，等等，我们只要把有关的剪报，细细地检查一下，立刻可以找到一些线索，写出一篇专论来。

新闻纸的任务决不是单单以某事件现实地呈露后再记录它。新闻纸在发生的当初，一切的新闻，固然都是过去的记录，可是发展到了现在，已成为意见和事实互相交错起来的东西，除事实外，得以再加上记者的理智的判断，而形成了一种推测记事的体裁，根据这一点，我们可以运用报纸上剪下来的材料，做成许多关于国内外政治、经济、社会的动向的文章。

多数事件的发展，是具有连续性的，报纸上的记载，决不应该只是每一天发展的片段，总应该把过去的经过，简略地作一叙述，在这种情形之下，剪报的需要又来了。

一般人都以为估计新闻价值的标准，在一个"新"字，旧的、过去的事实，是没有刊载的价值的；其实，事实上并不如此，旧事件的价值，有时是与新事件同样的，绝不以其旧而会减低其价值，反而因了它的旧而愈见生色的，像前面所举的邮员罢工，申新七厂被拍卖的例子，就是因了增加旧闻而提高其新闻价值。再举一个明显的例，像往年闹得很厉害的收回上海会审公廨问题，各方主张有两点：一为恢复洋泾浜章程；一为依照宣统二三年间审理办法办理，华人间之讼案，由华官全权审理，无须外国领事陪审，洋泾浜章程是旧闻，订立洋泾浜的情形，也是旧闻，但那收回呼声甚高的时候，仅仅有主张，而没有参考的资料，则很难使人了解事实的真相，这个时候，报纸是应该把洋泾浜章程的原文，和当时订立的经过，以及宣统二三年间会审的概况，与现在收回运动的新闻，同时登载出来，那一定是很能引起人们的注意，Yoth曾这样说过："设此事件或事物其本身是老的，若是用报道的方法做新后，也是新闻。"真是至理名言！要做到这地步，还不是剪报所发生的作用吗？

此外如各种统计等，各种地方通讯、各地农村经济调查、各地建设状况、各地社会调查、各地行政状况，等等，这些材料，在平常剪了下来，不但在时评及专论上，有利于参考，就是在相当时期上，也有反复登载一下的必要，例如急赈善捐开始的时候，前次登载过的赈务委员会发表的全国灾荒统计，大可以把它与急赈善捐的新闻，同时再重复地刊布一次，以激起人们的触目惊心，促其踊跃输将。

总之，剪报在实际上之应用，敢说是无穷尽的。

四、剪报与社会问题之研究

以上所述，仅就剪报与新闻事业之关系言之，其实，剪报的功用，当不仅仅到这里为止，它还可以给研究社会的人们，在其研究的日程中，所不可少的一件工具。

研究社会问题，最要紧的是有具体的参考材料为依据，决不能抽象地下一个空空洞洞的结论；要有具体的材料为依据，那就只有求之于剪报，因为报纸是每天社会动态的纪录，是社会问题研究资料的总汇。例如自杀这个社会病态的问题，我们若是把各地报纸关于自杀的新闻收集在一起，把它发生的地点及原因归纳起来，哪一地方的自杀人数最多，自杀的原因是失恋，是经济压迫，还是旁的原故，立刻就可以得到一个结论。又如犯罪这问题从报纸上的材料，我们可以归纳得到犯罪的原因在何处，哪一时期犯罪的人数最多。此外如娼妓问题、婚姻问题、家庭问题，一切都可以在报纸上找到结论，从报纸上剪下来的固然是零碎不堪的单片，但经过了一番整理的工夫，就可以制出很多的统计，立刻成为很宝贵的资料了。

惟其如是，所以剪报又与社会问题之研究，起了密切的关系，因此，下章特述剪报工作与社会问题。

第五章　剪报工作与社会问题的关系

一、报纸泛谈

"形而上者谓之道,形而下者谓之器。"社会上需要的事事物物,当然不能越出这"形上""形下"两范围,比如说空中的飞机、水面的汽船、水底的潜水艇、陆上的汽车,都是社会方面的需要者,是属于"形下"的。至于文字这一类的东西,虽则也是社会的需要者,但是属于"形上"的事物,它的用处往往在实质上,一时不容易看得见,为一般人所不重视,尤其像报纸这一类的东西,人家总觉得它的价值,至少要比汽车、飞机等降低几级,此是一般的普通心理,其实不尽然。

报纸是记载社会事实的影片,是传递社会消息的邮差,是照发社会现象的明镜,因此报纸的价值,甚至于比历史来得高,因为历史是旧的,报章是新的;历史是静的,报章是动的;历史是死的,报章是活的。要晓得古来的沿革,读史;要晓得近今的现象和变态,读报章,因此可以武断地说一句,国民读报章的重要,实在读历史以上。

我国古代有"太史陈诗以观民风"之俗，这便足以证明那时候已有采集报章一类东西的需要。后来到了两晋南朝，一般很有学问的读书人像鱼豢、王隐、习凿齿等，都欢喜旁征博引，做他们的私史，记录"及身"时事。当时及后代，很有许多人称赞他们记述的"精审翔实，不为捕风捉影之谈"，然而习凿齿等这一般人，都是当时的布衣，国史馆里从未去过（当时的参考东西都存在国史馆里，供著述者的参考），交游亦不甚广阔，足不出户、目不窥园的书生，有什么方法可以详知国事，获得精审翔实的记载；所以有人说当时已有不正式的报章，或类似报章一类的东西作他们的参考，不过那时候的报章到底是怎样光景，可不能查考了。报章一类东西的中断，有人说在晋代五胡乱华时候，因为刘渊、石勒、符氏、姚氏这一班人，都是以异族到中原来称霸的，他们的家世和以前的行为，都是不甚可问，一朝为王为帝，南面称孤，当然很不愿意将他们已往的情形，在字里行间宣布给大家知道，所以从这时起，在文字方面的一扇门，关得很紧，崔浩修史刊石，揭櫫了当时一切的臭腐，因为这件案子，株连被杀戮的绅士，差不多几百家，民间的私著史料和自由发表意见的东西既没有了，所以官史的程度，便从此低落，不如从前。我们看了二十四史前后的盛衰优劣，便可以推寻此中原委，从此以后，继起的专制帝王，都不使民间有舆论，我国报纸一类的东西，换句话说，便是民间的言论自由、出版自由，都被剥夺尽绝。我国为东亚古国，文化开发甚早，到后来反而退化，远不及欧美一班新进国，这也是一个大原因，因为欧美各国，开化虽迟，民间的言论自由和出版物的发展，都比中国进步得快，中国后来报章的复兴，约略在清代中叶以后，前此虽亦有"断烂报章"等称谓，但都是王家的记载，与后代可以发表民间自由意志的报章不同。自欧化东渐，风气大开，报章一类东西，其后便一年一年地有些进步，中如《时务报》和《中外日报》，是中国报界老前辈里头最有声誉的，到了现在，除掉几家东西文外人所办的报纸还保有些势力外，中国报纸，也总算进步到不差的地位，无论任何穷乡僻壤，都有报纸的踪迹，里边的材料，也比较地可以说应有尽有，假使有人能继续不断地搜集下来，一定有很丰富的东西，可以供给我们的参考，我们亦当然不应该错过这"俯拾即是"的好机会。

二、社会问题的形成及其研究方法

我们大家承认，人类是合群的动物，由各个人相互的依靠，相互的求生存，才结成了社会。人类在最初的时代，生活简单，上巢下窟，茹毛饮血，一种地广人稀的荒旷情形，在我们读上古史时，往往闭着眼睛，可以得到一个依稀的想像，此时固然谈不到社会组织，当时的相安无事，实受惠于"老死不相往来"这一种寥廓不相接的离奇光景，当然不至发生什么纠纷。及至人事渐繁，由畜牧而耕稼，由巢窟而宫室，由日中为市而负贩往来，而周旋揖让社会的组织便跟着具有简陋的雏形，时至今日，寰球交通，不但人与人间之关系更形密切，即国与国的交涉亦趋严重，社会的组织，便更加复杂起来，遂有人时时发现着不少危险和不良的现象，在我们的日常的生活里边，此伏彼起地作祟，就是所谓"社会病态"。"社会病态"逐渐地如傀儡登场，一幕一幕地表演出来,一般人至此才渐渐如梦初觉,知道个人对于社会的关系和责任,知道我要社会,要它来维护监督一切;知道社会要我,要我去培植和革新一切,于是便有人想方法去消弭种种社会病态而着手研究它的病原,便形成现在的所谓"社会问题"。

研究社会问题,已有很完备的专门学术,那就是"社会科学",然而,因为社会人群的有机体各种不同的人群,就造成了各种不同的社会,在各种不同的社会里面所产生的社会问题自然也不一样,所以有人要研究社会问题,最重要的一点,还是在先把他自己社会里面的各种现状,观察个透彻,然后可以应用社会科学来定一探讨的方针。记得胡汉民先生曾经这样说过:"各种专门技能和学术,不妨可以仰借外人的助力,惟有中国的社会问题,非靠中国人自己来研究解决不可。"的确!我们现在不要论别的,就单拿中国目前失业问题来研究,不用说和远在欧洲的英国、德国的失业问题不同,就和近在咫尺,同在亚洲的日本的失业问题,也是不一样。因为一国有一国的国情,一民族有一民族的民族性,所以在各国也表现着各种不同的状况。

三、社会问题与剪报之关系

可是我们沧海一粟似的在社会里存在,要研究这汪洋无际的社会问题,到底应该从哪里研究起,到底在什么地方,可以得到那种种事实上的社会材料才能着手加以研究?最好的方法当然是直接调查——譬如要明了工人的工资高低状况,最好直接去询问工人——然在事实上,大部分的事情,都不能应用直接调查的方法,而只能依靠文字的记载,先得这种记录来充实学一个研究的基础。报章、杂志和其他的种种刊物,都是以文字来记载现实的东西,我们可以从那里获得了我们所要寻求的材料,我们在那里可以用旁观者的冷眼,来观察和证实局中的是非,其中杂志刊物,比较对于学术方面的介绍多些,对于社会的事实记载略少;而报章则反之,恒富于社会纪实方面的工作,而学术上的介绍较少,因此,要搜集社会纪实方面的材料,我们应该注重报章,凡政治变幻的消息,经济盛衰的急转,社会制度的改造,民生甘苦的状态……都可在报章上得到直接或间接的真消息,但是因为报章上各种事实的记载,有闻必录,太庞杂了,若是你专在研究某一问题的时候,那你的需要只要有关某一问题的记载,其余虽也有参考的价值,然毕竟居于次需要的地位,于是我们不得不把报章上所有的记载,经过一番整理筛滤的手续,要的取下来,不要的弃掉。这就是剪报工作。拿这剪下来的东西,加以精细的审察和统计,便可作研究社会问题一部分的参考资料。每天不过几分钟的短促时间,算是一次业余或课余的消遣工作,将来所得到的收获倒是很可观呢!所以上至国家的行政机关,下至民间的文化团体,甚至学者、个人,凡是想研究社会间一切问题的,都在那里做这件剪报的工作,因此,现在剪报的工作,非但方法上有进步,工作的人有兴味,而且是必要了。

四、怎样应用剪报工作到研究社会问题上去

我们既然知道剪报工作与研究社会问题的关系如此重要,接着我们就要应该将"怎样应用剪报工作到研究社会问题上去"的方法来探讨一下。在第二节里已经说过,社会是人群的有机体,它的现象,一天复杂一天,它的病态也一天沉重一天,于是乎在各方面都亟待研究改善。譬如说中国现在正闹着失业、自杀、婚姻等等问题,见到这许多问题的严重,才引起政治当局和一般关心社会安宁的人的注意,研究其因果,设法改善或解救;但是有时你想研究某个问题——譬如说自杀问题,你光在这自杀问题的本身上着想,或单是搜集自杀问题的材料,是无济于事的,你还须明白国内外军事政治的状况是怎样,经济的变动是怎样,社会制度是怎样,教育的设施是怎样以及生活程度的高低是怎样,等等,然后可以在四面八方,得到一个自杀问题的鸟瞰,同时也自然会有一个相等的了解,所以除了单纯的或者不甚严重的问题,可以无须旁搜博罗一切有关的材料之外,其余复杂的、严重的问题,均须把与此类问题互有关连的各种材料,包罗万象地搜集起来,作一个有系统的、合于逻辑的证物。因此剪报的工作,也随着可分为两条轨道:一是单纯的,一是复杂的。所谓单纯的剪报,只须把报上你欲研究的某一问题的记载割下来便是,假定你欲研究盗匪问题,你只须把每天报上所见的某处被盗,某地匪劫的新闻以及某君论盗匪蜂起怎样处置的论文等纯粹关于盗匪的材料剪下就得了,此种单纯的剪报法,不但要研究社会问题的人,可以依据它作一个统计材料的后盾,便是研究学术的人,也往往在这种工作上,有时可以得到一种饶有兴味的借镜,譬如有人喜欢调查飞行界的种种消息,他便能在这种工作里归纳起来得到:

1. 德国柏林乔伯你夫(Tourpehef)为世界最完美的飞机场;

2. 林白为世界最有名之飞行家；

3. 美国地届铁（Detroit Aircraft Corporation）为世界最著名之飞机厂；

4. 徐伯林飞船之容量、客座，比较为世界飞船之大者；

5. 世界上最大之飞机，就是那一艘叫杜克司（Duk）的，每次飞行，可乘旅客一百六十九人，曾在日内瓦湖上飞起，停留空中达一小时，其机之长度与阔度，均为一百五十尺，机中有五百二十六匹马力的引擎十二只；

6. 美国民众，为世界最有航空热之民众；

7. 爱咪哩安（Amelia Earhart）小姐为世界最有名之女飞行家；

8. 大美洲（Pan-America）航空线，为世界航空线之最长者；

9. 美国飞机，为世界飞机之最多者。（共四万架，占全世界飞机之百分之卅）

不过单纯的剪报工作，是求"共相"，把许多事物相异的东西剔去，把许多事物相同的东西抽出来，各归各类，以规定事物内容的分配，但是用这一类方法来研究社会问题，却有时要完全不敷应用了，因为社会问题，有时候是先后或彼此同铸一型的，有时候却又是"一躺过"，彼此前后完全有关系而又完全不一样的，原来社会上的各种纠纷，多半由于环境的变更和人类自由意志的冲突。环境的变更和人类自由意志的冲突，不是完全相同的，所以我们要搜集研究社会问题的材料，不能不从"共相"方面更进一步，把许多"不共相"堆叠起来，作一种演绎的研究，往往一件事情，在本身上研究不出什么意义，而在左右前后随意找寻些不相近的事实来作证明,反容易发现它真正的因果。这无非由于社会上各种事情,都是"互缘",佛典上有"相待如交芦"的譬喻,便是互相为像的真意义,便是社会上一切问题的真面目。所以社会问题,虽然千变万化,却都是这件和那件有连带的关系,我们剪报方法的复杂搜集法,便是根据这意义着手的。

所以复杂的搜集法,非但"共相"的都须剪取,便是"不共相"的也须剪取;譬如你欲研究当时金贵银贱的风潮,你不但须将凡是报上关于金贵银贱的新闻论著等都剪取,那时关于日本的金解禁,印度和安南的改用金本位,英美各国金银价格的涨落以及国际汇兑汇水的高下和其他等等有关连的新闻、论著演说、建议等一切的记载都须采集。

五、剪报材料的应用方法

剪报材料采集之后,一定要加一番整理和分类(其方法见第七章),然后可以应用,至于应用的方法和途迳大约有下列三项的区别。

1. 著述或编译时之应用;
2. 参考或查考时之应用;
3. 统计时之应用。

关于第一种应用的方法,可以引用北平社会调查所所编印之《第一次中国劳动年鉴·序》里的话,它说,"我们承认我们的能力有限,但是我们尤其觉得完备的有系统的材料太缺乏,我们只得向各种单行本、定期刊物及日报里……搜集些有关劳动的记载,分类编辑"。

可见劳动年鉴的材料，一部分是取诸报章上的。关于第二种应用的方法，随便举一个例子来说，在某个时候，或者你要知道现在上海有多少人口，你又记得有过这种一段的剪报材料，那你可以检出一看就知道了；或者你现在要向官署申请民众团体立案，你苦于不知道那种手续是如何，那你可以检出你剪就的"民众团体立案程序"来依据办理，这并不是说我们一生的什么事情，都可以用这一个机械的方法来解决，天下哪有这般简单的事情，但也总是一个有利无弊的工作，可以随时随地请他来做我们的助手。关于第三种应用的方法，比较为最复杂，至少你须有统计的学识，因为统计这项工作，是专门学术，所以假使你对于统计没有十分的研究，那你要得关于某一问题的剪报材料来分析统计是困难的。其实行政机关和统计专家，大家都应用着这种方法，像上海市社会局的自杀统计、绑案统计、离婚统计……，也是有一部分取之于剪报材料，又像广州市政府统计股编印之《广州市火灾统计》中也说："……本股编制此种统计，仅能追查至救火会成立之时。……救火会肯把火灾统计表送来，我们一方面固然是感激，但同时又觉得这些统计表不无缺点。第一，这表未免有些挂漏，因为救火会编制此种统计，是根据到电话有出队救护而编成的，那些未有电话到救火会的，就遗漏了；第二，这些统计表简略一点，有许多项目无从查出，因此火灾统计确有许多地方因为所得的材料，是不原始的，而不能作精细的分析。好在民国十八年（1929年）的材料，已经改用本股直接从各报搜集得来的，虽然我们对于报纸所载的仍嫌简陋，但总比救火会的详细一点。"这样看来剪报的统计材料,有时比直接调查得来的统计材料要详细一点,可知剪报工作与统计有如何的关系了,顺便,我再可以讲一件很有趣味的统计,说来似乎没有重要的价值,然至少也是可以证明报上随你什么材料都可以编成统计,全在自己的需求。因为这有趣味的统计,也是从报上得来的。[民国]十九年(1930年)9月9日《上海民国日报》"觉悟"中有篇题名"知识阶级剩余的危机"的说:"杨人梗先生曾经就《申报》分类广告中,将待聘一类广告,收集拢来,作一个统计,计自6月3日起,至8月21日止,除已失去了几份,难于补到外,单凭这不连续的数十天材料,所研究出来的结果是:

统共待聘者	性别	男性	31人
		女性	17人
	资格	受过高等教育者	7人
		受过中等教育者	28人
		其他未载明者	13人
	能力	具有普通能力者	40人
		具有特殊能力者	8人
	酬报	每月五十元以上	1人
		每月五十元以下	3人
		本提出者	44人

从这个统计,我们再来加以分析:

1. 知识阶级剩余的人数,男性比女性多,几乎成二与一之比。这并不是女性职业能力比男子强,实因知识阶级的女性少,而且找职业又似乎女性比男性容易,请看聘请女教员、女秘书的广告也比男子多,就可知道了。

2. 就资格而论,受过高等教育的人比较受中等教育的人为少,恰成四与一之比。这是很明显的,因为受中等教育的人,成本还轻,对于职业还没有十分的要求,并且改革的机会也多,比较受过高等教育的活动些。

3. 具有特殊能力的人比较具有普通能力的人为少,恰成五与一之比。所谓普通能力者,就是万能的人,也就是万事不能的人。至于特殊能力是有专门训练的技能,因欠活动些,也有剩余的现象,但总比普通能力者为少。

4. 所要求的报酬,多不具明。这或者是因为自己对于职业的要求既然是如是之迫切,实在不敢提出怎样高的报酬,来妨碍他登广告的效能,假使得有机会的时候,就是酬报略少,也就将就些干一下再说了。

这是一件很有趣味的事情,仅是从报上的几段广告——在别人看来一无价值的广告,而在杨君把这许多广告统计一下,再拿统计的结果来分析一下,有如许的理论从这里面推想出来,剪报材料的用处是怎样的宽广呢。

第六章　怎样剪报

怎样去剪报纸，其第一步须要认识剪的范围和剪的标准，兹先言剪的范围。剪的范围，可以分为两种：一种是以报纸为本位的，而一种是以关于某人或事件的材料为一单元的，而以报纸为本位者，又可分为一种报纸和多种报纸的两种；以关于某人或某事件的材料为单元者，也可分为不限一种材料一种报纸和只以一种材料不限一种报纸的两种，现可列表如下。

剪的范围	以报纸为本位的	以一种报纸
		以多种报纸
	以人、事为单元的	以不限一种材料一种报纸
		只以一种材料而不限一种报纸

看了上表，我们虽然可以在它的范围内，已可得一概念，然尚有若干的事项，须再为说明一下，关于第一种的所谓以报纸为本位的，这就是说凡所选取的材料，均只限于以报纸为根据的一种，所以像人文社（现改为鸿英图书馆筹备处）的剪材，他们以报纸为根据的取材

外，而其他还时录专书以及杂志论文目以广参考者，这在严格地讲来，便不能称作为以报纸为本位的剪材，而或归入于第两种的范围——以人事为单元的一种。又第一种中的所谓一种报纸与多种报纸的分别，这在事实上亦大都以多种报纸者为多数，这原因报纸中关于材料与时间在大规模的几种报纸上，虽常无多大的出入，但其他如通信及各种论著等材料，却是各个不同，且即于通信等的方面，亦有详略关系，和歪曲真实与否等等的差异，因各报固有各报的特长与背景，如《大公报》即特长于评论以及关于华北一切的记载，隐隐中而有执华北舆论界的权威，如《时事新报》便又以详于国际新闻见称于时，所以从多种报纸中经过一番筛滤出来的材料，这自较以一报为单位的剪报为善。

至于以某人或某[事]件的材料为单元的剪材，这倒很有些差别可言，报纸的材料，是包罗万象，各科俱备，在一般的报馆和学术机关中，当然大都是从普遍的剪取，换言之，就是关于一切记载有重要性或有永久参考价值者，都应剪裁，但这在专门机关尤其是私人间的剪材，则当然便不能与之相同，且也无此相同之需要，他们自必须因参考者的地位与目的不同的差别，而亦各异其所取材之点。我们举一实例来说吧，譬如你是研究经济学的，那么你所选取的材料，当然大半是关于经济的材料，其他即虽亦有所取录，但这也大都是和此相关联的如政治社会等类的记载，又譬如你是研究教育的，那么你于有关教育的一切电讯通讯论著等的材料，当然是要特别注意一些，所以换句话，其间虽同样是以某人或某事体为单元的剪材，然其间普遍的剪材,却是有很大的不同,而所谓普遍的剪材者,即不限于一种报纸和一种材料的剪集,其意义当然适于专门的剪材——只以一种材料而不限一种报纸的剪材相反,我们现在要介绍的,当然是只限于普遍的一种,因为专门的剪材,非但是不适宜于这里来一一叙述它,且亦因科目繁复,涉及分类学上的问题颇多,故又决非本书所应尽的任务。

现在再应谈到剪材的标准,剪材的标准是什么呢？这实是剪材实践中最须注意的一点,因为这一点而如能熟悉领会,那于以后的实践上,可谓已解决了大部问题,因为这等于将剪材中的基本原则业已确定,和每篇材料的题目都已选择就绪一样,所以从事这一步工作的人,第一须要有丰富的学识,尤其应有些社会科学的基本知识,第二又要有鉴别材料的能力,第三又非有一种专门图书学的经验不可。兹先在一般的工作上,列为重要应注意的几项如下。

第一须注意报纸的内容。最先应将每份报纸的内容,细读一遍,不论电讯或论著,都须详为观览,而同时又须有敏锐鉴别的能力,将其中的材料分别其真实与否,同时我们应明了报纸在现制度下的作用,多数是为统治阶级宣传的工具,而尤其在中国,更多着背景各个不同的国际通讯社的存在,所以就产生许多矛盾的记载,其真实性更多一层模糊,所以我们首先就要能把握此种观念,然后才能对于何者材料为何种背景,何者材料须否剪取,才能有所鉴别,还有同样的一材料,也有何报的记载为详确,而何报因有某种色彩失其真实性,这些凡在这方面工作的人,都得与以十分的注意。

第二所应注意者,就是所选取的材料,同时还要顾到参考性的地位，换句话说，就是要使工作的人先设身处地以参考的地位，来作采取报纸材料为标准。因此这一点，亦实为从事剪报工作者所必须领会的前提。

第三就是将材料的标准选择一过，因为报纸中的标题为引起读者的注意，或为要适合某种政治的观点，常常是有意要歪曲新闻内容，使题不对文、文不对题的，所以工作者遇到这样的场合时，就得将此种标题另择一过，但应用这个方法时，在这里亦有几项标准可述：第一须有具体的表现，第二须要有扼要的意义，第三所选择的标题又要较为熟知的词句或简单字句来为之代替，因为这样在将来，非仅于目录上可以免去参考者思索上的曲折，就是这材料的本身，亦可因为有了改换显明的标题后，便可确切表现出其真实的内容来，所以这一点，亦为从事此项工作者的一重要认识。

第四点便是一篇材料，有时有两种及两种以上的类别，或有同样重要的可属类时，这为便利参考者的起见，便不妨应用"见"或"参见"的方法(Single cross-reference or reciprocal cross-reference)，不过这里，亦应知道这几项重要的标准，就是一须从不普通的类别去参见普通的类，二须从抽象的类别去参见具体的类别，而其他当然尚有，但似因太涉细琐，在这里便不再多赘。

以上所说四点，是关于个人研究采取参考材料为标准，至于报馆则剪取材料之范围较广，举凡可助新闻的活动性而增加其价值者，均剪下储藏之，故报馆中专有剪报部之设，报纸的材料是供各读者层的需求，研究经济者可在报纸中剪材，研究政治者亦可在报纸中剪材，而研究社会历史法律商业……者亦然。所以报馆的剪报是多方面的材料,报馆的新闻,单靠采访部的供给是不够的,编辑者遇到必要时,尚须参考剪材,编就一件有因果系统的有价值新闻,如某银行忽然倒闭,一般读者除欲明了其原因以外,对于该银行的历史组织、资本、股东等等都很关心,这种材料,访员或不能在短时间内搜罗完备,则须赖该银行当时成立时之剪材以参考之,又如美国总统选举,罗斯福当选总统,报纸除此件新消息外,则关于罗斯福之生地、身世及其奋斗的历史亦极多需要的,这可以增加新闻的价值,亦有赖于平时报纸之剪材,为报纸供给各读者层的需求,所以报馆的剪材范围较个人为广而标准亦因之不同了。

第七章　报纸剪材的分类

我们在上面略把处理报纸的理论述明了以后，现在当然便要进而讲其实践上的方法问题。剪材上的第一问题，便是分类。报纸材料如果也要使它能够汇集归纳得一检即得，当然也须如书籍这样的预先有一完备的分类目录。况且报纸的材料，数量尤多，平均每天每份报纸剪下材料，那么如有五份报纸而论，每天就已有五十篇材料，积一月后便有一千五百篇，一年便有一万八千篇，这样累积起来，设使没有一个完备的归纳方法来一一分门别类，加以整理，那么这些剪下的材料，也就等于没有剪下来一样，所以报纸剪材，也该有个分类目录。而这个分类目录，因为根本是和书籍的分类不同，所以报纸的分类，又不能不另行编制一份目录，以为应用。报纸材料所以不同于书籍或杂志者，盖一方是重于明白记载各时代之凡百事务，故其体例庞杂不若杂志或书籍的较为专门，及有条理，而一方却都侧重于学术研究之文章为主，故其体例亦较为清晰，同时门类亦有一定的规定。

谈到分类，我们又发现因目的的不同而发生分类上的差异，这因为报纸剪材有两种不同的目的,一种是普遍的剪取,一种是专门的剪取,而目的不同,当然其分类的详略,亦因之大有差异,譬如专门研究经济学的,那么其分类中如"工资"一项,有时须分为"工资立法""工资制度""工资政策"以及"各种工资学说"等等的小类。但这普通的剪报者当然不会有这样的细密,因为这样的一细密非仅工作繁重,势所未能,并且在一般参考中,也没有这种的需要。故今自亦只能就普通的分类法来此一述。但即言普通的分类,我们也不能单只把各类相近的排列起来就算,我们应知这在分类之法上,虽和书籍有所不同,但讲到排列,则应注意到是否正确地系统地排列的这一重大任务。所以在下面我们除把我们所认为比较适合的分类法介绍于读者外,而此外还须对今日的几种重要的分类方法来下一论列,今日所知的各种报纸分类法,约有下列几种,不过这里又应当说明的就是分类的一事,在剪材或索引的两种方法中,是并没有分别的,故以下亦不加区分,一一简述于下。

人文社与中山文化教育馆,它们的报纸分类法是相同的,所差异的地方,就在于排列上面,即人文社是分为:1. 自然;2. 社会;3. 学术;4. 教育;5. 国际;6. 政治;7. 经济;8. 法律;9. 交通;10. 军事;11. 杂俎等十一大类。而中山文化教育馆则改为:1. 自然;2. 社会;3. 政治;4. 国际;5. 经济;6. 法律;7. 交通;8. 学术;9. 教育;10. 军事;11. 杂俎等十一大类。至其每类以下的子目,那两者都是就材料而定,大致一律。(见《人文小史》——人文月刊四卷一期及《日类索引分类表》)

时报馆《时报》于民国十四年(1925年)曾由国民大学图书馆学

系为之编制过一年索引,它的分类是分为普通、社会、宗教、教育、政治、经济、军事、科学交通、文学美术、历史、地理等十大类,以下也是随材料而定。(见《民国十四年时报索引》)

茅震初先生,他在《剪报材料的采集及其分类方法的商榷》一文中,亦介绍过一个很详细的分类方法〔详见民国十九年(1930年)二月十四五日《民国日报觉悟》〕,它分为甲(国内)、乙(外交)、丙(国际)的三张总表,而每张表内又分为A、B、C等的三组,每组中又分为若干的项目。分类的时候,即由同一表内的某组中的某一项目和其余二组中的某一项目缀连后即成,例如(甲)表A组内第二项目"党务"与B组内第一项目"新闻",或B组内第二项目的"命令"缀连后即成为"党务新闻""党务命令"。有了这三表和若干组目的活用,便可分析为许多的门类。其订定各表如下。

甲、属于国内的

A:(1)党义;(2)党务;(3)上海党务;(4)行政;(5)司法;(6)立法;(7)监察;(8)考试;(9)内政;(10)省政;(11)县政;(12)自治;(13)市政;(14)上海市政;(15)民食;(16)户口;(17)警政;(18)风俗;(19)游历;(20)宗教;(21)妇女;(22)民众运动;(23)土地;(24)垦殖;(25)灾害;(26)边陲;(27)租界;(28)上海租界;(29)侨务;(30)军政;(31)财政;(32)债务;(33)税务;(34)盐务;(35)金融;(36)会计;(37)合作;(38)银行;(39)铁道;(40)交通;(41)电政;(42)邮政;(43)航政;(44)航空;(45)路政;(46)实业;(47)国货;

(48)工业;(49)商业;(50)农业;(51)蚕丝;(52)渔业;(53)水利;(54)港务;(55)矿业;(56)劳工;(57)度量衡;(58)社会病态;(59)体育;(60)教育;(61)文化;(62)科学;(63)艺术;(64)学术;(65)卫生;(66)拒毒;(67)其他。

B:(1)新闻;(2)命令;(3)报告;(4)会议;(5)方针;(6)计划;(7)建设;(8)调查;(9)条约;(10)统计;(11)法规;(12)布告;(13)广告;(14)宣传;(15)说话;(16)演说;(17)论述。

乙、属于外交方面的

A:(1)行政;(2)使领;(3)司法;(4)礼仪;(5)惨案;(6)农业;(7)工业;(8)商业;(9)矿业;(10)租界;(11)上海租界;(12)土地;(13)债务;(14)税务;(15)盐务;(16)铁道;(17)航政;(18)邮政;(19)航空;(20)路政;(21)侨务;(22)宗教;(23)民食;(24)民众运动;(25)劳工;(26)水利;(27)渔业;(28)教育;(29)卫生;(30)拒毒。

B:(1)照会;(2)条约;(3)会议;(4)新闻;(5)命令;(6)报告;(7)方针;(8)计划;(9)建设;(10)调查;(11)统计;(12)法规;(13)办法;(14)布告;(15)广告;(16)宣传;(17)演说;(18)论述。

丙、属于国际方面的

A:(1)国际;(2)日本;(3)韩国;(4)印度;(5)埃及;(6)缅甸;(7)安南;(8)土耳其;(9)俄国;(10)菲列宾;(11)美国;(12)英国;

(13)墨西哥;(14)法国;(15)德国;(16)意大利;(17)西班牙;(18)葡萄牙;(19)瑞士;(20)丹麦;(21)其他各国。

B:(1)联盟;(2)外交;(3)党务;(4)行政;(5)司法;(6)立法;(7)市政;(8)民食;(9)户口;(10)警政;(11)宗教;(12)妇女;(13)民运;(14)土地;(15)垦殖;(16)灾害;(17)边陲;(18)侨务;(19)军政;(20)财政;(21)债务;(22)税务;(23)盐务;(24)合作;(25)金融;(26)银行;(27)铁道;(28)电政;(29)邮政;(30)航空;(31)航政;(32)农业;(33)工业;(34)商业;(35)矿业;(36)劳工;(37)技育;(38)文化;(39)科学;(40)学术;(41)艺术;(42)其他。

C:(1)新闻;(2)会议;(3)条约;(4)统计;(5)法规;(6)计划;(7)论述。

上面几个分类表,或有不明之处,兹分别解释之。

甲、乙、丙三表内 A、B、C、各组中的各项目,并非为独立的类。真正的类,是由同一表内的 A 组中的任何一项,和 B 组中的任何一项目以及 C 组中的任何一项,缀连而成的。例如:甲表 A 组内的(2)项"党务"与 B 组(1)项的"新闻"或 B 组(2)项的"命令"或 B 组(3)项的"报告"缀连而或为"党务新闻""党务命令""党务报告"等类,同样如乙表内各组项目可成为"使领照会""司法命令"等类;同样如丙表内各组项目可成为"国际联盟会议""日本外交条约"等类。

为避免三表中形成的各类混合和难辨,尤其是甲表与乙表内各类相同的甚多。再分别冠以甲、乙、丙字样即成为"(甲)党务新闻"

"(乙)司法命令""(丙)日本外交命令"。

乙表本可包括在甲表内,所以另立的缘故,原因有三。1.我国是一弱国,处于帝国主义者经济侵略之下,再受人压迫,动辄牵动外交。2.更有小之如小杏林被外人惨杀案,如济南东铁等案之被侵占被屠杀,都是中华民族奇耻大辱的史实。那样的惨案,在别国是没有的,在中国却时时发生,真不算什么一回事,因此那奇特的类目像"惨案"也会成立。3.一切国有企业如电政、邮政、铁道、航政等以及国家税收如海关之类或被侵夺或被霸占,自国府成立后,遂有逐渐交涉自主之意,因此关于内政而引起外交的,亦时有所闻。这许多就是外交类目繁多的缘由。

以上甲、乙、丙三表的编制,依茅氏说,均依照普通的剪取,参照目今我国以及外国的政治组织,计算报章平时于各该类记载的多寡,用科学的方法参酌而定的,任何一表,都可画成一个很清晰的图,其所举的甲表制图如下。

根据上述意义,三表中各项并非一成不变的,如其有人对于某问题的记载,认为有特别的需要——譬如说它对于社会病态问题是特别的需要,其他都是次需要,那么可以把甲表内 A 组五十八项的"社会病态"详细地分作"失业""自杀""盗匪""绑案""离婚""暗杀""奸淫""诈骗""贫穷""偷窃""卷逃"等详细项目,"社会病态"可以这样分,别的项目也都可以这样分,分的多少,由各人自己审酌而定。

林宗礼先生,他为无锡民众教育学院民众图书馆,也曾定下一个分类方法,其内容是分为党务、普通教育、民众教育、法政、经济、军事、社会、交通、卫生、农业、工业、商业、史地、文艺、杂类等十五大类，其下则先以体例如"纪事""法令""言论""报告"等的分为若干种类，而再继之以性质如文艺类中的"小说""诗歌"等的分为若干小类。（见《民众图书馆中报章问题》，《民众教育月刊》第三卷四五期）

孟华櫆先生，则分为论文、公文、建设、党务、外交、民诉刑法、债权法律、规章、法令、教育、财政、凤毛麟角、应时小品、公文程式、集锦、杂选等类。（见廿年五月廿一日《大公报读者论坛》）

至于其他如中国银行经济研究室、中央社会科学研究所和以前的《商业》月刊社等，他们虽也都有剪报室或报纸索引的举办，不过他们是已偏于专门剪材的一种，故均似已不涉于普通剪材的范围，而不必再为多赘，但历观上面几种的普通分类法，则我们便知上面的几种分类法，在思想排列上似都不甚注意到，而在方法上除了中山、人文以及时报这几种外，都也觉得分类不甚合于一般的参考之应用，也就是不合报材的分类方法，有的或者是因了国情不同的关系，而又绝难应用于中国。至于分类的类别可以提出来商榷的地方，似乎也很多很多，譬如人文社等的"杂俎"一类，在大类中即用此"杂俎"一类，在分类学中为一颇不妥当之举，因为无论其不易归纳的材料，但总有其多少相近之处，既有其相近之处当然即可有其类属，如医、卜、星、相，这四者便不应一齐置入"杂俎"类内，我们应当把"医"则归入医药栏内，其下面的三者，便都可归到"哲学"中"术数"的一类。又譬如茅氏分类表中 C 组内的各项目，也似乎觉得不很妥当，往往同一材料，如专以其性质分类，均可排列一处，而现有"著述""研究""新闻""演讲"等的以体例来分别后,则转觉须分置数处,故非但破坏了卡特氏(Cutter)的以类性为分类的原则,且于检查时亦颇多不便。

依据茅氏方法而订定一种报纸的分类法,在应用上,终觉得有许多不便之处,因此须参照中山及人文等的分类法后,另定有一种新的分类方法,其内容则为:1.总类;2.社会类;3.经济类;4.政治类;5.军事类;6.法律类;7.国际类;8.教育类;9.科学类;10.交通类;11.文艺类;12.其他类等十二大类,而类以下则再分若干的项目,兹即将此分类法,附列于下,以供参考。(顶格者为"类",次格者为"栏",——记号以下者为"项",括弧内者为"目")

总类

目录学

圕(图书馆)与圕(图书馆)学——书许与提要、考证与题跋、古本与珍本、索引

国故学

新闻事业与新闻学

出版界——版权事件、违禁书籍、出版状况

社会类

总录

社会理论——社会改造

社会状况与调查——华东、华南、华西、华北、华中、东北、西北、国外

社会问题——人口、育儿与节育（托儿所）、弃婴与堕胎、生命统计

职业——女子职业、职业指导与介绍

家庭——家族、家政、家庭纠纷

恋爱与婚姻——婚姻、结婚、离婚、婚变、抢婚、重婚、离弃、奸情

妇女问题——妇女运动、妇女生活、娼妓（禁娼问题）奴婢

社会病态——自杀、杀伤、械斗、车祸、情死、中毒、窃盗、绑票、拐骗、欺诈

违禁物

拒毒——鸦片、红丸、戒烟、禁烟

风化

语言

习俗

哲学

迷信与术数

礼仪——典礼（纪念、祭祀、诞辰）、丧礼（追悼会、葬仪）、褒扬（勋章与纪念物、纪念会）

宗教——孔教、佛教、伊斯兰教、基督教（青年会）

消防

灾害

慈善事业——慈善团体（红会、救济院、育婴堂、养老院）、救贫、农赈、冬赈、抚恤

社会事业

社会团体——人民团体、同乡会

都市问题——住宅与房租、减租运动

经济类

总录

经济状况与调查——中国各地、外国

经济政策

实业总录——实业考察、实业家

实业行政——全国经济委员会、实业部

农业——农业政策、农业状况与调查(华东、华南、华西……)、农民生活(各地)、农会

农村——农村经济、农产、灌溉与肥料、农事灾害、粮食问题——粮食运销、农业仓库、饥荒与抢米、外粮入口

度量衡制

土地——土地政策、土地登记与清丈、地价地租

水利——行政、工程、长江、治黄、导淮、治运、内地各河流状况

农村副业

垦殖

林业

园艺

茶业

蚕丝业——茧行、蚕业、丝业、丝绸业

棉纱业

畜牧业——养蜂业、屠宰业、皮毛业

水产业

矿产

工业——工业政策、工业建设、工业发明、各地工业状况

制造工业——纺织业（棉织业、麻织业、丝织业、毛织业），金属工业，电器工业，纸属工业，陶瓷水泥工业，橡皮树胶工业，木材工业，卷烟工业，油脂工业

化学工业——化学药品、烟火工业、饮料食品工业、盐业、制糖工业、有机化学工业

建筑工业

印刷工业

手工业——扇业、草席业、藤器业、衣帽业

劳工——劳工状况、劳工教育、劳工工资、劳资纠纷、劳资仲裁、工潮情形、工会团体

失业问题——失业救济、失业状况

商业与贸易——商业政策、商品检验、会计事业、商业统计、物价指数、广告事业、商事纠纷

商业状况——华东、华南、华西、华北、华中、东北、西北、国外

国际贸易——中国（中日、中英、中美、中德、中苏、中荷等），日本（日美、日英、日荷等），美国（美苏、美法、美德等）……

国际商约——中国(中法、中美、中英等),外国(日澳商约、俄士商约等)

提倡国货——国货展览、国货商场、国货运动、抵制外货

商会——上海、江苏、浙江、广东……

同业公会——上海、江苏、浙江、广东……

各种营业——药材业、报关业、文具书业、旅馆业

商业行情——金融、汇兑、证券纱、花、丝布、匹头、粮食、面粉、茶市、油市、豆市、糖市、五金、煤市、海味、皮毛、山货……

财政总录——财务行政(中国、外国),地方财政(江、浙等各省市),预算与决算(中国、外国),审计与主计

赋税——中央(关税、统税、盐税、印花税、遗产税……),地方(田赋、营业税、地价税、契税、房捐、其他、苛捐杂税……)

金融——金融状况、银价问题

货币——货币制度、货币政策

证券——公债、股票

债务——中国(内债、外债借款),外国(战债、赔款等)

银行钱庄——银行、储蓄会、银公司、钱庄、票据交换所、征信所

汇兑

信托公司

典当业

投机事业——交易所、有奖储蓄

投资——对华[投资]、对伪投资、华侨投资

合作事业——经济合作、农业合作、消费合作、信用合作、生产合作

保险事业——人寿保险、水火保险……

政治类

总录

政治意见

政治教育

国家与人民——爱国运动、民族运动、民众运动、公民运动

政党——党务(国内、国外)，党员，党狱与党祸，世界各国政党(共产党、社会党、法西斯蒂、国家社会党)

中央政府——政制国务，中央各部院、会(行政院、考试院、监察院)

内政——边疆事件、蒙藏委员会

政潮

省政——江苏、浙江、广东……

市政——南京、上海、汉口……

县政——江苏、浙江、广东……

警政——各省市

地方自治——各省市公民登记、市县议会

职官——行政专员、政训工作人员、官吏生活、客卿

官规

世界各国政治——各国

军事类

军事行政——军制、军队调动

军官

军事教育——中央军官学校、军事训练

军事考察

军需

军事工程——军事交通、军用电话、兵工厂

军事工业

兵工政策——屯垦、兵工筑路

非战运动

陆军

海军

空军——航空救国运动、航空学校、军用飞机场

国防——西南、西北、东北,江防、海防、空防、要塞与军区,军港

军法与军纪

兵变

保甲与团防

绥靖——剿匪

各国驻华军备

各国军备——各国

法律类

法律理论

国际公法——国际法庭

领事裁判权

立法与立法院——宪法、民法、刑法、诉讼法、工商法

司法与司法院——司法状况、法院、律师、诉讼案件、监狱、狱囚生活

官吏惩戒

法律解释

国际类

总录

国际关系

外交——中国外交（中日外交、东北问题、抗日运动、中英外交、中法外交、中美外交……），日本外交（日苏外交、日美外交……），美国外交（美法外交、英美外交），法国外交，德国外交，波罗的海各国外交，巴尔干各国外交，欧洲其他各国外交，美洲其他各国外交，亚洲其他各国外交

国际联盟

国际会议——军缩会议、海军会议……

国际条约——非战公国、东欧公约……

国际间重要问题——萨尔问题、远东问题……

国际间之民族运动——弱小民族问题、菲岛独立运动、英爱纠纷……

使领——中国、外国

殖民与移民——英属殖民地政府、荷属殖民地政府、法属殖民地政府……

侨民——中国(侨务委员会、华侨问题、各国华侨),外国(日本侨民……)

租界及租借地——工部局、越界筑路、纳税会

国际礼仪

教育类

总录

教育行政

教育会议

教育法规

教育经费——各省市

学术文化——文化侵略、学术文化团体、庚款机关、中央研究院

考件试事——会考、入学考试

教育测验

学校行政——研究院大学、专门学校、中学职业学校、小学、幼稚院

学校管理与训练——学生生活

师资与教学法——师资、教学法

课程与教材——课程、教材

学校教育——高等教育、中等教育、初等教育、幼稚教育

师范教育

职业教育——职业指导、农业教育、工业教育、商业教育、生产教育、劳作教育

艺术教育

特殊教育

女子教育

三民主义教育

社教与民众教育——成年教育、电影教育

农村教育

家庭教育与自修教育——暑期学校、函授学校、补习学校、私塾

地方教育——各省市

边疆教育

外人在华教育

华侨教育——各国

国外留学——各国

教育状况——各省市、国内外、教育考察、教育统计、教育展览

卫生教育——儿童健康比赛、夏令儿童营

体育——体育行政、体育团体、运动会、体育场、世界运动状况

球类

游泳

田径赛

国术

童子军

教育团体——教育会、教师联合会、同学会

各种教育文化问题——性教育、大学生出路问题、男女同学问题、失学问题、兴学事件

学风与学潮

外国教育

科学类

总录

数学

天文

气象——气候测量、天气报告

物理

化学

地质与矿物——地震

生物——植物、动物

生理

医药学——医药教育、医学团体、病理与疾病、诊疗学与处方、药物学、外科、妇女科、兽医

卫生与预防——卫生行政、医院、救护与看护、预防事项

交通类

建设——建设委员会

交通行政——交通部、铁道部、交通会议

铁路——京沪、沪杭甬、津浦、平汉、陇海、杭江……

电政——电报、电话、无线电

邮务——邮政、邮政储金、汇兑、民信事件、航空邮政

水上航业——航政管理、航员事件、航业纠纷、航业保护、收回内河航行权事件

空中航业——中国、外国

公路——各省市

汽车

电车

人力车

其他车业

运输业——水陆联运

交通工程——桥梁工程、铁路工程、无线电工程、造船工程、汽车工程、飞机工程

文艺类

文学——文学家、文艺社团、诗歌与诗歌家、戏剧与戏剧家、小说、儿童文学、文学杂著

艺术——展览会、风景园艺、建筑、雕刻、书画、音乐、舞蹈、摄影、

电影

娱乐——戏院、电影场、公园、骑射、赛船、弈棋、唱歌会

史地类

史学——一般历史、年表

地理与游记——旅行、游记、探险、名胜古迹、国际考察与游历

考古——各国考古、古物学、古物展览

政治区域变迁

民族与人种

传记——中国、外国

中国历史

中国近事

世界各国历史——各国

世界各国近事——各国

以上这一种分类法,其中当然还有许多地方不能怎样的完善,离我们的理想的分类法尚远。不过值改革伊始,亦只将其大类的次序略加排列外,而于其下面的项目,则以中山文化教育馆的一种分类法为基础稍加变更而成。而因这一分类的根据,系完全由依照普遍的剪取的原则,有正确观点系统分明的排列,大都以平日对各该类材料发现于报纸中的多寡,而然后决定的。所以这一分类法,亦决定能较适应一般的参考之用,门类并没有倚重倚轻的弊病,并且它和现代

的社会形态尤其是和国内的现实环境颇能适应。所以分类时因之亦较为便宜，一般参考者亦只须能熟悉此十二大类类名，其大概材料，都不难在各该类内找得。

第八章　报纸剪裁与粘贴

报纸材料的类属，既被确定了以后，接着当然是依圈出的材料，把它一一剪裁下来，但在剪裁的时候，却亦有数点须注意。第一，在剪的时候，千万不可把那裁取下来的材料来源和年、月、日、张、版等等不注明，因为材料的出处既不注明，参考者在应用时就要不知其来源，且于材料的时间性、空间性亦将完全失其依据，而所谓来源当然就是指报纸的名称如《申报》《大公报》等，其年、月、日、张、版等，当然也就是某年某月某日第几张第几版的意思。第二须注意者，就是材料的有无冲突，而欲免去这一层冲突，最好每种报纸皆备两份，因为这样如遇材料有冲突的时候，便可无烦抄写等手续。（如人文社他们即每种订阅三份，两份供剪裁，一份供保存）第三点所应注意的，每一报材，常易发现大小标题虽异，而内容实同之重复材料，其原因除另有政治作用外，常因同样是采用之通信社稿，以及互相转载或辗转转载的缘故。凡这种材料，报馆方面自然将标题另行换过，而又再加诸如北方转载南方报纸之材料，或南方转载北方报纸之材料，其间相隔的时日，又往往须达一周半月的久长，这样对于一般的读者，自不会有此良好的记忆而辨别之。故这一点，亦为从事这项工作的人，须注意的一重要事项。第四，便是一篇材料，有时有两种及两种以上类别或有同样重要的可属类时，这就可应用"见"或"参见"的方法。所谓"见"或"参见"者即是由一个不用的目录，去见一个用的目录，或两个目录互相参见的一种方法，而这种参见法于一材料有发生变更时，当然亦得适用，所以如遇到这样情形时，便应该在剪裁时另备一"见目录卡"式的纸片，作为参见目录，其式如下。

标题			
见		第　册	第　页

报纸这样剪下以后，用怎样方法处理呢？如《世界报》等，他们便把这些剪下的报材，一一贮入坚固的封套之中，而依 A、B、C 等号码顺次排入架上的。但这样的处理方法，有人认为其太流于零碎有欠整齐，因之而又不易保存，故除此之外，有的是将剪下的报材一一粘贴的方法，关于粘贴的方法，亦有两种可述，一是采用如书籍目录卡式的纸片，一种便采用书本的簿册。卡片式者是将剪下的报材一一粘贴于纸片，如书籍中所应用的目录卡一般，一面亦打有圆孔，以便可穿入铜条，如人文社即采此法，他们所应用的纸片，初系一种空白报纸，继复改为道林纸，大小则为高三十寸五分、宽二十寸五分，而其后又选用如今日所应用之鸡皮纸一种，其大小亦自二十年起改为高十五寸，略得前样之半。（见《人文社创始及图书馆筹备改名之经过》）每张纸片，规定贴一篇材料，如此片粘贴不敷者，则得接贴另一

纸片，就是同类同日而不同报，或是同日同报而不同类，或是同报同类而不同日的材料，均须另纸粘贴。然后用笔在纸上写明什么类，何年何月何日，采自何类等项。在这空白纸上留好填写类目、时日、报名等地位，最好印在右角上。

但除这一种卡片式的粘贴方法外，其他却还有一种簿册式的粘贴方法，这一种方法，确也有相当的可取之处。现在便将这种粘贴的方法，略陈如下。这种贴报的簿册，每一项目粘贴一册，每册计活页装订为一百 Page，质料可选用上等牛皮纸（或如人文社之鸡皮纸亦佳），大小则为（11×9）英寸，而其外又加以硬面洋装的装订。但须注意者，在打洞的地方，其纸张应用两层（即将打洞处的纸加起一层），因为这样可免去中间隆起之弊。现为更易于明晰起见，特再附图如下。

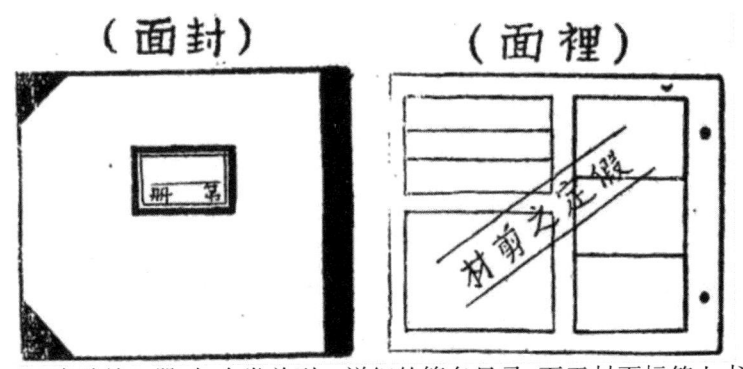

当贴就一册时，在卷首列一详细的篇名目录，而于封面标签上书为〇〇类〇〇第一册，第二册，至于粘贴时的程序，于此亦可择要一述：即报材经分类后可依此一一剪裁下来，而剪下的报材，便先按类把它分到各卷宗里去，积经若干，然后便取出依年、月、日的先后粘贴

成册,不过一件事当未发展告一段落,或一长篇的材料,则便须候完篇归齐,使成为一系统的材料,才再依次粘贴,因这样粘贴,才可在前后关联中去求一事件的了解,而一册黏满一百活页后,只须俟目录编列完成,便可按类的依次排列起来。

最后关于粘贴用的浆糊或胶水,虽可随意采定,不过据一般人的经验所得,则胶水实不及浆糊为佳,因胶水日久以后,往往发现黄色斑纹,因之字迹亦时为之模糊,不过普通浆糊亦有一弊,即易生霉点,人文社所用的浆糊,据谓系经化学专家开示原料与制法后所特制者,其实于一新鲜浆糊中,略加少许的明矾(alum)即得。

第九章　报纸剪材的检查

报纸无论是索引还是剪贴，其最大的目的当然是在检查的便利，故对于各项材料，自应研究其如何即能迅捷检出无费多项手续使人一览便知的方法。兹在未述及我们所采用的方法之前，请先介绍《世界报》的检查方法。他们的检查方法，根据分类方法而来，将每类的材料，均以节板为之间隔，而每节板之上，书明右方所置封套的顺序，如右方封为的顺序为 Staa-Stae，那么节板所书亦即为以上的数字样，再次一节封套的程序为 Staf-Stak，则节板所书也如同上文。所以他关于这些剪下的材料，依次排列，而欲检何种材料时，便可照此 A、B、C 等顺序检得所欲的材料。这一种检查方法，在我们看来，当然是很称便利，不过这在使用罗马字的美国，固然是便利，而在中国却便不然。因为根本中国文字的组织，并非罗马字，所以对于中国，自难应用。至于我们如也将中国的类名等来用罗马字音译，则究竟根据着那一国译音，又因中国字音的各地不同，究竟采用哪一处的读音，这些都成为问题的。如果照英文拼音国音读法，则又须多添检表和计算笔画等的麻烦。(引用王云五先生在《中外著者统一排列法》中语)所以根据上面的所述,便知应用罗马字的方法,为绝对难于通用之事。然而我们除了罗马字的方法之外有无其他的检查方法呢?茅震初先生在他的文章中他曾介绍过其二种检查方法,这二种方法都非采用罗马字的,而完全根据了分类法后所定的二种方法,第一种是每类依照了他的分类法中合成的许多项目的号数合并而成为类的号数,再加"甲""乙""丙"三字以别之,换句话说,就是每一类号,先依其"甲""乙""丙"等的分别,再依其号数的次序,末依其时日的先后而排列的一种方法。第二种即采取"四角号码检字法",或面线点检字法(张凤所发明)等把类变成阿剌伯的数字,先依数字次序,后依时日先后顺次排列的一种方法,而欲检何项材料时,便可依照该表计算后而去检得。这两种方法,较《世界报》较为适合于我国,且有科学性的根据(方法见下章)。现在再介绍两种检查的方法。一种是直接从簿册中依据分类方法而得到一种检查法,一种是间接从著者方面依据著者目录而得的一种检查法。分类检查法者,兹先言其排列的方法,这种簿册的排列,依据上述的分类表而排列,如国际(类)、外交(栏)、中国外交(项)、中日外交(目),那么这种簿册,亦即依此(类)(栏)(项)(目)的次序而分,如同为一目者(例如同为中日外交),那便再按其册数的次序为别。而每一大类以及其下的栏项目等,在书架上也都有相当的标签,以指引之。所以这一方法,其特点即在能较为简单清晰,因此一般参考者欲检任何类材料,只须熟识了此十二大类的分类情形,都不难直接在各该大类中,再去检得栏、项、目以下小类的材料。例如欲找寻社会教育的材料，只须能认定此材料属于教育类者，那只须在教育类内详细检之即得。

除此一种分类的检查法外，还有一种著者检查法，就是按著者姓名笔画次序排列的一种方法，原来这种报材簿册，每册除在该册卷首编列一详细篇名目录外，而同时还根据此每册中目录，再编一著者目录，从著者方面亦能检得所需的材料，故有此两方面的可以检得所欲检的材料，这样于参考者自又多一便利。

虽然这种工作，一因为这学科的历史，在国外亦尚浅近；二又因参考的目的不同，而因此分类和检查等的方法亦各人有各人的创制，而绝没有一共同研讨的机会；三因此事在国外的研究者，虽已不乏其人，然在国内对这一问题有研究的亦似乎还不多见。所以本书拟借此引起国内从事此等工作的人们能予以共同研讨的机会。

第十章　报纸的装订

所有报纸的剪材，须划定一个时期，或者每月或者每季装订一次。这样在时期上可作一段落，在形式上也比较美观、整齐而且已成卷帙，不易散佚，其装订之法，在第七章中之甲、乙两表中，各类可依 A 组中各项分钉成若干册，凡丙表中各类可依 A、B 两组中各项合并之项目分钉若干册，封面标明时日、项目及项号，更冠以甲、乙、丙字样。（注意并非依类目分，完全的类目，尚少"新闻""命令"等项目）例如，（甲）民食（15），十九年（1931 年）一月至三月；（丙）日本党务（2—3），十九年（1931 年）三月至六月。

其他著名的各报附刊，特刊等均有保存的价值，如本埠大报《申报》的经济新闻，天津《大公报》的小公园……均可按日按期留下装订成册，其中如遇有很可研究的著作，还可编入剪报材料的索引中，以备不时之需。更往往有某一时期，某类的剪报材料特别地多，如以前的中东铁路事件、金贵银贱风潮，与近之美国提高银价影响我国金融等，均可另钉专册。

报纸剪材的装订,便于保存,可免脱页遗失,在大的剪报室或图书馆,往往另有装订科办理,而小范围的图书室,乃托外面的印刷所代为装订,但无论自行装订或托人装订,对于装订得是否完善,应当随时予以注意。其注意的地方,现在亦可分为下列三项。

1.装订得是否完善,这和保存方面很有密切的联系,因此关于装订的材料,就得注意书面的结实光滑与否,和是否有防水的效能,最好是每书都用坚韧的皮革做书面和书脊,用油布缘边于四角。

2.装订方面除注意其结实坚牢外,于美观方面,却也得注意。文艺类的读物,尤其应当求其装订上的美观。因(1)美观的册子,容易引动读者的兴趣;(2)美观的册子,足以使图书馆增加美观,使阅览人常常想"到图书馆去"。

3.装订在其他方面,如钉缝的[时候]要十分注意,浆胶不宜多厚,尤其应注意使它易于开卷与阅览。总之,装订对于阅览方面,亦当为注意的一事。

以上是关于装订方面所应注意的事项,现在更可将其交付装订的手续,举要的一述,应当修理或装订的报材,无论自行装订或托人装订,都必须先将应装订的材料,聚集一处,然后按目录卡另行放置。

交付装订的时候,须另用纸条写明装订的内容,包含形式尺寸以及应用何种装订、何项纸张,等等,以备将来钉成册子送还时查对是否符合所定,若无误,即可保存,以供参考。

第十一章　索引对于报纸的功用

报纸能得有今日这样发展，其原因不外有下述的四点。一，因为报纸是定期出版的刊物，每期可将最新颖的知识或发明的材料，介绍于读者，而读者间为欲参考一新知识或新发明者，则自必借助于报纸。因为关于新知识、新发明的材料，大都总先见于报纸，而然后才能见于杂志之中。二，报纸的内容常包含许多部门的材料内容，非一个作者的著述而有多数人的文章；因有多数人的文章，其观点与意见当然也各不同，这样便富于比较性，并且不致于十分的单调，总之都较阅读一整个系统的书籍为有兴味。三，在书籍中倘尚未有专书，对于某一学说或某一个问题有著作时，或以圕（图书馆）尚未有购置关于此一学说或问题的书籍时，那么，这时就不得不借助于报纸，以补其缺。且还有某些小问题，或限于某一地方的事件，在这点情形之下，则报纸也可发现其甚大的功用。故卡特维亚博士（Gr. O. W. Caldwell）亦常谓"吾人临文欲取材得当，不必钻研于书籍，而须留意于杂志报纸中去搜求"。这个意见，也大可为上述一点的注解。四，因报纸的材料,是最能看出某一时代的意识精神及整个社会对于某事、某人、某物的反应。还有一点亦可附述者,即在现代这样工业化高度的时代,我们已不能有如古人这样有闲的福气,一生能埋首于古书堆里,从容地读书,现在的时代,一切都成为商品化,都须要有最经济的方法,才能获得应付此全部社会的知识,于是报纸便恰能适应这个"广大读者的要求",因为每篇评论或通信便是一个问题或一个学识的提要,这样岂不能省读许多整本的书籍。不过话又得说回来,报纸本身的价值,虽已有如上述的种种,但尚不足以言此价值能臻至于应用,故换言之,如要此全部材料能得显现出来,供读者的参考应用,那自必借助于使用这种材料的工具,即须有报纸的索引。

在报馆的剪报室里,有日报索引的编辑如纽约《泰晤士报》的索引,伦敦《泰晤士报》之 Official Index 剪报者将报中重要事件,分门别类,编成索引,而记以年月,俾便检查。日本名记者本山有言:"新闻贵新鲜,有如蔬菜鱼肉之不可陈腐,而储蓄御冬之计,亦不可不为之绸缪。"可见事物来源之查考与新闻价值之增加,亦有莫大之关系在焉。索引(Index)就是一称引得(译音),由拉丁语 Indicare 一字蜕变而来,故其解释便有"指示"或"指引"的意义,而很有类似于我国古籍中所谓"通检"者是。但此所谓"指示""指引",亦尚只为索引的一种概念,因其本身自转化为圕(图书馆)学中的术语以来,其定义亦已随其应用领域的扩展,而不得不亦随之变换其定义。我们考原来的索引,本即仅指检查指定范围的书籍中所有特项知识的一种工具而言。然其后因着社会的进化,各部门的文化也逐渐繁复起来,这样就仅有书籍的传播，便就绝不足以应付此日趋繁复的各部门文化事业，因之报纸、杂志等便必然地为社会客观的条件所要求，应运而起。而这些报纸杂志，观其在出版界方面的趋向，非但是并未逊于书籍的重要性，且有超过书籍发展的趋向，报纸既有其量的飞跃，即较书籍的数量扩展为迅速，那么在质的方面，自亦较书籍繁复得多，而一般参考者欲利用这一部分的材料，自更较书籍难于利用，因此报纸亦有索引的编制的必要。

我们欲学术文化的进化，那么完善其治学的工具，自是一最重要的前提。语云"工欲善其事，必先利其器"，这言当非虚语，所以在这样的浩瀚的书海中，而假如社会不抽出一部分的人才，分工在里面弄成一完备的目录，把其分门别类，这非但足使重要的典籍因之而湮没无闻，且也使治学者根本便不知从何研究起，所以正如其他别的文物制度一样，图书书目的产生，也是具备其必要的条件，一般学者需要有一种工具，可以很经济地去找得其所要参考的材料，于是就有各个不同的书目产生，因为这样才能使每个学者可以获得其所需要的材料，而同时也可因之推进了现代的文化。这样对于书籍既是必须有一完备的目录，那对于杂志报纸，当然也必须有一详尽的索引。报纸剪贴后装订成册，固不失其亦为处理的方法，但仍须借助于每册的详细目录，所以报纸的必须有索引，这和书籍的必须有目录是同一理由的（今日书籍亦非只一目录所能济事，也需要有索引的编制，因不涉本编范围，故从略），换言之，报纸索引实是表现被索引报纸内容的唯一工具，同时也是索引对于报纸第一的功用。

索引对于报纸的第二功用，便是利于一般的或专门学者的检查，因为报纸中的材料，其繁复琐细，更甚于书籍。一份报纸中已有若干材料，并且还有长篇的材料，更须继续或间断地刊载于数日之中，所以在此种场合，要是没有一种目录似的工具，去一一使它们系统地排列和陆续地归并起来，那也就等于一书的没有目次，一圕（图书馆）的没有书目一样。所以假使每种报纸有其合钉的固定索引，或分钉式的索引，数十种、数百种的有累积式的索引。又如关于某种专门学问，而也有其专门报纸索引，这样岂不对于检查上，是给学者莫大的利便，经济了不少的时间？

索引对于报纸第三的功用，因为报纸中往往有很好参考的材料，或是某一问题，以前或同时已有人研究而得有相当的发现，这样便正可节省精力，不必再重循此途径，或继此精进，或另辟门径，以俾于他部门有研究的成绩发现。然而这往往又因了一人的精力和财力关系，便没有这种可能去遍读所有报纸中的参考材料，就是有此可能，如果不随时摘记，则时日久远，也不能得一一记着，而关于此点，黄炎培和顾颉刚二氏，都有很精到的意见。黄氏在《人文小史》中曾言："古今中外，专门名家耗其毕生精力于一种学术，苟就所努力，分析计之，则用之于收集材料，审订排比之功，必远超过于智力上之探讨判断。苟有人焉，取所应用的材料，预为之收集审订，使学人得节其大部分精力，悉用之于本题之研究，必能助成更进一步或数步之贡献。"（见《人文社创始及图书馆筹备改名之经过》）顾氏于《图书评论》一文中亦谓："因此我常想借国家的力量，暂且不办学术研究所，而先办材料整理所，把现有的材料，作上目录、统计图表、仪器模型，等等，为将来的研究打好一个坚实的基础，倘使真能达到这境地，我的工夫必可省去三分之二，因为下手即可做直接的研究工作，不必再做间接的预备工作了。"（见《图书评论》一卷九期《燕大引得编纂处的引得》一文）同时即以报纸本身而论，因没有索引以致湮没许多有价值的名著，及其苦心的研究，也决不为少数，所以这里便又不能不借助于索引的编制。盖报纸索引的产生，其最初的动机就在于体认到学者所感受的困难，而为节省学者的大部分精力，以便其能应用到直接的研究工作上去。

此外报纸索引还有第四的功用，就是它对于学术文化上，也有一种重大的影响，因为有的人每以为报纸索引，那是一种很平凡的工作，其实这是根本不知"千里之行，始于足下；九层之台，起于累土"的一层意义，盖必须有了这样平凡的工作，而才能达到那不平凡的领域里去。因此，我们当知索引的一事，在表面上看来，似是一件不必重视的工作，然而其于学术文化上，实有其不可磨灭的功用呢！很闻名的荷兰汉学研究院长戴闻达博士曾说过："可惜中国书无系统之可寻，查阅颇非易易。"又我国人士往往也有一句很通俗的话，即"一部廿四史，不知从何说起"。这也可见一部"廿四史"因为没有索引这东西，便弄得"无从说起"。那么这近代更趋繁复的报纸材料，当然更将无从谈起了。查我国报纸索引，尚是近数年以来，始见有突跃的进步，当然因了历史的浅短，有许多地方尚待改进，譬如专门索引的缺乏系统，普通索引而仍没有一完备的累积式的索引。又关于西文的有关中国的材料,今日也没有一种介绍索引。不过这些任务,都不难为今后有思想的青年和学术界的人们所一一克服,故这一点也不致成为问题。

报纸索引对于中国的学术文化上除了上述的一点外,却也有其特殊的意义,我们都知道今日的中国,已处于一突变阶段的时代中,一切都须扩大眼光、缜密思想,以认识此日新月异的世界,而俾有所准备,当然这于学术上亦应尽量来接受或研究新的一切知识或发明。在现阶段的中国,对于这些旧的文化,我们实无须再有如何的迷恋,因为这些古代的学术,已和现代文化相去很远很远。其中所讲到的东西,大都已不能再在此剧变的现代来应用,这只有使人去躲避现实,然而根本上现实的世界能否躲避呢?一切当前的问题,又怎能不去解决呢?所以现代我们所需要的,便正是那种能介绍世界上最新学术文化的报纸等的读物,并且这也不仅是一般读书有限的青年应该如此,就是钻研文学和过去社会制度与历史的学者们,他们应当来对此事,作一利害缓急的抉择。

同样的对于索引亦然,我们与其专为这些供给不合需要或劳而无用的古籍索引,则何如集中于报纸索引。顾颉刚氏有言:"如果因大家的注意,有许多人起来响应,不但把古书弄清楚,而且把新书也弄清楚,不但把书籍弄清楚,而且把政府和社会各机关的公文、表册、报纸、杂志也弄清楚,那才算尽了引得的功能。"照今日引得最大的功能,还以先将报纸索引,臻至其完善的地步,然后才能谈到古书的索引。因为报纸的材料,都是近代的与我们有密切关系的史料,不论政府经济、文艺……都得和其发生直接的影响,但正因接近于我们的现实生活,材料就得繁复累积起来,这样要在里面能找一有头绪的所需要的材料,自然是不能不借报纸索引来负荷此种重大的任务。

民国十四年度(1925年)《时报索引·绪言》

报纸之功用,非只传递消息而已,举凡世界大事、人类进化、科学发明、文艺著述,莫不统见于是,洵一活页之历史也。报纸之取材,除供人逐日浏览之外,亦极有参考之价值,试详言之:

1. 供给最近之消息,与最新之学说。凡科学工艺有发明,朝夕间即可披露,较书本杂志,尤为迅速。故研究学术者欲得最新原理与发明,非参考报纸不可。

2. 报纸所载材料,有因范围极小,为书本杂志所未及者;或因篇幅有限,不能撰成专书者,往往在报上发表,如名人之演讲,发明家之口述等,均极有参考之价值。

3. 报纸逐日出版,内容极为复杂,其中虽多一时一地之事,但记载一事,其起因结果无不详为探讨,苟汇而存之,于历史上极有参考之价值。

4. 所载事项,每采取各方面之意见,及各地之消息,逐一披露,较书本杂志,似少偏倚。

由此可见报纸与吾人学术思想之关系,及其参考之价值。惟阅者阅后,每多随手弃去,良可惜也。故近来各图书馆、各机关及各科学者莫不有报纸之储藏，以备异日之参考。但报载内容异常复杂，若欲考查一事，非忆及其年、月、日期不可，苟代远年湮，忘其时日，即失其效用，如欲逐检查，则虚耗时间，岂可胜算，欲求补救之法，故有日报索引之编辑，如美国之 New York Times Index, New York Times, Index to Dates of Current Events Bouker, Information Annual N. Y. Cumnlative Digest Corp；英国之 London Times Official Index；德国之 Halbmona Thiches Uerzaichnis，将报中重大事件分类罗列，而系以月日，编成索引，考其利益，却有五端。

1. 将一年中重大事件，分目罗列，一目了然，既便检查，又可节省时间。

2. 凡事不必记其年月，只须依类检查，一索即得。

3. 保存报纸原欲便于检查，如无索引，则检查困难，即失其效用。

4. 报纸叙事或断或续，或散见数处，或绵延数月，今有索引，可以依类归列，前后互见，既有系统，复便检查。

5. 各事分类编列，每题之下，载明月日，即不参阅原文，亦可知各事之起讫及其关系。

我国刊行报纸垂数十年，但未闻有索引之举，本报有见及此，爰将本年度之报纸编为索引，以便阅者之检查，即向未收藏之本报者，亦可因其日月，旁考其他各报，如于学术上有所参考，须检阅原文者，则本报所藏原文，亦可公诸同好。如因事不能到馆检阅原文者,本馆亦可代为抄录,务使报载各件,均足为我国学者参考之助,以求学术上之进步,是则本报之微意也。

凡例

(一)本报索引自民国十四年(1925年)一月一日起至十二月三十一日止。

(二)凡下列各件均分类编入。

(1)凡关于全世界或全国之事件;

(2)凡关于地方之事而为全国或全世界所注意者;

(3)凡关于科学之发明,研究之报告及重要问题之讨论;

(4)凡关于各地方各种学术、工商业之调查报告;

(5)凡关于地方之事而为全国或全世界所注意者,名人演讲及著述,要人之历史及传记;

(6)凡篇幅较长叙事较有系统,而有参考之价值者;

(7)凡关于各项统计者;

(8)其他重要事项。

(三)凡关于下列事项概从略。

(1)凡广告、启事、征求、声明等;

(2)凡例行各件,如火车时刻表、物价单、审判报告等;

(3)凡短篇文字,如时评、什(杂)纂及地方新闻等;

（4）凡无关重要之电报、通电、命令、什（杂）讯等；

（5）凡局部暂时之事，无参考之价值者。

（四）本索引分类系仿杜定友著之《图书分类法》分类，而略加增删，以应实用。

（五）每事列为一条，每条之下，注有数目，以代表日、月及张数。如十一，十五，四，即系十一月十五日第四张。

（六）每类名之前有号码一枚，系用以指明各类之次序。如200为教育，300为政治等，以便阅者按号检查。

（七）各类号码不相连贯，以便以后有新材料之插入。

（八）凡同属一类之事件，则依性质相近者，排列一处，庶便检查。

（九）凡一事可以归入两类或两类以上者，则分隶各类一一重见，以便互相引证。

（十）各条以事实为标题，如报中有同一事件，而标题各异者，则择用其一，或另定题目，以归一律。

（十一）本篇因时间手续上之关系，只列分类索引一种，其余如人名索引、类名索引、标题索引、地名索引及日期索引等暂从略。

（十二）本索引，事属创举，流漏在所难免，幸阅者谅之。

中外报章类纂社简章

第一条　本社广集国内各埠及欧美名都报章，用科学的分类法，从事纂集，逐日剪贴，于本社特制之纸片，或为类稿，俾各报所载，皆以类相从，有条不紊。虽历时数年，俯拾即得，定名为中外报章类纂社。

第二条　本社贴报之纸片，大小一律，极便装订及保存，凡订阅本社类稿者，无异收藏中外报章之全量，其消费可谓极廉，本社类稿曾经极精之分类，阅者就其需要，择类订阅，比之直接阅报，其时间之省，尤不可数计。

第三条　本社所用之分类法，纲目极繁，非简章所能备举，兹为订阅便利计，因"人"与"事"之别，区其类稿为两种：

甲种　报章记载之关于个人者。（说明一）此种类稿之订阅者，不仅限于本人，凡社会有名之士，其亲若友，或其敌党，欲注意中外报章有关其人之记事，或评论，皆可委托本社征集。

乙种　报章记载之关于某种事项者。（说明二）本社为引起阅者兴味起见，阅者得就其所欲研究之事项，自由命题。大者若政治经济，其资料之广，与专书无异，本社必以其能力所及，详细分目，明其系统。大者若政治中之某一事，经济中之某一项，阅者亦得自定范围，委托本社，其范围以内，若能分目，本社亦必善为分析，以便阅者。尤小者，如"疯犬咬人"，此至细微之事，虽研究社会事业者或无暇注意及之，若有阅者欲征集此类事实，稍积岁月，自可得一明确之观念。若更加以统计,至少应知疯犬咬人之事,每年何时发生最多,何地发生最多,被咬后之病态,究有几种,其治法安出,其预防之法若何,此类知识为书卷所不载,最有益于人群。(说明三)本社剪贴报章,不复不遗。各报同记一事,其内容相异者并存之,相同者不复存,借节阅者之消费。

第四条　本社类稿收费以件计,每件收费五分。其篇较长,分载报章数日始毕者,按日计件。

第五条　预订本社类稿者,按问题之大小,收定金二元至十元,每月按照定价九折,结算一次。若应缴之费已过定金之半,应补足定金。停阅者若定金有余,照数缴还,预缴定金百元者,七折收费,每年结算一次。

第六条　若有机关或个人订阅本社类稿,其指定之范围较大,或不欲预定何项问题,遇有重要事件发生,临时嘱本社送达,亦可照办。其缴费方法另议之。

第七条　订阅本社甲种类稿者,每月虽无资料,亦收检阅费一元。

第八条　本社所出类稿,每类中中外报章皆备,若订阅者不惯阅外国报章,亦可声明除外,其须本社译成送阅者,本社为优待阅者起见,仅收极低廉之译费。

第九条　本社类稿递送法分两种。

(1)每月递送　每月月终由邮局递送,其每类页数较多者,由本社装订成册,不另取资。如需挂号,邮费另加。

(2)每日递送　本京逐日专差送达，每月收专差费一元。外埠逐日邮寄，邮费另加。

第十条　本社同人，极愿为社会效力，其兼办之事如下：

(1)代登各埠报章广告；(2)代发表事项；(3)代更正事项；(4)征集当代名人照片及其事迹，供各报之用；(5)受各报之委托，办理发电、通信、发行广告事宜；(6)承办中、英、德、俄、日、西班牙文件之拟稿及翻译；(7)承办英、法、俄、德文件打字；(8)代介绍䴉文。

现将索引应用之方法论之于下：

在第七章中的分类表，虽则只有三个，而交错互通所成的类，何止千百，在千百类里去寻找三件材料岂不仍是很困难的吗？实际类愈多，分得愈详细，愈容易检查，只须把怎样可以使类的次序排列整齐，使无须耗多量的脑力，和多长的时间一检就检出来了，现在所想到的有两种检查的捷径。第一，每类依照它合成的许多项目的号数并合而成为类的号数，再加"甲""乙""丙"三字以分别之。例如：丙表内"日本党务论述"一类的"日本"号数为"2"，"党务"号数为"3"，"论述"号数为"7"，合并起来就成为2/3/7，再加以"丙"字分别之，成为丙2/3/7。这个丙2/3/7就作为类号，然后依"甲""乙""丙"分别再依号数的次序分列，末依时日的先后分别，这样我们譬如说要找一段中央颁布的积谷仓规则，我们知道它是归入甲"民食法规"一类里面,又知道这类的号数是甲15/11,那么我们就到甲15/11的一类去寻找就是了。第二,采用四角号码检字法,瞿氏检字法,面、线、点检字法等,把类变成号数,先依"甲""乙""丙"分,再依次数分,末依时日先后分,排列亦有科学的依据,检取亦很易,至于要讲到采用哪个字最为妥善,则难加以批评,可随各人的喜好而定,举一个例,假定采取四角号码检字法,可将类目的各字各取一角而以"甲""乙""丙"分别之。如甲土地调查一类可成为(甲)4404,甲省政报告则成为甲9142,均可照此编制。

检查的方法,我们固然有了相当的解决,但是凡遇想到要去检查某一节材料,而在某类中去寻找却没有,那时不免想着或者这种材料没有剪,或者这节材料编入另一类目里面去了,不容易记忆起,有时你所找的某节材料,所编制的类里虽然没有而你关于这种刊载的时日,倒记得大约在什么时候,有时你想著述需要剪报材料来参考,但是你不曾知道有多少材料,可以供你的应用,凡此种种情形我们不得不依靠索引来解决了。索引既是为求清晰明白它的性质,有些和目录汇编的意义相似,所以应该要醒目要简单,所以关于编制剪报材料的索引,茅震初先生介绍过两个检查的方法,一依各类分别用与粘贴纸张一样大小的索引纸,将类中各材料的标题依时日的先后录下,该纸可预先印好,其格式可随自己所喜而定,惟必须包括两项:1是"标题",2是"月日"。纸张大小亦与一同,但不依类为单位,而完全依时日为单位,就是不论什么类的材料,同日的都抄在同一纸上,抄录的事项除"标题""月日"外再加"归入何类"一项,又因为类目已有号数，可简单地将类号填入"归入何类"项内，不必将类目完全的数字填入，兹举例如下：

剪报材料索引

标题	月	日	归入何类
民政党今后之任务	9	21	（丙）236
积谷仓规则	9	21	（甲）1511

将以上一二两种编制比较一下，似乎 2 较胜于 1，因为依类的索引，则遇不知其类而仅知时日的时候，未免失其效用，且同类的材料决不致于多得无从翻检（因类目如此的多，同类材料自少，拿全体的材料总计，便感到多了）。又何贵乎更费许多功夫编制索引，其第二种方法呢，既以时日为单位，复有类号记着，假定每天所剪材料共须费索引纸一页，则一年至多亦仅三百六十五页，翻阅决不甚费事也。（索引纸既与黏贴纸同一大小，有一英尺长，九英寸阔，上下一分两节可录二十余段剪报材料的索引）

第十二章 报纸索引的处理

一、选目与登录

报纸索引的处理,关于它的各项步骤和方法,现在可先将其中的选目与登录两项来分述如下:

(一) 选目

选目就是在开始选题的时候,要择何者材料要索引,并选定各目录所定字样的一种工作,这也可以说是索引实践工作的第一步骤。其方法,将所要索引的目录等,先决定何者字样后,然后即在这些目录的下面划上一个颜色的横线,或即在其上面标一斜角的记号。至于哪种材料是应该选入的,而哪一种材料是应该废弃的,这首先就要由从事这项工作的人,视其应用与参考方面的是否适当以为断。因为我们在索引的本身上当然求其详尽无遗,但在某种的限度之下,却也有加以相当选择的必要。换言之,亦即一方是固不能只凭主观的意义以定取舍的标准,而一方却也不能集糟糠玉帛在一处,一味毫无抉择地乱选。

这便是选目的一般原则。兹再将选目的时候,要注意的几点分述于下:选目第一要注意到参考的地位与需要。所以索引的目的,并不在于索引的本身,而却完全在参考方面的价值。所以譬如现在我国有的地方,便似乎有这种"为索引而索引"的现象,完全并不以参考者的地位与需要为对象。这实在又是一个学术上的浪费。选目第二要注意的,就是选定各目录的字样,非简单而清晰不可。所谓简单,当然指其意义的单一;所谓清晰,即指其对象的能明晰。有许多文章的题目与内容并不合一,遇到此种篇名时,那就不妨给它另行改易一适当的篇名代之。不过此种改易,大都也只能限于非文学的政治、经济、教育等,而可以代易篇名,以使之能合具体显现的意义。至于文学中的小说、诗歌等篇名,那便必须一字不改地给它索引,因凡这种小说、诗歌,在一篇名的后面,有添注小说、诗歌等的字样。选目第三要注意的就是一篇材料如遇有两种或两种以上的类名可归属时或两种类别如同属于重要时,这在选目时,就不妨先择其重要次要的,做一取舍的抉择,而再应用到"见"或"参见"的种种方法。又选目第四点要注意的是选择人名、地名时,当以其首字为登录字。而遇到别号或假名时,如果别号或假名有时反较其真姓名为普遍,那就可将其别号等的首字为登录字。在地名方面,当然亦可如此,如遇到非现时通用的,则也不妨选择一通用的,而再另用参见等法来补救。又外国人名,如仅知其原名而一时不易得其译名者,这便须将其原名另做一原著者目录,这报纸索引中,是很容易遇到的。

（二）登录

索引经选目以后，于是便可开始将各目录录入空白的卡片，而即着手于登录，关于各目录的种类，现可分为类名目录、著者目录、译者目录、"见"目录和"参见"目录这几种，而这一种目录的字样，那大致就是登录篇名、著者或译者、报纸名、卷、页和年月日，等等，至于其登录的地位，那是可因了以上目录种类的不一，而亦各异其地位，现在把各种目录卡片，介绍数种如下：

1. 类名目录

这是一种以类名为主而成的目录，其中类名字样的地位，即在开始的第一行，行格系于第一红直线起，字色则用深色（用浅色以标子目），上附一目录的式样，便是一很好的类名目录。现可将里面其余的各目录字样简单地解释一下，第二行的"神户的华侨教育"，这便是篇名，其他位大概都在类名或著者的下一行，行格则从第二红直线起，字色用浅色。"王行"是著者的姓名，此在类名目录或译者目录中，便空一格而接于篇名之后，字色在这里则用浅色，"上海晨报"是报纸的名称，都接在著者、篇名等字样的下一行。"Ⅰ"这便是报材教育类装订的卷数，以罗马字记号为别，地位则空一格，接在报纸名称的后面。如接在卷数之后，则须以"："的记号为别。"18－[2]4"这便是页数，即为十八页至二十四页的意义。"12M24"，这是年月日的三种符号，浅色的"12"便是代表"十二日"的记号，空一格，接于页数之后面；罗马浅色字"M"这是代表"六月"的记号，紧接在月日之后，阿拉伯浅色字的"24"是代"二十四年"的记号。

(1)

教	育學
	神戶的華僑教育　王行
	上海晨報1:18-24, 12Ⅵ24
	○

2. 著者目录

这是以著者姓名为主做成的一种目录，其地位在这里，也在第一行，行格也由第一红直线起，字色则用深色，其第二行各目录字样，因已同"类名目录"中，故这里便也不再多赘。

(2)

王	行
	神戶的華僑教育
	上海晨報1:18Ⅵ24.
	12Ⅵ24。
	○

3. 译者目录

这是以译者姓名为主做成的一种目录。这在译者名后，须加一"译"字的字样，在译者和译字之间，空一格，字色用深色。其译者的地位，则在著者目录中，便即据于篇名之后，在类名目录中，可以接于原著者之后面。而行格则在篇名或原著者的后面，亦从第一红直线起，余第二行各字样，亦可参见(1)式中各项的说明。

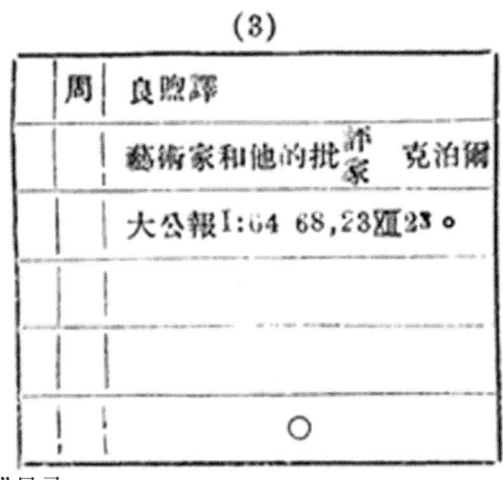

```
        (3)
┌───┬──────────────────────┐
│ 周 │ 良照譯               │
├───┼──────────────────────┤
│   │ 藝術家和他的批評家 克泊爾 │
├───┼──────────────────────┤
│   │ 大公報1:64 68,23Ⅷ23。 │
├───┼──────────────────────┤
│   │                      │
├───┼──────────────────────┤
│   │           ○          │
└───┴──────────────────────┘
```

4. "见"目录

"见"目录是由索引中关于某篇名不用的目录，去参见用的目录。这大都应用于别字假名等的场合，而查得其真姓名后，即将其假名等作一"见"目录，但有时其假名等反较其真姓名为普遍时，则用其假名，而反将其真姓名作"目录"也可。

5. "参见"目录

参见目录是索引中两个同用的目类，互相参见的一种目录。其地位大概都列于两个类名之间,行格则前后各空一格。

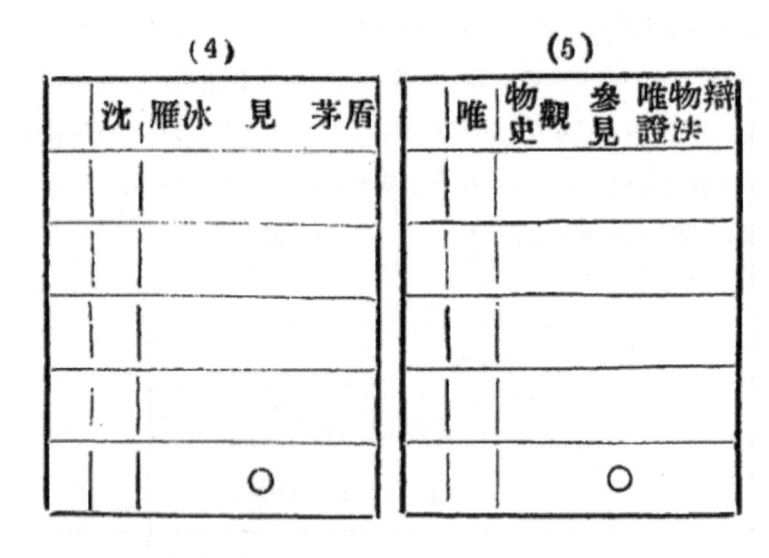

```
    (4)                  (5)
┌─┬─┬─┬─┐          ┌─┬─┬─┬─┐
│沈│雁│见│茅│          │唯│物│参│唯│
│ │冰│ │盾│          │ │史│见│物│
│ │ │ │ │          │ │观│ │辩│
│ │ │ │ │          │ │ │ │证│
│ │ │ │ │          │ │ │ │法│
├─┼─┼─┼─┤          ├─┼─┼─┼─┤
│ │ │ │ │          │ │ │ │ │
├─┼─┼─┼─┤          ├─┼─┼─┼─┤
│ │ │ │ │          │ │ │ │ │
├─┼─┼─┼─┤          ├─┼─┼─┼─┤
│ │ │ │ │          │ │ │ │ │
├─┼─┼─┼─┤          ├─┼─┼─┼─┤
│ │ │ │○│          │ │ │○│ │
└─┴─┴─┴─┘          └─┴─┴─┴─┘
```

二、编序与校对

上面既把索引中的选目与登录两项,叙述明了后,现在便可接讲其编序与校对。

(一)编序

自选目以至一一成为目录的卡片后,于是这样便可达到编序的步骤。编序的第一步,先将同目录的卡片一一集合,另用一目录卡,把它抄下,而后将它们不同的报名中相似的材料等依次录去。编序的第二步,将同类名或同篇目著者的目录卡,再加以一种适当的排列,我们现在归纳着种种的排列方法,是可得下述的五种。而这一步工作完成后,如不预备将其编印累积式的报纸索引者,便可将其排入目录柜内,而可应用：

1. 字顺法(以排字符号排列),这即是依据各目录的字顺而排列的一法。

2. 历年法(以年代先后排列),这是依年代先后排列的一法。

3. 分类法(以分类的关系排列),这是以分类的关系去排列同目录的一法。

4. 轻重法(以材料的轻重排列),这是将许多目录中权其轻重而排列其先后的一法。

5. 先后法(以卷数、页数等的先后排列),这是完全以各目录在报材中论及的次第排列的一法。

编序的第三步,是一种检版的手续。这一种手续,完全以预备印刷累积式的报纸索引时才应用得到,因为索引的目录里面,是常有许多登录字或类名是相同的,所以为了在印刷上经济美观起见,便不得不应用这种省略的方法,这种方法,现在可以举要的分述数则如后：

1. 凡刊印累积式的索引,大概均采一种混合排列的方法,把类名、篇名、著者的各目录,照字顺法混合排列,其首字以笔划的多少而定其先后,同首字或同划数的,那么再另按一种检字法排列之。

2. 凡同类名、同篇名、同著者的目录,那只须取其一目,其余各目录,则都可从略,详如下表：

(1)同类名的目录,其余类名即从略,篇名另行起,缩低一格排印。

(2)同篇名的目录,其余篇名即从略,著者另行起,缩低一格排印。

(3)同著者的目录,其余著者即从略,篇名另行起,缩低一格排印。

3. 凡遇原名的篇名或著者等目录时,那关于篇名,可排于中文篇名的后面,其顺序便以其原文字母的先后为准;而关于著者,或另行排列,或亦可照其正楷的笔划,依次列入,如 A 为三划,S 即是一划是。

4. 凡"参见"与"见"的各目类排列,则类名即照类名的次序排列,篇名即照篇名的次序排列,著者亦即照著者的次序排列。

5. 凡其他以符号为代表的,如卷期、页数、年月日等等的字样,则仍如目类卡中照式排印,亦接排于报名等的后面。

(二)校对

关于校对,这一项工作,也可以说是最后的一步工作,其中可分三个步骤来说:

第一步即为起草目录卡的校对,这时候的校对,大概首先须要注意的,就是登录地位的有无错误和前后卷数页数等,是否都有相符。其次再要注意的,就是如果这索引的起草,是出于另一个人的话,那还须由起草这索引的人员校对一过才是。而最后应该注意到的"参见"和"见"的各目录卡,是否都一一如序地插入,这尤为校对中最须注意的一点。

第二步即为正式目录卡的校对,这时候的校对,因须付印或供诸应用,所以,就得较第一步的校对,更要精细一些,其校对方法,兹亦可分列三点如下：

1. 排列方面

须将各目录排列以及正副索引等卡片，有否排错或有否划清，而须将其一一校对，如有发现错误，便得随时校正之。

2. "参见"方面

须将一个目录的有未参见于双方，以及参见的字样，有否合乎"参见"的原则，这样也须给它细细地校对，如有缺少，便应马上补入。

3. "见"的方面

"见"与"参见"是略有不同的地方，即"见"是为某一不用的目录去"见"一用的目录；而"参见"者，则为索引中两个都用的目录互相参见的意义。关于"见"的校对，是须去检查属于不用下的各目录，是否都见于用的各目录之下即是，如有未妥的场合，当然亦即应设法改正。

第三步是印就累积式的报纸索引的校对，这也可分为下列的三种步骤：一是将印就的索引与原稿卡片的校对；二是将卷首的总目录，校对其页数有否印错，有否遗漏，亦即为目录与本书的一种校对；三是最后把指引页的插入后的校对，指引页亦犹诸卡片中的指引卡（这在卡片中亦同样用到），其大小亦适合本书而积一般的大小，不过在一面须裁作梯级形，以便翻检，如能到有色纸者，当然是更能醒目，而在校对时，即须注意其指引的有否符合以及插入的地位有否错误的数事，因为这一种指引页的功用，对于一般翻查者，是会有很大的助力的。

第十三章　剪报室

我国各大报馆,为报材之供于参考者很多,近来亦注意剪报的工作,但没有剪报室之设。欧美日本各大报馆,均有剪报室的设备,其材料的丰富,视图书并没有逊色,现在把它分开来说。

一、美国

美国报馆的剪报室,以《世界报》(World)为最大,室与图书馆并列,请了十多个人司管这事,门首张有铜网,非室员绝对不许入内,借阅材料,则由铜网上之窗口传递,其手续与图书馆同。

剪取之材料,大率出于各种报纸、杂志、小传与片段的印刷品,每件必记其发行日期在它的后面,且也有兼记报纸名称的,用来装入一坚固的大封套里,保存起来。

剪报的整理,大别分为二部:

1. 传记部　关于个人或个人家族的。
2. 杂部　关于其他的(文字的有照片的,也把照片一并放在封套里)。

传记封套以 A、B、C 为顺序，排列架上，在一定距离以内，间以木板，以防封套的倾侧。这木板较封套略高，通称为节板（Section Plate），每两节板之中，通称为一节（One Section）。每个节板的上面，必书明右方所置封套的顺序，如右方封套的顺序，为（Staa-stae），则节板所书的，应和文相同，再次一节封套的顺序，Staf stah，则节板的书法亦和它同。

依此排列，检阅很便，每一节中，必有一杂类封套，凡不能独立的材料，皆在这里面，若某一人的材料，不为一封套所能容，那么可析而为二：

同姓的材料，如搜集日多，亦可另置一封套，如其姓为 Stafford，则封套即书 Stafford 诸氏。

同姓的材料，如非常增加，则可以其名（Christian name）分析之，即以其名书于封套之上，这时应另立一节，节板之上，亦应书明 Stafford。

若 Stafford 的材料，非一节所能容，可再析而为二，则节板之上，应书明 Stafford A 与 Stafford B。

某一人的材料，若搜集日多，则以其事实的不同，而分置于各封套中，如哈礼门（Harriman E. H.），美国的一有名人物，其材料多，可别之如下列：

家庭　亲眷　交游　健康　运动　旅行　政见　演说　报纸上之谈话　与罗斯福　与太平洋铁路　与 Hlinois 中央铁路　与芝加哥铁路　与纽约中央铁路　与大北保险公司铁路　铁路以外的商业

与内地商业的关系　铁路以外实业的收入　保险投资的证据　Alaske 长途旅行 Harriman 之不正行为 Harriman 之夫人　《世界报》之论说　照相　杂类(Harriman 系的利害)

由此观之,仅 Harriman E. H. 一人,已需封套二十多枚,而推至于威尔逊、哈定、罗斯福诸氏,其量当然是更多了。

以上关于传记部剪报的想理,可再概括说明如下:

1. 一人的材料,适可置一封套;

2. 一人的材料日多,可分置二封套至数十封套;

3. 数人的材料,适可置一封套;

4. 数人的材料日多,可分置二封套至二封套以上。

现在进而谈到杂部剪报。

杂部剪报,析为三十多类,每类又因材料的多少,而析为多少节。每节更因题目(Subject)之异,而析为多少封套。

世界报之分类如下:

1. 杂类(报纸,葬仪)　2. 宗教(妇人)　3. 社交(运动及娱乐)　4. 总会(Club 及会)　5. 犯罪　6. 裁判(刑罚慈善)　7. 动物　8. 教育　9. 学艺(文艺,科学)　10. 医学　11. 公共事业　12. 纽约市　13. 纽约州　14. 其他各州　15. 欧洲　16. 亚洲　17. 其他诸国　18. 人种及蛮人(水陆)　19. 灾害　20. 政治　21. 政府　22. 国际关系　23. 海军　24. 游艇(Yacht)　25. 船　26. 铁路(铁路杂类)　27. 市街铁及其他交通　28. 劳动　29. 公司　30. 商业

第一类的材料,乃不能置入其他各类的,依 A、B、C 的顺序,分为

二十四节，如儿童、电气、大富翁，均自成一节，因为材料是比较得多；新闻及葬仪，则分为纽约报纸、报纸、杂类、死亡、葬仪四节，排列在第一类的最后。

第五类以犯罪的材料为主体。

第六类专取审判的材料。

第十八类的材料，以人类为主体，如关于中国、日本，第十六虽然也有，而移民问题、黄祸问题，则属于第十八节的，每节常分为若干节，现在举例来说明一下。

第二十八类　劳动

1.罢工　2.团体　3.工资　4.杂类　5.农业与畜牧　6.林业与田亩　7.煤炭　8.铜　9.金　10.铁及钢　11.锡　12.矿业　13.动物生产　14.土地出产　15.饮料出品　16.发明　17.爆发品　18.工场出品杂类

第二十九类　国际关系(陆军)

1.英美关系　2.对外关系(杂类)　3.全美问题　4.外交官　5.条约　6.税则　7.互惠条约　8.白林海　9.渔业　10.欧洲事件　11.国际杂事　12.国防　13.美国陆军　14.美西战争　15.军械及弹药　16.陆军(杂类)

第三十类　商业

1.商业　2.纽约旅馆　3.各地旅馆　4.保险　5.交易所　6.银行(某银行)　7.银行(纽约)　8.银行(杂类)　9.银　10.投机　11.财政　12.失败　13.电话,电报公司　14.电报,电话(杂类)

15. 印刷

每类的材料外，分节来储藏；每节的材料多，则分封套来储藏，整理的方法，也和传记法相同的。

又如第二十九类公司中的美孚煤油公司（Standard Oil eo.）亦是美国的有名大公司，它的材料很多，独占一节，为了题目的不同，于是分放封套如下：

纽约百老汇路二十六号，该公司办公处　营业的方法　煤油以外营业的收入　分红　股票　收入　雇员　罢工　火灾　爆发　海外收入　海外输出　各种团体的调查　国内商业分店的调查　煤油管之分布　政治　对于律师的规定　煤油价　组为米梭里州（Missouri）之诉讼及调查　俄海俄州（Ohio）之诉讼及调查　密西西比州（Mississippi）之诉讼及调查　美政府之诉讼及调查　高等法庭之判决（杂类）

《世界报》之剪报室其内容大概如此，每封套的里面，于材料之外，又附以红色及黄色硬纸（Card）各一，黄色之一纸，正反面即有若干横线，如果碰到该封套借出的时候，则拿出此纸，书明借阅日期及借阅人的姓名，而放在该封套的原址；红色之一纸，印有大字如下：

记者注意

取用此剪报之时，不可不细加辨择，这里面或有错误和伪虚，处当时受人非难的，或现在已经消灭了的。下笔之时，若有未可尽信之理，须加研究，现在的受人称誉的，即使从前偶有不善,如无正当理由,决勿形之笔端,总须在公平与正确而已。

《世界报》之利用剪报,平均每日五十封,换句话来说,即《世界报》所载的论说与记事,大部参考这种材料而成,该报之能扬芬宇宙,占报界的上游,乃是努力二十五年的结果,非一朝一夕之故。

此外剪报室之规模宏大的,当推哥仑比亚大学之新闻科,该室占图书馆地位三分之一,其整理系从杜威氏法则(Davys System),此是一般藏书家所熟知,兹不在此赘述。

二、德国

德国报馆之编辑员,人各一室,各人所需的参考材料,亦各放于自己的室内,没有剪报室的设备。

利俾瑟(Leipzig)大学,及门占(Muenchen)大学之新闻研究所,其所采用的整理法,并不以实用为目的,故不足供新闻家的参考。

三、法国

法国报馆之内容,一部分与德国同,但多数于图书室内设有剪报部,以供馆员的参考。巴黎报馆,以《晨报》(Le Matin)为最大,其所用的方法,与剪报异,乃是一种索引,该报以硬纸每日记其内容,用来整理,以与剪报较,自觉范围狭隘。

《晨报》之整理法,可分为二部:

甲　记事部

乙　照片部

记事以人名、地名、杂类为别，各书于一硬纸上，而附以简单的说明，再以 A、B、C 之顺序来排列，检阅颇便。

如记载人名的纸片，则人名书于顶端，可以显而易见；次为说明，字较小，再次则为该报登载此人的号数、页数与栏数。

照片部则有两种索引，一为 A、B、C，一为年、月、日。A、B、C 的索引，人都是知道的，若年、月、日的索引，则用得甚少，还有许多照片，表面上看来，好像没有多大的差异；而当登载的时候，必另有一原因，为期日久，将不知以何种题目而保存，《晨报》的拿年、月、日做索引的，就是这个缘故。

《晨报》于保存照片外，且保存照片纸版，以供临时的需要。

四、日本

日本报馆，看剪报与收藏图书、照相并重，名曰切拔；并且已有兼以这为营业的，名曰切拔通信社。其制度与欧美同，受订阅此项切拔的预嘱，譬如关于矿业的，就每期以此矿业的新闻切拔，寄与订户的，其于他业亦然，人都称便，乃以报纸浩如烟海，如何得举全国的报纸来一一读之，有此切拔通信，则仅就我所欲读者读之。

剪报之法，简而易行，以我国出版界的沉滞，与专门著述的缺乏，欲求事实上的便利，则剪报室的设置，似转急于图书馆。

我国人对于新闻无兴味，对于国外之新闻更无兴味，如有一事突然而起,唯报纸累日连篇以载,而阅读的,常常不知它原因的所在,这都是平日无预备,临时的无从参考的缘故。

日本新闻家本山有言:"新闻贵新鲜,有如菜蔬鱼肉之不可陈腐,而储蓄御冬之计,亦不可不为之绸缪。"吾国报馆,亦应起来行之。

第十四章　新闻书提要

我们在剪贴、储藏报纸之余,对于新闻学之智识,亦须有相当的明了,因之新闻书籍的搜集,乃是必要了。然新闻书籍,浩如烟海,到底以哪者为是,在这里,搜集了一些关于新闻的理论、管理、编辑、采访等,作简单的内容介绍,俾为搜集新闻书籍时的借镜。

一、Getting and Writing News

By Dix Harwood

在许多新闻学书籍之中,我们感觉到有两种普遍的缺陷。一是专重于经验的抒述,而忽略了基本的理论。一是专偏于理论的发挥,而疏忽了事实的参证。因此,这类书籍在文字组织与西文报纸绝对不同的我国新闻界,是很难适用的。

至于这本 Getting and Writing News 可说已避免了上述缺陷的一部分,理论与事实已能兼顾。所以很乐意地将它介绍如下。

Getting and Writing News 1927 年出版于 George H, Doran Co. 售价

七元六角。作者是迪克哈佛（Dix Harwood）。因为内容丰富，理论与经验并重，到 1934 年已再版五次，内容亦历经修正，与时代潮流极相吻合。

作者迪克哈佛是一个新闻的理论家，同时也有实际的新闻经验。

他是美国意利诺大学的新闻学讲师，罗伦斯学院的修辞学教授，同时更在《旧金山观察报》（*San Francisec Examiner*，哈斯脱的发源地）和《丹东新闻》（*Dayton Journal*）任编辑。

由这理论经验俱极充裕的作者的修养中，孕育出这本理论事实兼顾的 *Getting and Writing News* 是无足惊怪的。

全书共十八章，其目录是：

第一章　新闻纸职员

第二章　访员与真实

第三章　编辑所认为新闻

第四章　采访线索

第五章　一般的采访

第六章　新闻纸的英语

第七章　撮要

第八章　新闻记事

第九章　社交新闻,个人新闻与简约

第一〇章　死亡报告

第一一章　运动

第一二章　演说与集会

第一三章　访问

第一四章　公布

第一五章　特种新闻

第一六章　通信

第一七章　访员与其工具

第一八章　地方报

此外尚有附录三种,为:

1.新闻文体;2.新闻办公室术语;3.练习题。

本书的特色,可提出如下两点:

1.第七章的新闻撮要,叙述特别详尽,系一般书籍中所不经见者。先叙撮要的性质,需要撮要的理由,及美国与德法撮要的异点,次将撮要的作法揭示。最后列举撮要之方式,有以人为主体的撮要,以事为主体的撮要,以地为主体的撮要,运用他人言语的撮要,发问的撮要,阐释理由的撮要,特种的撮要。同时更述及撮要与修辞学的关系,与关于撮要的术语。

这对现代中国报纸的忽视撮要,确是一剂兴奋剂,将来社会生活的日趋繁忙,是必然的事实,因此撮要的研究,在将来的新闻纸一定是一个极重要的问题。其目的是要使读者一看撮要,便知整个记事的内容,是新闻精粹的揭示。哈佛所举的撮要方式,是值得注意,并且也可以拿来应用的。

2.第十七章新闻记者与其工具,亦有特出之处的。他认为新闻记者应有的工具是:(1)明了地方情形;(2)明了整个国家的情形;

(3)参考书;(4)小史;(5)统计材料;(6)会议录。

这较之人云亦云的新闻书籍,确有不同凡响的特点。

二、Mifflin Currents in the History of American Journalism

作者 Millard Grosvenor Bleyer 系美国威斯康辛大学新闻学教授兼新闻系导师,此书共十六章计四百七十四页,第一至第六章述美国报纸发生的背景及其过程,第七章至十五章叙新闻经营家从事新闻事业的经过。末章述当代报纸的发展,书末并列举各章中有关之参考书,为研究美国新闻事业史之专著。1927 年出版于 Houghton Mifflin C.售价美金三元。

内容:

第一章　美国初期新闻事业

第二章　初期殖民地报纸(1690—1750)

第三章　殖民地反抗美国时之报纸(1750—1783)

第四章　政治报纸之滥觞(1782—1800)

第五章　政党报纸(1800—1833)

第六章　辨士报纸之开端(1833—1840)

第七章　朋尼特与《纽约报知报》

第八章　伏莱斯格利礼与《纽约讲坛报》

第九章　礼蒙特与《纽约泰晤士报》

第一〇章　色尔斯与《斯勃林费尔共和报》

第一一章　戈金之民报与《纽约晚报》

第一二章　特那与《纽约太阳报》

第一三章　纳尔逊与《甘城星报》

第一四章　派利特塞与《纽约世界日报》

第一五章　哈斯特与《纽约报》

第一六章　现代报纸之发展

1800年以前美国新闻事业，受英国的影响，以转载英国报纸为能事，所以第一章述英国报纸之发展，第二章述及殖民地最早小型之 Daily Courant 日报。19世纪初叶以前之美国新闻记者，大抵与穷魔相伴，阿附政治及其他私利，借图生活，1835年《纽约报知报》创刊，社主明尼特，树独立不羁之帜，并力矫向来偏重议论之恶习，不惜巨资，施种种之设备。此报出世后，遂为美国报界划一新天地，这在本书第七章已述之详尽。

《纽约太阳报》，为特那氏创办，编辑整齐，记载翔实，有"新闻记者之报纸"之称，可在第十二章中觇其全豹。

哈斯特号称新闻王，促进美国新闻事业发展上之一大力者，他实为美国报纸托辣斯的领袖。其父是上院议员，经营银矿，遗资数十万而逝，其时氏方卒业大学，逾冠才六七年，性锐敏，富才识，办报之念极强，初收买纽约一日刊，继于纽约办一朝刊，纯以黄金万能为办报的方针。他又以重俸把他报优秀之记者拉出，读了第十六章，可以明了哈斯特在报界的权威。特那氏曾在太阳报上著论嘲之，呼为"黄色报"，是即"黄色报"术语的出处。

三、《新闻编辑论》(*Newspaper Editing*)

原书为海特(Grant Miller Hyde)作,1915年由河柏顿(Appleton)公司初版,该公司分设纽约、伦敦二处。海特系美国威康兴(Wisconsin)大学新闻学教授,兼该校出版部编辑,著有《新闻采访与通信》(*Newspaper Reporting d Correspondence*),《新闻从业员手册》(*Handbook for Newspaper Workers*),《新闻写作初阶》(*A Course in Journalistic Writing*)等书。

斯书共四百页,售价美金二元七角五分。全书分十章,另附录三章。内容分为二部,第一部新闻原稿工作:1. 新闻制作中整理员之职分;2. 整理;3. 标题写作;4. 校对;5. 新闻大样;6. 新闻协会供给之材料;7. 复写与再记事。第二部印刷机械学:8. 活字;9. 印刷过程;10. 小规模出版工作。附录三章:1. 印刷技术与新闻发展史之大事表;2. 编辑须知;3. 新闻学书籍。

斯书为第 本讨论新闻桌上之问题与技术的专著。初版发行后,报馆、学校,竞相采用,作者亦指定为其教本,1925年再版,内容益形丰富,每章之末增练习题,备学生于课间练习。各章所论,全切实用,诚为编辑整理员,及研究编辑工作之学生必读之书。附录首章所列,考查甚便,据载1457年德国最初发行报纸,名 *Newspaper Gazzette de Fnance*,1690年,美国始有报纸,*Benjamin Harris's Publick Occurrences* 在波斯顿出版。

四、《新闻写作与编辑》(*Newspaper Writing and Editing*)

原著者——白莱叶(Willard Grosvenor Bleyer)
出版者——荷顿米甫林公司(Houghton Mifflin Co)
1914年初版,1923年再版

作者为美国威康兴大学新闻学程导师,新闻学教授,著有《新闻写作示范》(*Types of news Writing*)、《特写文作法》(*How to Write Special Feature Articles*)、《新闻职业论》(*The Profession of Journalism*)。据序文所述,本书初版发行时,仅有极少数大学设立新闻学院或新闻学系,而关于新闻学写作与编辑之教授方法犹在试验时期。十年后,本书增订再版时,新闻中的教训已提供二百多个大学及学院,教授法亦已合标准,新闻技术教科书,各校亦一致采用。作者为适应潮流计,于增订时添了不少新材料。

本书可作学校教本,可供有志于新闻学者的研究。

内容分十五章:第一章,报纸之制成;第二章,新闻与新闻价值;第三章,搜集新闻;第四章,新闻记事之结构及其法式;第五章,意外事件新闻;第六章,演讲,访问及裁判;第七章,运动社交及特殊活动;第八章,再探记事与复写记事;第九章,人间兴味记事;第十章,特写文字;第十一章,原稿之编辑;第十二章,标题之写作;第十三章,校读;第十四章,拼版;第十五章,新闻纸之功能。

五、《新闻学原理》(*The Principle of Journalism*)

著作者——约司脱(Casper Yost)

出版者——阿伯顿公司（Appleton d Company）

1924年出版

作者为圣鲁依思民主星报评论记者,美国记者协会会长。

新闻事业在现代的大事业中已占有重要的地位,其影响之大,为人们所公认,其发展之速尤足令人惊异,普及文化,传播知识,人类之思想与努力亦受其影响,新闻纸已成为现代生活与现在社会进展之必需品。然严格言之,新闻仍是较新的一种事业,非仅为个人从事寻常职业的集合,而是一种实体,从其个别部分的观察,则其实体必须加以保护,须取得其完全与健全,认识其职责,新闻学究为何物,管理它的标准如何,它与公众的道德关系,它的目的与理想如何,作者希望在此方面使读者有一种认识,且列举新闻学基本原理,并加以界说。在原序中作者声称:"本书对于善思考有经验的报人或无所贡献。新奇并不适于此种目的,理论可以唯新是求,而原理则需由经验产生,不能务新。"

本书共分十四章,第一章,起源;第二章,生产原理;第三章,新闻职能;第四章,新闻之选择;第五章,舍弃之新闻;第六章,新闻之真实性;第七章,新闻之搜集;第八章,报纸中之人格;第九章,评论;第十章,评论之责任;第十一章,出版自由;第十二章,评论方针;第十三章,评论结构;第十四章,新闻信条。

六、《实用新闻学》（*Practical Journalism*）

著作者——休门（Edwin D. Sauman）

出版者——阿伯顿公司(Appleton d Company)

1928年最近版本

作者服务报界,经验丰富,《走进新闻事业的步骤》即其旧作,本书初版于1903年发行,在出版界得有相当地位,因彼时仅有简明新闻工作的实用价值之论文,迄无详尽的实用的分析专著,作者本其热忱,希冀能弥补上述缺陷,目的在供有志新闻事业者及业已从事记者生涯者之参考,据作者表示,职业之选择,确为难事,彼并不怂恿读斯书者采取或反对报人生涯,因职业问题须依各人环境及志趣而定;彼所提供者仅为明晰的事实,可作决定之帮助,彼认为在新闻世界中,行政能力较写作能力更为重要。

章:第一章,出版事业的进化;第二章,记者之地位与薪给;第三章,如何训练访员;第四章,访员之工作;第五章,新闻记事之筹划;第六章,如何搜集新闻;第七章,编辑员及其编辑法;第八章,新闻事业成功之途;第九章,星期增刊;第十章,艺术室中之工作;第十一章,妇女记者;第十二章,文字与文法之错误;第十三章,广告作法;第十四章,广告之征集;第十五章,地方报之编辑;第十六章,版权法;第十七章,诽谤法;第十八章,结论。

所采范例,选有著名报纸;所述均为作者经验之谈,诚不愧为一部实用新闻学。

七、《报馆管理》(*Newspaper Management*)

著作者——赛亦尔(Frank Thayer)

出版者——阿伯顿公司(Appleton d Company)

1929年出版(定价美金四元)

作者为报馆管理顾问,曾任美国西北大学中等新闻学校助教,华盛顿州立学院新闻教授,加利佛尼亚及卫康兴大学新闻学讲师,任教十年以上,经验甚为丰富。本书注重报馆营业原理,可作新闻学校教科书,可供从事出版业者及报馆行政人员参考,所有例证材料,系采自各都市报纸。

内容分十五章,第一章,报纸犹如商品;第二章,报馆之组织;第三章,销数发展与组织;第四章,销行政策及其促进法;第五章,证实之销数;第六章,本埠广告;第七章,国内广告;第八章,分类广告;第九章,报馆各部之管理;第十章,通信营业法;第十一章,会计;第十二章,各项设备之管理;第十三章,财政之拟算;第十四章,新闻企业说;第十五章,编辑方针。

八、《今日的新闻学》(*Journalism Today*)

原作于1928年刊于伦敦 W. S. G. Foyle 公司,内容共十八章。第一章,引言;第二章,自由投稿者的指示;第三章,写稿的方法;第四章,成功之路;第五章,标题之重要;第六章,日报制造的过程;第七章,日报;第八章,伦敦的各大日报;第九章,主笔的责任;第十章,新闻采访的方法;第十一章,妇女新闻事业;第十二章,商业新闻;第十三章,美国新闻事业;第十四章,法国新闻事业;第十五章,美术记者;第十六章,新闻的评论;第十七章,小说写作;第十八章,结论。

作者桑亚肃(Arthar F. Thorn)为伦敦名记者,兼任伦敦新闻学校教员。此篇所言,纯出于个人的经验,要给人以新闻学的智识,使初学者得一门径。视原作首篇序文,即知作者的用意。

在现在事业的发展中,进步最速而最收或效者,当推新闻事业。新闻纸一出,消息传来,读者震动。不特为社会的喉舌,同时也是社会的导师。世界各地教育普遍,文化事业日益进步,他如自然科学,亦日新月异。往日的旧式新闻纸已告淘汰。现在新闻继之而起。凡其所载,以最新鲜之新闻为急务,范围至广,将旧日颓废之象,洗刷一新。

新闻事业,自以"人类兴趣"为主旨以后,其兴趣之范围取材愈广,其报纸本身的销路亦增。此等有兴趣的事业,遂成为一种专门的职业,使有志于此道者,得参加之良好机会。

现代事业几有人满之患,惟新闻界,地位尚多,然有尝试而后退者,实因智识不充足之故。本书叙述新闻之入门智识,俾初学者得一门径。书中各章皆为作者个人经验所得,尚望读者指教。

原书的优点,在吐诉个人的实际经验,故篇幅甚简,便于阅读,为一本人人必致的新闻学小册。

九、《新闻纸研究》

原著者后藤武男氏,任日本时事新报社政治部长,他很有志于新闻事业,不顾其父亲坚决反对干新闻一类的事,终于走上成功的路,使其父亲了解了新闻记者的职位。

本书的特点,在能给读者对于新闻事业有一个系统的概念。其序文中有一段这样的话:"本书我相信能对于新闻研究者已经提供了一种暗示的材料,就是对于新闻没有经验的人,新闻纸到底是一种什么东西,这是怎样来经营的东西,关于这个,我相信我已经多少给予了一种系统的Journalism的观念。"可知本书意义的所在了。

内容:

第一章　现代新闻纸的观念

第二章　为自由的圣战

第三章　新闻记者职业的地位

第四章　杂报与社论

第五章　电报讲话

第六章　新闻的行政

第七章　新闻纸的制作

第三章新闻记者职业的地位中论及新闻伦理的唤起,引证美国新闻伦理的法则。中国目前商品化,以低级趣味迎合社会心理的报纸,也亟有唤起伦理的必要。

第七章新闻纸的制作,是指原稿照相插画等的整理统合的意思,中分1.制作的方针;2.原稿的整理;3.校对;4.组版(制作完成)等项。当制作新闻纸的时候,最重要的是每天的新闻应以怎样的方式来编制,关于这点,里面提出两种方法,一为美国式的,为软式编辑法,不分地域,只以重要的事件揭载在重要的地位。一为英国式的,为硬式编辑法。各项记事,与读物的配置,在各页有一定的方式。二者各有长短,本章制作的方针中,对于朝报主发挥:1.不可毁坏新闻纸的品位;2.多载含有实质的记事;3.记录的记事,也应丰富多载等特性。对于晚报,则照以下的四方针进行:1.以读者的兴味为中心;2.记事之主重内容,宁以印象为第一要义;3.抱路旁也能多卖一张的主义;4.以收容关于家庭生活与游艺之广告为主。

本书已由俞康德先生译出,在光华书局出版,售价六角五分。

十、《中国报学史》

作者戈公振氏,为中国名记者,是书于民国十六年(1927年)出版于商务印书馆,至[民国]二十年(1931年),已出至三版,现此书该馆已售完,不久当可添印。页数三百八十二,售价三元五角。

是书材料丰富,关于报纸之掌故与事实搜罗详尽,为中国惟一的报学史。其内容以我国自古迄今的报为对象。分报业为四时期,其言曰:

第一,官报独占时期　自汉唐以迄清末,以邸报为中心。在此时期内,因全国统于一尊,言禁綦严,无人民论政的机会,清末虽有外报、民报甚多,但为时极短,故称之为独占时期。

第二,外报创始时期　自基督教新教东来,米隣(William Milne)创《察世俗每月统记传》,其内容有言论,有新闻之记载,是为我国有现代报纸之始,故称之为创始时期,在此时期内,报纸之目的,有传教与经商之殊,其文字有华文与外文之别。(下略)

第三,民报勃兴时期　我国人民所办之报纸,在同治末已有之。

特当时只视为商业之一种,姑试为之,固无明显之主张也。其形式固不脱外报窠臼,其发行亦多假名外人,迨中日战争之后,强学会之《中外纪闻》书,始开人民论政之端,此后上海、香港与日本乃成民报产生之三大区域,其性质又有君宪、民主、国粹及迎合时好之多种,故称为勃兴时期,而辛亥革命之成功,实基于此。

第四,报纸营业时期 民国成立以后,党争岁不绝书,凡不欲牵入政治漩涡之报纸,遂渐趋向于营业方面,物质上之改良日有进步,商业色彩,大见浓厚,故谓为营业时期。(中略)夫自常理言之,报馆经济不独立,则言论罕难公而无私。但近观此种商业化报纸则不然,依违两可,毫无生气,其指导舆论之精神,殆浸失矣。

自第五章以后,阐述民国成立以前的报纸与报界的现状,内中关于时局对于报业进展的影响与发行销数的增加,印刷纸张的改良以及通信社报学教育的设办等,作有系统的抒述。

十一、《新闻学总论》

著者 邵飘萍

邵飘萍是中国的名记者,《北平京报》的创办人,在袁世凯窃国时代,《北平京报》力倡反对帝制复活,攻击袁氏,因而《北平京报》被封,邵氏逃难日本。袁死后,邵由日本返平,恢复《北平京报》。冯玉祥讨曹之役,该报力为宣传,偏袒冯氏,因此与奉系结下深仇。迨张宗昌打败冯玉祥进占北平,遂下令诱捕邵氏,绑赴天桥枪毙。

邵氏是个最能尽职的新闻记者,他有坚固的责任心,当张勋复辟之役,他经两军夹杂之途,冒枪林弹雨之中,亲赴天津发电,他说:"若果死,则责任心命我死,我不得不死也。"他实在是具有新闻记者的根本条件。本书是他在北平国立法政大学讲述新闻学时的讲义,共十章,分四十节,尚有附录若干节,关于新闻学的各部分,都稍有论及。

本书的特点,在能包含新闻学的全体概要,供给学新闻者以基本的智识。内容除论及外交编辑数方面的概要外,并兼论发达史与新闻纸法问题,且介绍世界各通信社的内容组织。

内容:

第一章　新闻事业之特质

第二章　新闻记者之地位及资格

第三章　新闻社之组织

第四章　新闻纸之表里

第五章　世界的通信事业

第六章　新闻之进化史略

第七章　新闻之法律问题

第八章　我国新闻事业之现状

第九章　新闻事业之将来

第十章　余论

十二、《新闻学之理论与实用》

吴晓芝编著

是书的内容分五编:1. 总论;2. 编辑;3. 论文;4. 新闻管理;5. 通

信社及新闻社概况并我国新闻事业应采之办法,共十五章,趋重理论,同时注重实用,书中材料,能予读者对于新闻纸得到相当的认识,看其序文中的一段,即可知本书的作用了。

"不过参考各种东西新闻学书籍,及选择各报上的材料,适于国情者取之,不适于国情者弃之,并本着个人办报的经验,融会贯通,编成讲义,作为研究的资料而已。现抽暇将原稿重新整理,成为此书;内容分五编十五章,其中对于世界各国新闻事业,可作参考的材料不少,对于我国新闻事业应采之办法,更提供了少许的意见。全书趋重理论之处固多,而尤注重于实用一途;可供研究新闻学者之一助,使读此书者具有读新闻纸的常识,并使一般未知新闻纸为何物之读者,得到相当的认识与了解,这就是本书一点小小的贡献。"

书中第五编所述,对于世界重要之通信社及新闻社之历史、组织与其势力之范围,可给读者一个简明的概念。

十三、《编辑与评论》

编者:郭步陶　出版处:商务印书馆

出版期:[民国]廿三年四月　版次:再版本

售价一元　版式:三十二开。

页数:一九八面。　序六面。

序者:张蕴和,谢六逸,李浩然。

目次十二面。

中国新闻学的图书有几个大毛病:1. 多取材于日本的著作;2. 内

容多空泛的理论,少实际的方法;3.选材多失之于芜杂,及陈旧;4.编制多散漫不聚中,材料分量多轻重不均;5.态度多不诚恳,并有标榜夸张与玩玩主义的意味。

郭先生所著《编辑与评论》一书,是能扫以上各端的缺点。伸言之:1.该书取材均以中国新闻界为主,故其立论甚合国;2.凡举一理论必言明实现此种理论的方法,故甚便于初作新闻记者及有志于新闻的人们;3.举例多取有标准价者,故能于无形中,将标准新闻的范例显示给读者;4.编辑者对于新闻编辑及评论方法研究有素,并只就此两方面立论,故编制井然,无头大足轻或尾大不掉的现象;5.在编辑的态度上不露丝毫夸张,自大的痕迹,证以张蕴和序言:"郭生先……沉默朴实,不苟言笑,勤苦勉学……"更可令人推想郭先生编辑此书时的一切情况。

十四、《新闻学纲要》

徐宝璜　著

著者前系北京大学的教授,兼《晨报》记者,提倡新闻学最力,于民国七年(1918年),在北大设新闻学研究会,并添设新闻学一门,为选修科,开我国新闻教育的先河。复本其研究经验,著《新闻学》一书,后为原书绝版,他想重新编校一部稿子,但志未成而身先死,这是[民国]十九年(1930年)六月一日的事,诚为新闻界的一大损失。

《新闻学》初名《新闻大意》,后黄天鹏依据其最初版本重行编校;以其内容之提纲撷要,故命名"新闻学纲要",末附徐氏晚年的几篇论文,可见他晚年思想的变迁。

这本书是关于概论方面的书,凡新闻学上实际应用的智识,都很简赅地说出,最适宜于初学者,亦是学校最好的课本,要读新闻学一类的书,第一部,应该读这本《新闻学纲要》。

内容凡十四章。第一章,新闻学之性质与重要;第二章,新闻纸之职务;第三章,新闻之定义;第四章,新闻之精采;第五章,新闻之价值;第六章,新闻之采集,扼要地叙述各种新闻采集的方法;第七章,新闻之编辑,以翔实、明了、简单,与材料适当之安排,为本义;第八章,新闻之题目,以便利阅者,引人注意,为题目之目的,详举题目之分类与造题应注意之点;第九章,新闻纸之社论;第十章,新闻纸之广告;第十一章,新闻社之组织;第十二章,新闻社之设备;第十三章,新闻纸之销路;第十四章,通信社之组织。

欲知新闻学基础的智识,应该读这本书!

五、《新闻概论》

彬材广太郎　著

王文萱　译

日本的新闻事业,在世界上,占有相当的地位。近二三十年来,我国的新闻事业受日本的影响很大,关于新闻学的著述,取材于东籍者很多,而介绍的工作却很少,这本书是任了介绍的工作了。书的内容对于过去、现在和将来,讲得十分扼要明晰,而关于新闻的各部分都说到,亦可称为新闻的常识。本书第一章至三章述新闻纸的发生、起源与变迁,给读者一个史的观念,第四章至第八章是述近代新闻纸的状况,而关于通信事业的性质与世界通信社,叙述更为详尽。读者读此,对于世界各通信社设立的略史,及其组织与通信网的散布范围,均有概括的影像,同时可感到通信社的权威而愧我国通信社的不如人了。第九章为最后一章,论将来的大问题,以将来的新闻纸,有合同的趋势,一资本主义联合经营的新闻纸发行多数的新闻杂志而形成新闻的集团,美国有 Hearst 系和 Scripps Herald 系的 group,英国有 Lothermere 系的 group,本章以此为说明的顺序,并加以观察。

十六、《应用新闻学》

任白涛　著

《应用新闻学》,虽然是一本较早出版的书,但其中的材料,可供于从事新闻业者的采用很多。报纸的要务,是把新闻记事正确地报告于读者,而新闻记事的外表和内容,更须是公正的、教育的。本书是指引新闻记者应走的路向,注意本身的责任,编制成为善良的报纸。

本书共分四编,末为附编,首编总论,泛述新闻事业的特质,新闻记者的地位、资格及修养与新闻社的组织及报纸制作的手续,是我们日常看报者而不知报纸的如何产生所必知的常识。第二编述新闻材料搜集的方法并举访问时应注意的法则,颇切于实用。第三编为制稿,概述制稿一般的注意与责任,而关于文稿实地的写作,分论说文、叙事文、特殊文、趣味文等种,并举作法的类别与要则,这几种文体,尤是特殊文、趣味文,现在有许多杂志正在提倡,而通信文字应用此种文体者,亦极为适宜。第四编为编辑,列举各国编辑部的组织,与编辑部的搜材,并述原稿之整理,标题的作法及新闻材料的排列与组版。末为附编,述欧美报纸的略史,对于各国报界之形状,可看其轮廓了。

十七、《新闻事业经营法》

著者　吴定九

看来这是一本薄薄的一百多面的小册子,而对于新闻事业经营的方法,却能简明地说出,除中国外,且述及其他各国新闻纸之经营法与新闻社编辑部的组织。

本书共分四编,第一编为总论,论及:1.现在的趋势是以新闻事业为特种之商业,对于经营之法,大有研究的价值;2.新闻社之组织,大别分编辑、营业、印刷三部分,而须以三部分充分之联络,才能成为健全的新闻社;3.发行本位与广告本位,以新闻事业的本质言,当以发行为本位,以其策略言,则又当以广告为本位,两者须并重而行,因为欲吸收多数之广告,自当先求发行的广大;4.各国新闻纸经营的方法,英美日采取广告本位主义,法德则发行为本位。第二编论及:1.编辑之方针与形式。英国式编法,注意政治外交材料;美国式编法,以杀人强盗之社会记事,迎合读者兴味的材料为主,多为印象新闻;2.各国新闻社编辑部之组织;3.编辑部之各系以政治经济与社会二系为主体。此外尚有通信、文艺、总务等系,与写真、制版、校对等科,各部不宜分工而治,编辑部的割据主义打破,而改为综合的编辑,乃不呈内部不统一的现象。这种改革,本编举出日本东京《每夕新闻》,将编辑全体分为编辑与外交访员二部,而不分为数系。第三编为营业部,述营业之方针,分发行与广告两种,今日新闻社营业的方针,乃注意于以广告为本位,而同时注意新闻纸内容的充实,使读者多,广告亦多。次再分述发行的组织手续方法等,及广告之组织地位,责任与信用,均为目前中国报社所急切注意的问题。第四编为印刷部,凡关于报纸制作之过程,印刷技能与纸面的形式均论及之,而印刷部的设备如制作新闻的材料、印刷机器,及工场管理、印刷材料的消耗等,亦概要地举出,是书算是中国新闻事业经营法唯一简明的小读物。

十八、《最新实验新闻学》

周孝庵　著

这是一本四百五十面的新闻学巨著。熔经验与理论于一炉,综括采访、编辑、制题、取材的各方面。内容分四编,第一编为新闻采访法,第二编为新闻编辑法,第三编为新闻标题法,第四编为杂著。关于新闻采访与编辑,所论较他书为详,列举丰富的实例,切合国情,以确守此时此地的原则,是为我国新闻记者实务的宝鉴。

本书的优点有:1. 看我国新闻的传播,受外国通信社的支配,所以本书特辟国际的新闻政策一章以讨论之;2. 注重编辑艺术,故特别注意于标题的制作,以鲜明活泼,切合事实,尽量表现新闻中的价值为原则,又本著者的经验,评论其得失与制作的之法;3. 主张实行编辑上的精编主义,无价值的消息即没有刊登的余地;4.打破割据主义,不问其为外埠、本埠之电报或新闻,应打成一片,而合并编辑于适当的地位。

本书的目的在著者序文中说有两大目的:1.为吾国"报纸革命"之前驱;2."注意本国事实"。以本国之文字习惯,及国民性为基础,而期其成为最适用于吾国报纸之新闻学,可知本书的用意了。

实用新闻学

第一章　绪论

我先给诸君讲一个故事：

从前美洲有两个黑人打架，结果闹到裁判所里去了。裁判官先问某甲道："你们为什么打架？"某甲答道："他动手打我。"裁判官便问某乙："你为什么打人？"某乙说："他骂我。"裁判官又问："他怎样骂你呢？"某乙答道："他在三年前骂我作河马，所以我今天打他。"裁判官发怒道："他在三年前骂你，为什么到今天才打他呢？"某乙答道："他骂我的时候，我不懂得'河马'是什么样子。今天我看见'河马'，实在是一种很丑陋的动物，我记起三年前他骂我的话，所以我非打他不可。"

故事只说到这里为止。某乙在三年前被某甲骂做河马，他没有什么不平就是他不知道河马。由此看来，"知"实在是一桩最要紧的事。我们每天要看报纸，主要的原因就在于"求知"。我从前写过一篇文章，题目叫作"新闻教育的重要及其设施"，其中有两段重要的话，现在引用如下：

"假使一个人隐居在深山大泽,不愿意做一个'社会人',那么,不看报也是可以的。但是这种人和野蛮人有什么差异?文明人是没有一天不看报的,并且在每天很早的时候就想看它。因为'看报就是看社会',新闻记者从社会里搜集了许多材料,经过他们的整理安排,作成报纸,再将它送还社会。所以可以说,报纸上记载的,就是提炼过的社会。一个人的能力有限,不能经验人世间的各种生活,也不能把所有的知识都吸收在脑里。我们每天只费少许的时间,打开报纸一看,那上面便有着鲜明的社会的缩图。它能告诉我们什么样的生活是悲惨的,什么样的生活是快乐的;现在的世界是怎样的状态,现在的学术进步到怎样的地步。我们儿时在小学校读书,除开国文、算术之外,还得读历史、地理。现代的报纸,就是人生的地理教科书、人生的历史教科书、[人生的]社会教科书,等等。它能指导青年,它能指导成人,甚至于隐居在'菟裘'里的封翁,它也能暗中指导。只有无知无识的野蛮人,和它不发生关系。

"报纸的本身,无论对于哪一个阶级,都有很大的贡献。它的内容,包含各种材料,供给儿童、青年、成人,以及从事凡百事业的人阅览。所以它是儿童教育、家庭教育、学校教育、社会教育的一种锋锐的利器。学究们编辑的教科书,有适合于青年的,但未见得就适合于成年人。若在报纸,它所包罗的资料很多,可以供给大家采撷。并且那些资料,常是最新鲜的果实。它的文字是很明朗的,趣味是很高尚的,所以大家在看报时的愉快,远过于诵读一切的书籍。"

报纸的机能,决非我这几句话所能说尽的。不过借此可以明了吾人求知,尤其是求"新知"——例如把握现在世界大势,国家、社会、学术的情况,最适宜的方法是看报纸。读书所得的是属于过去的,至少是一年半载以前的,而读报则为此刻现在的知识,活鲜鲜的知识。

我国"言论界的骄子"梁任公氏曾经做过一篇《清议报一百册祝辞并论报馆之责任及本馆之经历》(见《饮冰室文集》卷十七),在这篇文章里面他论到"报馆的责任",他说:"报馆者政本之本,而教师之师也。惟其然也,故其人民嗜之,如饮食男女不可须臾离。闻之,英国人无论男妇老幼贫富贵贱,有不读书者,无不读报者,其他文明诸国国民,大率例是。以此之故,其从事于报馆事业者,亦益复奋勉刻历,日求进步。故报章益多,体例益善,议论益精,记载益富,能使人专读报纸数种,而可以尽知古今天下之政治、学问、风俗、事迹,吸纳全世界之新空气于其脑中。故欲觇国家之强弱,无他道焉,则于其报章之多寡良否而已矣。"梁氏又说:"校报章之良否,其率何如? 一曰宗旨定而高;二曰思想新而正;三曰材料富而当;四曰报事确而速。若是者良,反是则劣。"依梁氏的意见,国家的强弱,要看报纸的多寡良否,又为优良的报纸定下四项标准。我们知道梁氏创办《清议报》是在1898年(清光绪二十四年,戊戌)到现今已是三十余年了。这三十余年以来,我国的报纸,无论在量的方面或是质的方面,实在不能达到梁氏的期望。换言之,就是现在的报纸,能够叫人满足"求知"的欲望的,没有几种。这实为当前的一个大问题。

我国报纸的贫弱,乃是一个无可讳言的事实。如果追究我国报纸贫弱的原因,决不能把责任的全部,推卸在"办报"者的身上,这和国家的政治、经济、教育、社会、交通各方面都有连带的关系。我们要使得国内的报纸发达,除开不需的条件之外,第一要有多数看报的人;第二要有批判报纸的人;第三要有研究报纸的人。在我国第一种人太少,大多数是不看报或不能看报的;第二、第三种人尤其少,几乎等于零。在这种情形之下,我国报纸的进步自然迟缓。

这里所说的"批判报纸""研究报纸",可以总名之曰"新闻学的研究"。以前服务报馆的人只凭自己的经验和文学的技能就可以应付裕如了,因为过去的报纸都是保守的,即使没有新闻学的知识也不要紧。何况他们根本不需要研究而且也不屑于研究呢。现在是一个转变的时代,在这个新时代生存的新闻记者,必须具备丰富的常识,优良的文学技能;尤其需要的便是专门的新闻学知识。欧美和日本的大学近来颇注重新闻记者的培植,就是这个原故。我们若要立志做一个新闻记者或是对于报纸(或其他定期刊物)感到兴味,都非努力研究新闻学不可。

本章提示:

1. 报纸何以为求知的工具?

2. 报纸为什么能够作"社会的缩图"?

3. "历史教科书"和"人生的历史教科书"有无异同?

4. 本地方(即所住的地方)的报纸是供给哪一个阶级的人看的?能否分析它的内容?

5. 从书本得来的知识和从读报得来的知识有无异同?

6. 你曾否读过梁任公氏的论报纸的文章?如没有,何不找来看看?

7. 你对于本地方的报纸,曾否调查他们的宗旨、材料;注意他们的思想和"报事"的方法?如没有,何不试试看?

8. 你以为我国的报纸不发达还有什么别的原因?

9. 你研究新闻学的目的是什么?

10. 你曾否看过讨论或研究新闻学的论文和书籍?试列举几种。

第二章　新闻学的性质

新闻学是否成为一种科学,不免有人怀疑。现在有多数人把"新闻学"看作一种技术;尤其在研究政治学、哲学、物理学、天文学的人,以为新闻学本身的体系颇难完成,非依赖别的学问——例如政治学、经济学、社会学、印刷工业等不行。其实这是一种偏见,为研究新闻学的人所难默认的。我们知道政治学、哲学、物理学都是已经完成的学问,在欧洲古代早已有人研究,而报纸的职能为世人重视,不过是19世纪后半期的事。至于把新闻学当作一种学问来研究,则为20世纪。以研究新闻学著名的美国为例,1893年虽有约翰生教授在宾夕尔瓦尼亚大学主持新闻讲座,然不过为课程表中的科目。直到1908年威廉博士(Dr. Walter William)在米苏里大学创办新闻学院,1913年哥伦比亚大学新闻学院正式成立,始可认为正式的新闻学研究机关。又如德国在欧战以后,始认识报纸的真价,而注意新闻学的研究,柏林大学的附属"德国新闻学研究所"正式成立于1926年4月。英国的伦敦大学设立新闻学讲座,也是在欧战以后。法国黎尔的加特力大学,其新闻学研究部的复活,为1924年11月。就以上的例来看,新闻学是一种新兴的学问,已很明显。

我们知道新闻学的科学的研究,为时不久,但是新闻学已有研究的对象和它自身的体系。照目前各国新闻学家努力研究的情形看来,将来必从"新兴科学"走进"完成科学"的领域里面。现在如果认新闻学为一种技术,乃是很大的错误。

新闻学所研究的对象是什么呢?

我们如果把新闻学所研究的对象定为"报纸",则范围不免狭隘。我们应该认定"社会里的新闻现象"为新闻学的对象。

所谓"新闻现象"就是指新闻记者从社会里采访新闻,写作编辑,或附加意见批判之后,由印刷机械印成报纸,送还社会。社会人士购读以后,必发生某种精神作用,此种精神作用,常影响于社会。从采访新闻起,到影响社会止,其间的各种现象,总名之为新闻现象。

这里必须解释的,就是看报以后所发生的精神作用,及这种精神作用何以能影响于社会。

在前章里说过,看报的目的在于求知。看过报纸之后,即在借报纸得"知"以后,必发生精神作用。例如"热河失守"的新闻登载在报纸上面,被看报的人"知道"之后,必发生悲愤的感情,此种悲愤的感情,即为一种精神作用。即发生悲愤的感情,必思如何救国,于是生出种种的爱国运动,所以能够影响于社会。又如时当夏季,某地发生疫疠,这个消息在报纸上揭载以后,看报的人必发恐怖心,因而唤起注意,以免传染。恐怖也是一种精神作用。那地方的"卫生局"知道疫疠发生，就讲求实施各种防疫的方法，就是对于社会有了影响。由此可知报纸经过新闻记者的制作，送还社会以后必发生重要的影响。

新闻学的研究对象，如仅为"新闻的本身""编辑""采访""评论""通信"，而不顾及整个的"新闻现象"，仍难称完满。所以我们一方面研究"编辑制作""采访工作"；一方面必须注意这些工作的结果，对于社会发生何种影响。就是说这些工作除了完成一两张报纸之外，是否对于社会大众有益。对于社会大众是否有益，一要看"编辑""采访"的技能；二要看新闻记者的意识。所以我主张新闻学研究的对象，应该从采访新闻起，直至报纸制成以后，对于社会的影响为止。

其次，新闻学的体系是什么？

新闻学可以分为两种：一为纯正新闻学，一为实用新闻学。

"纯正新闻学"又称为"新闻学原理"或"新闻学概论"。它的职能在于阐明"新闻"（News）的本质，报纸（Newspaper）的起源、变迁、种类，报纸与社会的关系，言论、出版的自由，各国报纸的概况，以及关于 Journalism[注] 的各种理论的研究。

"实用新闻学"又称"实验新闻学"或"应用新闻学"，它的职能在于研究"新闻采访""新闻制稿""新闻编辑""新闻经营"，即新闻的"生产""消费"的研究，尤注重实际工作的练习。

"纯正新闻学"与"实用新闻学"是互相为用的，前者为理论，后者为实际，理论与实际，缺一不行，都是新时代的新闻记者所必需的知识。

［注］Journalism 一语的涵义颇广。普通译为新闻学。例如纯正新闻学,即与 Principiles of Journalism 相近;"实用新闻学"即与 Practical Journalism 相近。除此意之外,又作"定期刊物""定期刊物的经营""出版物""出版事业"等解释。用为此意时,颇难得一既确当又能包含的译语,故有人就发音译为"集纳主义",但不如直写原文为佳。

本章提示:

1. 新闻学为新兴科学。

2. 新闻学的对象。

3. 新闻现象的解释。

4. 新闻学的体系。

5. 纯正新闻学与实用新闻学的差异。

第三章　新闻的意义

"新闻"一语在现代已成为一极通俗的名词,几于妇孺皆知了。"新闻"二字,也和别的许多"新名词"一样,是从日本输入的。但是我国唐时,曾有人集乡间琐事,用笔记文字写成,题为《南楚新闻》。故日本之有"新闻"二字,还是从中国输入的。后来国人把从前输出的东西,再重新输入。西籍中与"新闻"一语相当者,有 Journal、Gazette、News、Zeitung 诸字,就中 News 一字,习用最广。

Journal 一字,源出拉丁语。罗马大将凯撒(Julius Caesar)执政时,用一种牌示作为政府的告示,用意不外传达政府的命令,使各地方来到罗马的旅行者知所注意,这种公告的机关,名为 Acta Senatus。另有一种名叫 Acta Diurna Populi Romani。前者在凯撒殁后,即已废弃,后者继续颁行至罗马帝政末年。这两种欧洲最古的官报并未留传下来,所以详细的情形无由得知,此种官报的内容,不外记录报告元老院会议的议决事项以及国民会议的重要事件。"Acta Diurna Populi Romani"里的"Diurna"即"每日之事"(Diurnus)的意思。"Diurna"一语传入法国后蜕变为"Journale",用为"新闻"之意。1777年,法国刊行的《巴黎日报》(*Journal de Paris*),即最初使用"Journale"之证。"Diurna"一语传至英国后蜕变为"Journal"。1690年,华塞斯脱市(Worcester)刊行的《华塞斯脱日报》(*Berraw's Worcester Journal*)也是最初使用此字者。其后美国于1727年波斯顿(Boston)刊行《新英周报》(*New English Weekly Journal*),则Journal一字的用意已有变更。到现在此字已含有"新闻""杂志""会志"等广泛的意义。但其本义,实为"每日"之意,与英语的"Daily"、德语的"Tageblatt"相当。"Journalism"(新闻学,新闻事业,参看第二章注),"Journalist"(新闻记者)二语,不用说是从"Journal"变化而来的。

欧洲16世纪时的商业中心地为意大利的威尼斯(Venice),那时候威尼斯有一种手写新闻颇为流行,内容揭载商业通信或旅行者的书函。到了1560年(一说1556年或1566年)威尼斯地方发行一种"Notizie Scritte",篇幅只有一张,性质在"新闻"与"官报"之间。凡购买此种新闻者,出资一Gaza(小货币之名),因此呼"新闻"为"Gazette"。一说以为"鹊"在意大利语为"Gaza"。鹊鸟鸣声甚噪,与"新闻"相似,故呼"新闻"为"Gazette"。1631年,法国有《法兰西新闻》(*Gazette de France*);1663年11月7日,英国牛津创刊《伦敦新闻》(*London Gazette*);1662年,西班牙马德里市刊行《马德里新闻》(*Gaceta de Madrid*),故"Gazette"一语为用亦广。

"News"一语,据岳斯特教授(Prof. Yost)之言,为形容词"新的"(New)加字(母)"S"而成。岳氏谓语言的形成时代,有以形容词作名词用者。在英语里面,"新的"(New)一词,实为最古的言辞。如探讨此字的祖先,则最早由梵文的"Navs"转为拉丁语的"Novus"再由此转为古撒克逊语的"Niwi",盎格鲁·撒克逊的"Niwe"或"Neowe"。"New"一字在中世[纪]英语里,不仅作形容词,也作副词、动词、名词用。其名词的复数即为"News",在最初用为"新的东西"的意味。英国文学家穆尔(Sir Thomas More,1478—1535)在他的杰作《乌托邦》(*Utopia*)里曾有"Not for a vain and curious desire to sea news."的句子,这里的"news"一字确用为"新的东西"之意。至于此字用作"新的消息"(New Tidings)始于何时,则未能确知。据牛津字典所载,此字用作"新的消息"一意时,见于1423年苏格兰詹姆士第一世的诏书,为一般所用,便是一千五百年以后的事了。(注:英国的手写新闻始于1622年,名为"Weekly News",后于1641年废刊。英国人用"News"一字表示"新闻"之意,当自"Weekly News"为始。)

德语Zeitung的语源为Tiden(潮汐),再转为Tidinge,意为新闻来时,如潮汐之有定时。此字于十五六世纪时成为北部德意志的用语以后,一变而为Zitunge。至17世纪时Zeitung始确定为"新闻"之意。1609年,南部德意志的奥格斯堡〔Augsburger市有《奥格斯堡尔新闻》(*Augsburger Zeitung*)〕,同年司徒那斯堡市有《司徒那斯堡周刊新闻》(*Strassburger Relation des Johann Carlas*)。17世纪初叶,南欧的新闻续出,全用"Zeitung"一语。此字在近时多用为"朝刊""夕刊""日刊"之意。于Zeitung之前冠以"Tages",则与英语的"Daily Newspaper"相当。

以上已略述"新闻"一语的来源,兹再述"新闻"的意义。

为"新闻"二字下一定义是颇不容易的事,历来的新闻学家为"新闻"二字所下的定义,几乎人执一说。请先看我所搜集的几种定义。

1. 凡有兴趣的都是新闻(Anything that interests is News)。

——赫斯脱(Hearst)与布尼兹(Pulitzer)之说。

2. 狗咬人,非新闻;人咬狗,是新闻。

——戴纳(Charles Dana)之说。

3. 凡突然发生的事故,于人生有兴味的事故,在公众之间或相当范围之内,有能引起一部分注意的重要性者,我称之为"新闻"。

——戴纳之说。

4. 纵令事件或事物的本身已经陈旧,如报道的方法是新的,也是新闻。

——岳斯特氏对戴纳说的补论。

5. 1927年,美国 New School for Social Research 悬赏征求"新闻的定义",请著名新闻学家为评判员(一为米苏里大学新闻学院院长威廉博士,一为《编辑者与出版者》杂志的主笔标马仑式,一为波梯木尔晚报的主笔蒋生氏)。征求的结果,第一名为瓦勒氏(Mike Wallac)当选。他的定义如下:

新闻(News)是一种商品,由报纸分配,供给认识文字者消费,每天把新鲜的东西送到市场上,是有腐败性的。

新闻在智力的、情绪的、兴趣的各方面,用文字将世界、国家、省、州,及都市所发生的事件,表现出来;这些事件是社会的、经济的、政治的、科学的或是个人的,但须有引起多数世人注意的重要性才行。其慎重的制造,成分的品质,目的之纯正与否,即为反映制造者的名誉上足以信用与否。以伪物代真实,捏造消息,制造方法的卑下,都是欺瞒公众信任的,是对于一般人心的健康的威胁。

上面列举的五种定义,以最后一种颇能代表资本主义社会对于"新闻"一语的解释。但在社会主义社会里,就绝对不会将"新闻"视为一种商品。

资本主义社会视"新闻经营"为一种企业,资本家投资于报馆,其目的在获得巨大的利润,其关系有如下图:

资本家—经营者—劳动者—商品(新闻)—市场(购阅者)

但是社会主义社会就不是这样的,他们视新闻经营为劳动者的共同事业。例如苏俄的报纸,就认"新闻"为"煽动""宣传""组织"的武器,如《真理报》(*Provda*)、《新闻报》(*Isvestia*)、《劳动者新闻》(*Rabotia Gazatte*)等,在苏俄都以固守自身阶级,摘发社会的不当为目的,而不是什么商品。

我国的新闻学者徐宝璜氏在他所著的《新闻学纲要》一书里面,也曾为新闻下了一个定义(见原书第三章),他说:

"新闻果为物乎?余之答案如后:

新闻者,乃多数阅者所注意之最近事实也。"

徐氏的定义并不是他所独创的。我们读美人赫德氏的《新闻采访与通信》(*C. M. Hyde News Reporting and Correspondence*),就可以看到同样的解释(见原书一五页)。赫德氏的解释如下：

1. 最近发生事件的记述；
2. 不论与此事件有无关系，皆能感到兴味；
3. 多数读者以为有趣的最近事实……

日本新闻学者栋尾松治氏著《新闻学概论》，原书第一编即讨论"新闻的本质"。他说，"新闻的本质，即社会之精神的交通机关"，即是"利益社会(Cesellschaft)之精神的交通机关"，与"共同社会"(Gemeinschaft)之精神的交通机关。"利益社会"与"共同社会"是对立的，为德国社会学家邓尼斯氏(Ferdinand Tonnies)所提倡的学说。如企业公司、同业工会、学校校友会、同学会、同乡会、政党等，他们是在相同的利益、环境、感情、知识、思想、礼仪、应对之下构成的社会，所以称为"利益社会"。这种利益社会所发行的"新闻"、杂志、小册子、宣传品，都可以视为他们的"精神的交通机关"。其最显著者如政党的机关报纸(例如英国劳动党的《每日报知》、保守党的《晨报》等是)，它以所属的政党的意识为根据，努力于本党政策的宣传鼓吹；同时非难攻击反对党的缺陷。这就是拥护"政党"(即利益社会)，而企图其存续发展的原故。

所谓"共同社会"，与"利益社会"对峙，它以对于"血族"或"居住土地"的互相爱好为基础，它的结合不在由对方得到什么利益；是由人的本质的意志而结合的，这与"利益社会"之由"思虑的意志"而结合的完全不同。"共同社会"的定型就是家族，家族是由父子夫妇间的爱情以构成的，并非以利益为目的的结合。由"家族主义"产生

"血缘社会",同时以所居住土地的爱着为中心,由是以产生"地缘社会",即"邻保社会",更由这些社会成员的精神的交欢以构或"友谊社会"。所谓共同社会,就是这样扩大而成的。共同社会的结合,由于成员的相互作用。成员的相互作用,又必依赖"由精神的交通而来的理解"。并且共同社会的"精神的交通",较之"利益社会"的"精神的交通"更为切要。因此用作"共同社会"的"精神的交通"的新闻杂志,较之"利益社会"的为多。在过去及现在,不能当作"利益社会"机关的各种出版物,都可以视为"共同社会的精神的交通机关"。

总之,不问"共同社会"或"利益社会",凡社会的结合,必有待于成员间的互相理解。而理解的相互作用,必以成员间的精神的交通为前提。成员的精神的交通,乃是社会结合的重要的要素。"新闻"就是社会之精神的交通的重要机关,也就是社会结合的重要的要素。无论"利益社会"或"共同社会",新闻一定是为社会所需要的,它和"社会生存"有不可分离的关系。(以上见栋尾松治氏著《新闻学概论》第十一至十八页)

就上文所述,我们知道"新闻"的解释是随时代、环境、阶级而异其立场的。所以要为"新闻"下一个确切不移的定义,当然不容易。徐宝璜氏所下的定义,颇简明得当,我们可以采用。如果要彻底地了解"新闻"一语的涵义,那就是在讲完"实用新闻学"以后的事情了。

第四章　新闻的职能

现代的新闻纸(报纸)对于社会文化有莫大的贡献,在政治、经济、教育、艺术、外交各方面,新闻纸的职能都可以充分发展。新闻纸的职能充分发展之时,它对于社会文化的推进力甚大。所以观察一国的文化,必先观察那国家的新闻纸。

新闻纸为什么有这样的势力呢？要回答这个问题,第一,先要知道"新闻""新闻纸""社会"三者的关系;第二,要知道"新闻"与政治、经济、教育、艺术、外交等文化现象的相互关系。

"新闻""新闻纸""社会"的关系,有如下图:

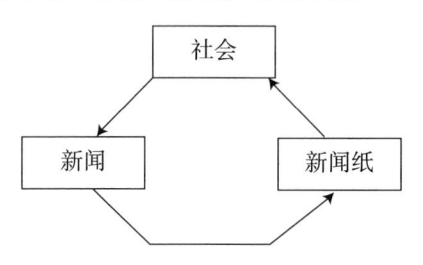

```
          社会
         ↗    ↖
       ↗        ↖
    新闻  ——→  新闻纸
```

这个图表示"新闻"是一种原料,而原料的出产处就是"社会",用这种原料做成的生产品(或制成品)就是"新闻纸"。生产品制成以后仍然要送到市场(社会)上去,以求消费者。这是资本主义社会里的新闻纸的生产过程。

"新闻纸"的原料是政治、经济、教育、艺术、外交,等等,"新闻"的实质不过是指这些东西。新闻记者从社会里面将这些"新闻"采访到手,或者写成"记事",或者写成"评论"送到"工场"(印刷部),再由"广告部"送去广告,于是经过"拣字"、"小样"(校对)、"大样"、"纸版"、"铅版"、"印刷"等工作,将"新闻纸"完全制成。再由"发行部"经过"邮送""发送"或报贩的"叫卖"送还"社会"。照这样看起来,"新闻""新闻纸""社会"三者的关系又可用下图表示:

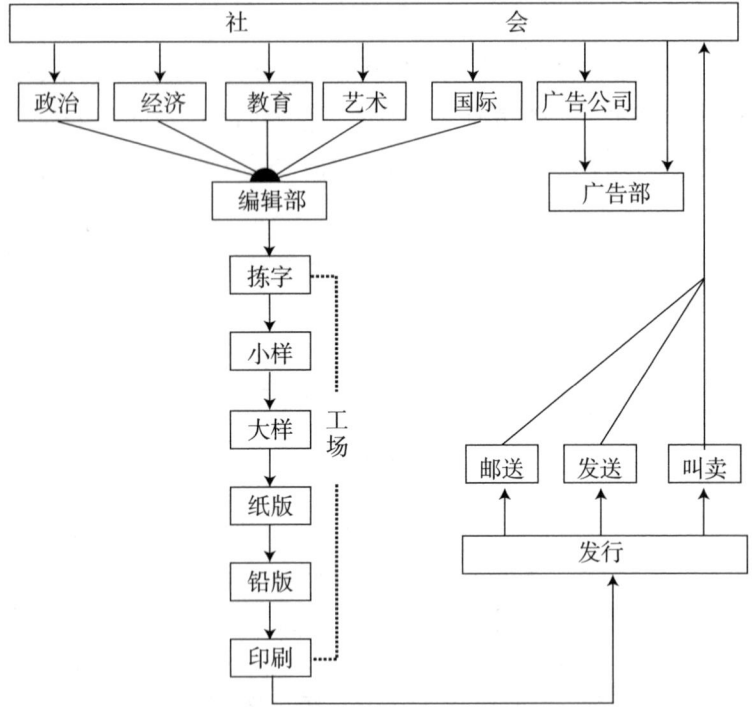

注:此图仅为表示"新闻""新闻纸""社会"三者之关系而作,故"报馆"中各部分工作未能尽入图内,读者注意。

由上图可以知道新闻纸的职能是怎样活动的,又可以知道"新闻纸"除开政治、经济……广告、照相等外,别无甚么可用的"原料",而这些"原料"就是社会文化。原料是有了,可是要取得这些"原料",非有相当的"学识""经验""工具""意识"是不行的。将这些"原料"制成"生产品",又非有完美的"设备""组织""管理"不行。否则制造出来的"新闻纸"非特不能推进"社会文化"反而毒害社会,甚至阻碍文化的发展。这就是不能充分发展新闻纸的职能或误用其职能的结果。

其次,再分述"新闻"与政治、经济、教育、艺术、外交的相互关系。就是说明"新闻"之政治的职能、经济的职能、教育的职能、艺术的职能、外交的职能,等等。

一、政治的职能

新闻纸(或新闻)的发达与政治的进展有密切的关系。欧洲现代的新闻纸是怎样发达起来的呢?它的发达与欧洲的"资产阶级的民主政治"(Bourgeois Demorcracy)是一致的。18世纪的法兰西大革命,新兴市民阶级抬头,推倒封建的贵族阶级。在政治方面,就是新兴的资产阶级的民主政治代替了封建贵族的专制政治。这个时候的新闻纸就是新兴市民阶级的代言人,替这个阶级张目,拥护从这个阶级里产生出来的政府,鼓吹自由、平等、博爱、独立,用以反抗封建贵族的专横。到了19世纪,正是产业发达时代。这时各国政治的目的就是如何发展产业,如何富国强兵以造成繁荣的国家。同时科学发达,如火车、轮船等交通机关无不精益求精,机械也日趋进步,各地的烟囱林立,工厂里的汽笛声呜呜而鸣,整千整万的劳动者出入于各种工厂。于是资本家役使劳动者,以求达到他们的大量生产的目的;政治家也要振兴国产,奖励财富。这时的新闻纸又来拥护资本家,鼓吹保护关税政策,鼓吹扩充军备。在这个时代,可以说"资本家""政治家""新闻纸"三者是同一个鼻孔出气的。到了20世纪,正是资本主义的成熟时期,同时资本主义的缺陷也渐渐暴露出来了。大家都要富国强兵,国际的和平就不能维持;资本家要得到多余的财富,劳动者就不能不有怨言。什么欧洲大战哪,什么阶级斗争哪,都一齐来了。政治家看见这种情形,非想补救的办法不可,所以有"国际联盟",有"军缩会议",有"华盛顿会议"。可是私底下依然扩充军备,仍要富国强兵。对于阶级斗争呢,政治家也想出许多"社会政策",借以缓和调节资本家和劳动者的冲突,比如工厂法的制定,救济失业,开办工人子弟学校;工人卫生设备、劳动保险,他们替劳动者设法几种所谓"福利的设备",安安大家的心,叫大家一心一意地做工。而这时的新闻纸呢,当然不用说,凡是政治家的政策、资本家的利益都一概拥护。凡是政党都得办(或者买收)一两种"机关报",宣传本党的政策,指摘敌人的过错。新闻纸对于资本家尊如"财神",因为有大幅的广告送来登载,当然不便得罪。直到今日,"政治家""资本家""新闻纸"依然打成一片,犹如三位一体。照这样看来,凡是政治家无有不利用新闻纸以达政治的目的的(在议会政治的国家,此种现象更加显著)。但是新闻纸为什么要给"政治"利用?其原因就在于新闻纸的本身具有"政治的职能",它有时要发挥它的政治的主张,贡献政治上的意见,或指摘行政的缺陷,所以它不能不和政治发生密切的关系。我们不可以忘记大多数的新闻纸是顺从善良的,是与时代合流的。如要做一个时代的"弄潮儿"或者站立在时代之前,那就看这种新闻纸如何应用它的政治的职能了。

二、经济的职能

上海各报特辟一定的篇幅登载市场、金融、商情,取名为"经济新闻"或"商业新闻",这就是新闻纸的经济的职能的应用。新闻纸的"经济栏",将原料、市场、生产品与消费市场的供求关系、日用生活品的价格报告出来,让生产者考虑生产的数量;消费者也得着参考的资料,这对于国民经济的贡献甚大。优良的报纸常用浅显的文字,将世界经济的状况、一般经济商业的知识刊载出来,灌输于读者,使国民于无意中明了国内外的经济情形,其效力是很伟大的。其次,在资本主义的社会里,生产者无不重视"商品广告",所以现代的新闻纸,除了苏俄的新闻纸之外,每天都刊登大幅的广告,而报馆的收益也全赖于此。"商品广告"的目的,就是生产者将"商品"与"商品的效用"通知消费者,以引起消费者享受"商品的效用"的欲望。资产阶级常有追求"流行"的欲望,比如在今天的新闻纸上看见某种流行的物品就想购买,这种意识为资产阶级或小资产阶级所必有的,于是乎"商品广告"的目的完全达到了。就"生产经济"与"消费经济"两方面讲,新闻纸为用甚广,而它的经济的职能便在这个地方。

三、教育的职能

"教育即社会",这句话我们已经听得烂熟了。新闻纸既然是社会的缩图,所以它在教育上的功用甚大。譬喻来说,新闻纸是一所永无毕业期的学校,无论老少男女均可在每天早晨得着活鲜鲜的此刻现在的知识。现今的学校教育、社会教育、家庭教育如果善于利用新闻纸,必能增进教养的效率。日本的小学校常用"社会新闻栏"的记载作为教材,这足以证明日本的新闻纸已发挥它的教育的职能,而日本的小学校确能认识新闻纸的真价。这事在我国的报纸能否做到? 记载"强奸"则惟恐不能绘声绘影,记载外国巡捕脚踢人力车夫则措辞间不惜称巡捕为英雄好汉,呜呼哀哉! 又如记载世界的"时事"有头无尾,甚或替著名的都市"移居",为著名于世的人更改"籍贯"等,真是"不胜枚举"。此种新闻纸的"教育的职能"不知应用到什么地方去了。不过当作"强奸教科书"或者"奴隶教本"那倒是很合用的。现今的企业家有几人肯依照菲立浦氏(Wendell Philips)的话——"新闻纸是一切人的父母、学校、大学、讲坛、剧场、模范、顾问"去经营新闻纸呢?

四、艺术的职能

"艺术"的范围过于广泛,现在只就"文艺"说。新闻纸的原料甚多,已如前述。文艺作品也是新闻纸的原料之一。文艺作家有"创作的才能",同时就有"发表的欲望",无名的作家一旦在新闻纸上发表了作品,世人认识他的真价,[他]立刻可以成为一个流行作家,这是新闻纸对于文艺的职能之一。其次,文艺的普遍化,也是新闻纸的职能。大规模的新闻纸,将论朝刊夕刊常登载长篇小说(有无文艺的价值是另一问题),其结果使文艺浸润到社会里的各种读者,影响之大,自不待言。令文艺普遍化,其他出版物断乎比不上新闻纸。

五、外交的职能

新闻纸能够做到"代表民众言论"的机关,始可发挥它的外交的职能。政府的外交方针应以全国的舆论为标准,而舆论便是寄托在新闻纸上的。国民外交的利器更有赖于新闻纸,驻外公使对于驻在国的新闻纸上的言论常译成本国文字送给本国政府作为重要的参考资料,便是这个原故。至于外交之必须利用新闻政策更为人人尽知的事实。例如日俄战争以后,美国出来调停,两国在"朴茨茅斯"议和。日本方面的全权代表小村氏抱着日本明治维新以后的"外交秘密"政策,他到美国之后,美国新闻记者去访问时,他噤口不言,新闻记者对他的印象极坏。俄国的代表便反其道而行之,对新闻记者的访问应对如流,新闻记者对俄国代表颇有好感。白种人都有一种崇拜"英雄"的脾气(即英雄主义),当初对于战胜国的日本代表总想拍他的"马屁",谁知这般美国新闻记者拍"马屁"拍在马脚上,从小村的口中只得着一句"Secret!"他们要不高兴也无怪其然了。俄国代表是战败国,在早没有人理睬,然而他懂得新闻纸的外交的作用,所以反而门庭若市。后来美国的舆论对于战败的俄国渐渐有利,美国人民对于俄国也表同情,外交上的成败也就于此决定了。最后我们不要忘记新闻纸可以监督政府的外交方针,也可以帮助政府作外交的后盾。但若一味捧场喝采,对于本身的职责就不免有愧了。

新闻的职能,本章只述其概略,以后讲到编辑的实际工作时再为详论。

[附注]按:"报""报纸""新闻纸"几种名词在国内习用已惯,同指一物,意无两歧。惟在习惯上当用"报"时不能用"新闻",用"新闻"时不能用"报"。例如"报馆"如称为"新闻馆"则非习惯用法,如"采访新闻"而言"采访报"亦非习惯用法,又如不说"看报"而说"看新闻纸"也非习惯用法。从前有人主张大学里的"新闻学系"应改作"报学系",或"新闻学"应改作"报学",我则以为改与不改并无什么重要。我们只求不要把大家嘴上讲惯的"报馆"改做"新闻馆",或将"采访新闻"改做"采访报"就行了。根据习惯用法和说话的便利,本讲义里面有时用"报纸",有时要用"新闻纸",但决不是用辞不统一。恐读者误会,附记于此。

本章提示:

1. 新闻纸与社会文化的关系。

2. "新闻""新闻纸""社会"三者的相互关系。

3. 政治的职能。

4. 经济的职能。

5. 教育的职能。

6. 艺术的职能。

7. 外交的职能。

第五章　新闻的进化

人类生而有求知的欲望，报纸就是从求知的欲望产生出来的。"新闻"的起源和人类的发生可以说是同属于一个时代。人类出现于世界时，那时已经有了"新闻"。有人说："留在海边的沙滩上的足迹，就是'新闻'"。（见杉村广太郎著《新闻的话》）这句话的意思，就是说见了砂上的足迹，可以知道那人的来踪去迹。从此类推，妇女的绕舌，市井的谈论，也可以称为新闻，不过是未经印刷的新闻纸罢了。有人又说了"新闻（News）一字的意思，就是指南针上的东西南北（其实是北东西南 N. E. W. S）的缩写"。（见岳斯特著《新闻学概论》第三页）这也是暗喻新闻是从东西南北、四方八面而来的事件。

因为新闻的起源和人类的发生是同时的，所以英国的新闻史家维廉氏断定新闻的产生乃是人类的本能。他在《英国新闻史》（J, B, Williams：*Historg of English Jounralism to the foundation of the gazatte*' 1908）的卷头说道："想要知道每日事件、远方友人消息、异国事故的欲望，乃是人性所具的本能。"（The desire to know the events of the day, to be told what distant friends are doing, and to hear of occurrences in far off countries is an instinct implanted in human nature.)（见栋尾松治著《新闻学概论》，第五十三页）但是像维廉氏这样地断定新闻的起源，栋尾松治氏即提出异议，他以为维廉氏的"本能起源说"并不彻底，只是为了避免研究的困难，而将新闻的起源，推卸于人类的本能，这样未免太便宜了。栋尾氏认定"新闻是社会的精神上的交通的机关"，故新闻的发生，必与社会的发生同时；社会逐渐发展，则新闻也逐渐发展。社会的根本意义为人与人的结合，因此不能缺少精神的交通。原始社会所用的"精神上的交通"的方法，是用互相接触的方法，和传达彼此间的意志的方法，即是由相互的接触以增加理解，由意志的传达以达到精神的交通。最初传达意志的方法是用摇身、手势、叫声等，到了后来才用语言来表示意思。语言的发明就是人类社会结合的母胎。语言的发生，就是"新闻"的机能的基础。所以栋尾氏以为研究新闻的起源，可于语言的发明一点去追究，不必诿之于人性的本能。

新闻的发生必依赖语言，所以新闻的原始形态就是"口头新闻"(Spoken News)。关于口头新闻，因为缺乏确切的史实、详细的研究，已不可能。据说古代罗马人会在公众集会的席上，浴场内互相交换消息，以求新知识。凯撒大将(Julius Caesar)在罗马国境设置关卡，从他国来的旅行者，探听旅行时的见闻；详细调查他国的政治、兵备、军备、人民的生活状态等。罗马人本是欢喜异闻奇事的一种人，他们围着远来的旅客，探询异闻；有的以此为职业，听后更向其他市民谈说，以图酬报，称为 Nauvellistes 或者 News Mongers。此种在口头上贩卖新闻的人，后来颇受高卢(Gaul)人的欢迎，曾至巴黎。在德国也有以此为业的人,称为 Sanger,他们将当时的诗歌,遍历诸侯的城郭,口中吟诗,在诗中报告当时的新闻。除此之外,也有在咖啡店谈论时事、交换新闻的。例如英国伦敦的咖啡店就有贵族、政治家、有名或无名的文人聚集,彼此交换消息。综上所述,可以称之为"口头新闻"。(见栋尾松治氏之著《新闻学概论》第五六至五七页。又详见 L. M. Salmon: *The Newspaper and Historian* p. 2—3。)

新闻进化的第一阶段为[①]"手写新闻"(Written News),文字发明以后,就可以用它来记录语言,传达意志。"手写新闻"就是利用文字来传播消息的,只要认识文字的人便可以享受各种消息,并且可以将它永远保存起来,较之口头新闻,算是进步的了。

"手写新闻"的发生时期,现在颇难断定。但据史家的记载,以为古代罗马凯撒大将所发行的"元老院会议官报"(Acta Senatus)与"国民会议官报"(Acta Diuina Populi Romani)二者为最早的手写新闻。可是这两种官报并未遗传后世,所以真确的情形,我们依然不能明了。我们从古代文献的记载,知道当时的地方官或豪族雇有一种通信员,抄录这两种官报上记事送至各地方。至于手写新闻盛行的时候,当数 11 世纪末十字军远征的时代。为了夺回圣地耶路撒冷,从 1096 年起,在一百七十五年之间,共举大军七次。当时从军的教徒,都是德法等国的诸侯、市民、农民等,在战争时屡遭土耳其人打败,或因卫生状态不佳,粮食供给不完备,战死和病死者很多。出征人的家族,都想知道战争状况和外面的情形,所以德法各地,有报告战况的

[①] 应为第二阶段。

手写新闻盛行,以贩卖新闻为职业的人,也抄录当时的消息发卖。还有当时在十字军中供给军需品的意大利商人,他们寄回威尼斯各商品的书信,也记载商情和战况,在书信的冒头,写上"Novella"一字,这也可以看为一种手写新闻。此种手写新闻,现在还保存在威尼斯的图书馆里面。十字军以后,手写新闻在各国逐渐流行。14、15世纪时,法国和英国之间,发生"百年战争"。法军被英军攻击,陷于绝境之时,忽然出了一个贞德女士(Jeanne d'Arc)挽救危亡的祖国,此事对于以贩卖新闻为业的人和"手写新闻"者,实为一种良好的机会。故此时英法各国的手写新闻也颇盛行。百年战争以后,手写新闻和小册子的发行愈盛,以此为业的记者,从事于政治新闻、旅行谈、文学、美术、演剧、音乐、诗歌、笑话的搜集笔录。他们携带纸笔,出入于巴黎的公共场所,卢森堡公园的□园、寺院、咖啡店等处,随见闻想像之所及,将实有或虚无的事件笔记下来,用以发售,颇为市民所欢迎。在17世纪时,伦敦的咖啡店实为英国的新闻与舆论的中心。自1652年伦敦的咖啡店兴起之后,一般贵族、政治家、宗教家、文学家等,或上中社会的人士都出入于咖啡店。后来咖啡店增多,出入的人士也愈繁盛,他们在咖啡店里交换新闻,谈论时事问题。此种倾向在当时极其盛行。当此之时,就有各地方(例如爱丁堡等地)的豪族雇佣通信员驻在伦敦,将政治文学和其他消息写成通信,每星期寄给他们的主人。此种手写的通信,称为"News-Letter",就是当时的"手写新闻"。各地方(例如爱丁堡)收到通信之后,上中社会的人聚集起来,以通信作为谈话议论的资料。并将通信分发加入此种集会的会员轮流阅览。遇着特别有趣的故事,则笔录保存之,或以之示邻近与亲族,互相谈论。这种通信,称为"回览手写新闻"。德国的"回览新闻",较英国为早,称为Zeitning。在16世纪时,各寺院、都市、大学、豪族、富商之间,已经有交换阅览的手写新闻了。当时德国的都市与豪族,设有一种"飞脚制度"(Boten),使任传送通信的职务。自17世纪德国的邮政制度创设以后,Zeitung就成为定期性的东西,每周发送一次,互相交换。后来逐渐发达,通信记者将新闻分配于预约者。现在维也纳图书馆中所藏的Fugger Zaitning即为奥古斯堡的富商Fugger氏从1568—1604年所收集的各种手写新闻,为研究当时回览的手写新闻的绝好资料。

[附注]以上所述,大体根据栋尾松治氏的《新闻学概论》第五五至六二页。栋尾氏的资料,自下列各书而来。(1) L. M. Salmon: *The Newspaper and Historian*. (2) T. B. Macaulay: *History of England*. (3) W. J. Couper: *The Edinburgh periodical press*. 为读者参考计,特附记于此。

新闻进化的第三阶级为"印刷新闻"。在德人古登堡(Johann es Gensfleisch Zur Gutenberg)发明"活版印刷术"之后约一百数十年,印刷新闻始行产生(在活版印刷之前,经过木版、瓦版印刷),其产生的时代为16世纪中叶。1566年,意大利刊行的威尼斯政府官报——*Notizie Scritte*即印刷新闻的鼻祖。最早的印刷机,当然极为幼稚,古登堡所用的就是用手力的,在十小时内最多能印七百张。后来渐次改良,在1800年,英国的施坦霍朴伯爵(Earl Stanhope)也发明印刷机。1812年,美国的克莱玛(George Clymer)发明哥仑比亚式印刷机(Columbia Press)。在19世纪初头,手力印刷机始达于完成。到了

1820年,美人渡英(Daniel Treadwell),发明"脚踏印刷机"(Foot Press);后来逐渐改良,在一小时之内,便能印刷八百张至一千五百张。1814年,德人格尼氏(Friedrich Koenig)发明"卷筒印刷机"(Cylinder Press),后来更有 Stop Cylinder Press、Swing Cylinder Press 等出现。最完全的卷筒机,则为美国 R. Hoe 公司于1847年所发明的,一小时可印二千张。如用工人四名,能印八千张;用工人十人,能印二万张。后来逐渐进步,虽有高速度卷筒机的发明,如美国 Henry A. Wise Wood 式,能于一小时内印成两面印刷的三十二页的报纸六万份,且能由机器自动折叠,送达发行处。

以上为新闻进化的三阶段。至于"经营""编辑"方面也有其发达变迁的程序,以后当详论之。

本章提示:

1. 新闻的起源如何?
2. 何谓口头新闻?
3. 何谓手写新闻?
4. 何谓印刷新闻?
5. 研究印刷术发明的经过。
6. 研究我国最早的新闻,例如《邸报》等类。
7. 搜集我国旧时的手写新闻,例如"禀帖"等类。
8. 搜集我国旧时关于记载"手写新闻"的文献。

[附注]第五至第八可于图书馆中寻觅参考材料。

第六章　新闻记者

在资本主义的社会里面，新闻是一种商品，所以新闻的生产必以劳动力为基础。新闻记者就是受报馆的雇佣而从事生产劳动的劳工。

新闻记者是"社会现象"的传达人，也是社会指导者。他们的职业犹如医生、律师、学校教师一样，是一种独立职业。他们的职务对于社会公众，有莫大的关系。世界的文明国家，凡医生、律师、教员都得经过政府的试验，试验及格，然后许可执业。其用意有两点：一是借此保护此种"公的职业"；一是保护国民，维持国家的安宁。德、英、美诸国的学者，有的主张新闻记者也应该受政府的试验，可是至今未能实现。因为现在的新闻记者全为企业家雇佣，他们在新闻企业家的统治之下，断难维持"公职"的权威。假使新闻事业由国家经营，如同电报、邮政一样，或由城市村口的自治团体来管理新闻，那么新闻记者的资格便可以严密规定，不至有危害社会的新闻记者混杂在新闻界里，然后可以说新闻记者是无冠的帝王。

新闻记者为一种知识劳动者，所以充当新闻记者的唯一条件是学识丰富、勤苦耐劳。再加上"责任心"与"伦理观念"，然后可以称为一个完全的新闻记者。我国的新闻记者大多数对于新闻学识缺乏研究，他们生在这个过渡时代，自也无怪其然。欧美各国在大战以后，大家都注重新闻人材的教育培植，尤以德国为最显著。柏林大学于1926年4月成立"德国新闻学研究所"，受教育部的辅助，更有"德国新闻发行家协会"与"德国新闻编辑者联盟"为之后援，其目的在于养成伟大的新闻记者。校址在大学街的图书馆内，由玛丁穆尔主持。所内分理论新闻学、新闻的构造、新闻通信三组。特殊科目有"大都市的新闻事业"（加尔伯氏）、"新闻里头的演剧电影批评"（袁格尔氏）、"现代地方新闻的发行"（哈尔步伦氏）、"新教的新闻事业的组织"（亨德拉氏）、"社会民主党新闻的组织"（克留斯氏）、"当作组织枢纽的出版"（洛伊波尔脱氏）、"德国主要都市里的地方乡土新闻的通信事务代理研究"（麦独加氏）、"无线电与新闻论"（洛伊曼氏）、"加特力教新闻的报道"（俄尔特氏）、"新闻记者职业的前提条件"（李希达氏）、"议会与新闻"（萨鲁耶氏）、"以洛加尔及肯夫为中心的国际会议的报道研究"（休泰囡·鲁巴脱氏）、"德国新闻的组织"（兹伊古拉氏）。德国巴登州的佛莱堡大学也设有"新闻学系"，成立于1922年，由加卜教授主宰，讲授"近代新闻学概论""舆论社会学""史的新闻论""由理论方面所见的新闻""近代新闻问题""近代日报的构造与组织"。美国的新闻学研究开始于1893年，由宾夕尔瓦尼亚大学设立新闻学讲座。次为1908年维廉博士在米苏里大学主宰的新闻学院。1913年，哥仑比亚大学也设立新闻学系。现在美国的新闻学研究机关已有八十六所。试举哈佛大学的新闻学课程，以窥美国人士研究新闻学听取的方针：1.新闻行政（包含新闻社的组织、发行者的任务、新开财政、国内外通信网的组织）；2.新闻纸制作（印刷机械学、油墨研究、纸的研究、纸板的作用、编辑方法、排字、拣字、铸字、铅字机、校正等）；3.新闻纸法理（著作权，出版法，诽谤罪，依正当手续报道的新闻纸的权利义务，发行者、编辑者、论说记者、外勤、投稿者的责任）；4.新闻纸的伦理（记者对于公众的责任的意义，对于出版自由、发行者、编辑者、论说记者、外勤记者应有的心得）；5.新闻纸的用语及文法（新闻纸的惯用语、句点、省略、缀法、照相等）；6.新闻实习（采访、论说、分段研究）；7.副科（现代史、政治学、经济学、地理、财政学、商业管理等）。米苏里大学的课程有新闻纸发达史、新闻原理、新闻伦理、新闻行政、新闻采访、通信作法、新闻纸法、比较新闻学、新闻纸制作等科。

就现在各国培养新闻记者的现况看来，我们知道新闻记者不是可以随便从事的，没有真正的学识就不能担任新时代的记者的任务。所以中国未来的新闻记者，应该脚踏实地地研究新闻学。如果认定新闻记者为自己的终身职业，就应该以此为"专业"，不可再兼他种业务。

世界各国的新闻记者，有以新闻事业为"专业"的；有以之为"兼业"的，各国情形，各有不同，列表于下，借以概见一斑。

国别	视为独立的职业与否	兼业的状况
澳大利[亚]	专业	极少,兼外国通信员
法兰西	同上	欲兼做官吏教授者甚多
德意志	同上	契约规定,不能兼业
英吉利	同上	不定
凶牙利	同上	因新闻托辣斯发达,在同业内兼职者多
意大利	同上	服务于一报
波兰	认为主要职业	需要副业,故兼
卢森堡	赖他业为助	兼业
西班牙	不能独立生活	只能作为副业
美利坚	主要职业	兼者少
瑞典	同上	同上
瑞士	认为独立的职业	全国五分之四的记者服务于一报
日本	主要职业	兼者极少,因工作繁重
中国	视为独立的职业	兼他职者最多,或做官或经商

新闻记者是一种劳工,既是劳工就须设法改善自己在社会上的地位和经济状况。在大都市的报馆服务的新闻记者,他们的地位比较可以安定,但是依旧是不可靠的。新闻记者的报酬甚薄,所以在物质方面常感到不足。他们的工作时间又极没有规则,大多数在夜间工作,身体的健康时时受到威胁。因这些原故,新闻记者非有组织不可,有了组织,大家可以同心协力研究改善地位、增进福利的方法。

在世界各国中,新闻记者的组织最完善而有力量的,首推英国。英国新闻记者的组织开始于1907年,起初只是一种职业组织,后来历经改革,就成为很完善的组织了。他们的组织名叫"全国新闻记者联合会"(The National Union of Journalists)。1924年,会员的人数增加到四千四百八十人,现在已有四千八百人了。会员的总数,已超过英国全国新闻记者的过半数。该会的组织系依照其他职业协会(Tmade Union)的法规组成的。他们和其他的劳动团体站在同一战线上,拥护本身的利益,历来工作的成绩,很受赞美。他们发行一种机关杂志,名叫《新闻记者》(*Journalists*)。

上述的"新闻记者联合会"是站在劳动者的立场上组织的。同时在资本家方面也有一个组织,名叫"新闻记者会"(Institute of Journalists),此两种组织互相对峙。

全世界的新闻记者也有一种组织,名叫"国际新闻记者协会"(International Federation of Journalists),各国的新闻记者加入该会的很多,现已有会员二万五千人。曾于1927年开"国际新闻会议",公开地讨论新闻记者的职业上的利益。

报馆对于新闻记者的待遇,各国各不相同。以劳动时间言,就没有一定。平均约为六小时至十小时。苏俄的报馆虽采用八小时制度,但在实际上恐未能严格实行。报纸须每日出版,所以新闻记者的休息日期也是一个值得注意的问题。从事他种职业的人,每星期可以得到一天或一天半的休息(Weekly rest),可是新闻记者就不容易。只有英国的新闻记者每周能够休息一天半,其他各国则每周也有一天的休息。我国的新闻记者除了假日之外,没有周末的休息。外国的新闻记者除开周休之外,还有年假(Annual leave)。凡服务十年以上者,每年可以享受一个月的休假,这在我国也是梦想不到的。我国普通新闻记者的报酬极其菲薄,多不能自给,如与英国、日本的新闻记者的所得比较,相差甚巨。此外,报馆方面对于记者的"福利设施"在我国也有提倡的必要。新闻记者的职业是极辛苦的,无论"外勤"或编辑,多在夜间作业,所以应该使他们在精神、物质方面都能够稍稍满足,然后可以专心业务。现在我国的新闻记者,大多数以报馆作为"踏脚梯",借以走进政界;或希图他人的津贴,或另觅不正当的财源,长此以往,我国的报纸终无革新的希望。我们相信将来报馆方面对于新闻记者的待遇设施,能有改善之一日。

本章提示:

1. 新闻记者为一种劳工。

2. 新闻记者职业的神圣。

3. 德、美诸国培植新闻人材的情形。

4. 世界各国新闻记者的专业,或兼业的状况。

5. 新闻记者的团结。

6. 新闻记者的待遇问题。

附考试题目:

"理想中的新闻记者"

参考书:

1. 本讲义各章

2.《茶话集》(第六九页以下,第一二三页以下,第一七九页以下)

上书为谢六逸著,上海新中国书局出版。上题限收到本章讲义之后,一星期内做好寄交学校。

第七章　新闻的要素

新闻是一种记录,将最新的事实,公告于人。新闻的公告必使最多数的人感到兴趣,即应对于读者的生活与兴趣发生关系。新闻的力量,可以使人含笑,也可以使人嘘唏;又可以使人得到暗示,使人思考事物,使人有所作为。新闻的优劣是非,就看它所影响于人的程度如何。"新闻价值"(News Value)的决定,应偏重于读者方面,以读者的现在的生活为标准。如美国米苏里大学校长维廉博士(Walter William),也说新闻应以引起最大多数读者的兴味为第一,他列举六项,说明"新闻价值"。

1. 与著名人物或著名场所建筑物有关系的事项;
2. 在新闻发行地的"近距离范围"内发生的事项;
3. 极珍奇的事件,稀有的事件;
4. 重大事件,内容含有重要性质的事故;
5. 唤起众人的兴味的事件,多含有人间的兴味的故事;
6. 得时(Timeliness),即得时(Timely)的新鲜事件——非旧闻而为新闻。

（见 William and Martin：*The Practice of Journalism* p.172。）

布利耶教授(Prof. W. G. Bleyer)以为最良的新闻,应该是——得时的事件,能唤起一般人的兴味。最善的新闻,不外是使大多数的人觉得最有兴趣的东西。

布氏又说:"新闻价值的多寡,由新闻直接影响读者生活的范围而决定。其所影响读者的范围愈广,愈是最良的新闻。"(见 W. G. Bleyer：*Gewapaper Writing and Editiug*）

日本栋尾松治氏论"新闻价值"说:"与人间的社会生活有关系或对于社会生活有何等影响的一切事件,就是新闻。与读者的关系愈密切,其所影响的重要性愈多,则新闻价值愈高。"(见栋尾松治著《新闻学概论》第一九六页）

由上列诸说,可以知道须适合这些条件的新闻始有刊载的价值。但是他们的话未免过于笼统,我以为"新闻价值"的判断,须根据"新闻"的要素。列举于下的六种要素,如某种新闻能完全具备,则可称为"新闻价值"最高的消息。

1. 时间的接近性(Immediacy, Timeliness)；

2. 距离的接近性(Proximity)；

3. 显著性(Prominence)；

4. 异常性(Oddity, Unusualness)；

5. 进展性(Progress)；

6. 趣味性（Human Nature）。

新闻记者知道此六种要素,始可以选择新闻。对于新闻编辑或采访,有极大的帮助,以下逐项加以说明。

(一) 时间的接近性

凡新闻的性质,皆在过去与未来的中间,即是最近于"现在"的新发生的事件。新闻印刷成为报纸之时,其所含的事实,已决非"现在"。因为新闻记者目睹或耳闻之时以至于印刷之间,已经过相当的时间,不免成为最近的过去了。现代的报纸必须刊载最近于"现在"的、最新的消息。但是我们不可以辞害意,不能说"过去"或"未来"的事实不能作为"新闻"。我们只是说,无论"过去"或"未来"的新闻都须与"现在"接近。更以图说明如下——

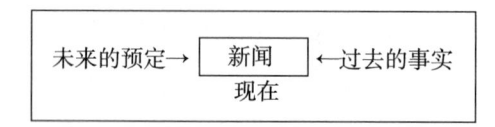

```
未来的预定→  新闻   ←过去的事实
             现在
```

日报的生命只有一天,隔日的报纸如不能作为"明日黄花"来阅览,则只有作包"花生米"之用。因为它已失掉时间的接近性,新闻价值已大为减少或竟全无了。

凡是"历史"都不是"新闻",不过历史上的事实,如果与现在发生的事件有关系或者成为现在发生的事件的主因,则那历史上的事实也可以成为最良的新闻。例如——

新闻 { 过去的事实(历史)→马可·勃罗著的《东方纪行》的原稿
      现在的事件→于今日发现

考古学者发现古物与探险家报告若干年前探险的实现,事件虽为陈旧的、过去的,但仍可视为重要的新闻。

（例）

曹王墓

证明系东汉遗址

董作宾继续考察灵丘薛城
山东大学九学生参加工作

滕县安上县曹王墓发掘后,墓前曾发现有双鱼花纹之刻石,现据董作宾氏谈,并非"汉洗"而为汉石寻常物,无甚奇异。惟此墓现已确定证明系东汉遗址,是否魏武祖茔则尚难考查。山东大学教授刘咸及学生等九人,十一日抵安上村以后,协助工作,生力军加入后,益形热闹。十二日,由董作宾分配学生赴曹王墓工作,余四人及刘咸则留安上村,目下董氏正在继续考察灵丘及薛城遗址。记者前日赴滕,勾留半日,视察所及,略志如下。

安上遗址 截至十六日,发掘者已开至二十六坑,昨日在第二坑圆井中取出大木杠数支,径约数寸,长五六尺许,系在井之底部,纵横排列,其上有石块甚多,瓦片每日约有数筐。闻此井时代较晚,究在何时,并有何用途,刻正在研究中。山东大学生各携手册,在寒风凛冽中往来坑旁,审视记载,颇为热心。刘教授则偕同董氏,赴陵城村一带,调查灵丘坟,灵丘即孟子所载晁蚳曾宰宋之地,距安上遗址北约十里。关于安上遗址附近地图,由祁延霈测绘,不日即可完工。

曹墓石室　曹墓工作,已开至十五矿,计有石室者十,无室而作匣形者五,皆已为人盗掘,其中掘出残碎明器及五铢钱等,均可确证为东汉时代之遗迹。主其事之牟祥农氏,刻正督工在附近寻觅二十余石矿,山东大学生四人,分别从事记载工作,并量绘各石矿之构造形式。

薛城调查　董氏以工作人员增加,而安上、曹墓两处,已发掘十之五六,拟赴邻峰等处,调查附近遗址,以为继续工作之准备,乃将安上、曹墓两地工作,交由工作人员依预定计划,分别进行,并托刘教授指导督率。董于十六日赴滕,十七日往邻县及薛城、临城一带调查,同行者有山东大学学生刘维均,预计五日内回工作地。

有一种特殊的记事,与时间性无甚关系,其性质近于"记事文",为一种含有新闻性质的读物,名为 Feature News。此种记事,多用长文描摹,国内报纸不常见,美国报纸则擅长此调。今举一例如下。

(例)

鲁南蒙山人民生活

衣食住行尚有野人风

不识字亦不知有民国

蒙山绵亘鲁南临郯,费峄、蒙泗、新莱各县,东西二百余里,南北亦达百余里。泉水清冽,森林遍山,产名药异果,及铅、锡等矿,因交通滞涩,百年来鲜有入山开采者。山内人

民衣食住行,尚有野人风,每采银花下山,易米而食,生活极苦,兹特调查蒙山出产及野人生活状况,记之如次:

野人生活 山内野人,终年不知耕稼,仅采山药及银花易粟而食。其人面色黝黑,声音刚而钝,终年不履,足底之"冈子"(此为俗名)有二分厚,登山攀树,捷如猿。居石室内,每村或十家数十家不等,皆推举年长有力者,管理全村事,颇似部落时代之酋长。凡有纠纷,均诉请解决。婚嫁仪式,与明代无异。民性极蛮横,山外人除采购药材外,不得久居山内,否则必遭暗杀。山居不知岁月,插了梅花便过年。秋夏工作之余,村长即率全村人民,在山下跳跃聚乐,且唱山歌。有婚娶者,全村前往帮忙庆祝,颇有合作精神。

衣饰住所 野人居山洞或石室内,室用巨石垒筑,高丈许,尚宽大,无门,在壁上留洞以透日光,室内铺草为床,全家均睡一室,用薄石板为桌,锅碗系由内地购往者,服装类似明代,均以土布为之,妇女尚缠足,服装与男子无异,惟头裹粗布手帕,言语行动,虽与内地相似,但无识字者,问其年代,尚不知有民国也。

物产风景 蒙山蕴藏,极为宏富,矿产有金、银、铅、锡、煤等,极宏富,其余金银花、朱砂等名贵药材,出产亦富,至于红枣、山栗、梨、柿等果类,更不可胜计。蒙山因泉水繁多,故杂花异树,生长甚茂,风景极幽雅,且古刹庵院,历代均有建设,名胜古迹,亦甚繁多,将来如能开发,裨益国家人民,实甚大也。及其风景之幽美,亦堪称雄于华北,费县童谣谓:"蒙山九个头,费县水倒流,乡绅无二辈,清官不到头。"蒙山九头指九顶而言,费县水倒流,指矶河而言,因该河水系背流故也。乡绅无二辈,清官不到头,则民性之强蛮,可见一斑矣。

尸骸遍野　蒙山外山,原有村庄三百余,居民达数万,皆采银花为生,民国二十年及二十一两年,刘桂堂股匪,由抱犊崮溃窜蒙山,肆行屠杀,全山人民,死其十九,村庄放火焚烧,幸免者现仅十余,满山尸骸,惨不忍睹。慈善绅耆,曾于今秋组织掩埋枯骨委员会,赴山内掩埋尸骸,截至现在,掩埋之尸骸已达七千具。刘匪为害鲁南,亦殊甚矣。

(二) 距离的接近性

时间的接近性为纵的要素,距离的接近性为横的要素,二者相并,成为"新闻"的主要成分。距离的远近足以增减"新闻"的兴味,凡"事件发生的地点"与"读者"间的距离愈近,则新闻对于读者的关心与兴味愈大。读者欲知自己的"生活圈"内所发生的事件,较之"生活圈"外所发生的事件为甚。例如有盗窃邻家,一物未得即逃走,较之大盗成群,抢窃海外某国银行,更能刺激读者,也更能使读者感觉兴趣。近距离的事件,能够直接影响自己的生命、财产、幸福,即是影响读者的生活。所以距离的接近性为"新闻"的一种主要成分。下面列举远近两种距离的新闻,借以说明其新闻价值。

生活圈内的新闻(上海)：

1.继任上海市长人选,以吴铁城氏最有希望;

2.昨日地震的震源地在真茹;

3.本日午后八时自上海北站开出某班火车在龙华忽然出轨,伤二人;

4.本日正午南京路某大公司失火,幸未燎原。

生活圈外的新闻:

1.纽约市长已决定约翰斯密司氏继任;

2.加利福尼亚州地震,损失约四百万元;

3.法国某地火车互撞,伤十余人;

4.爱尔兰某地大火,延烧数百户。

(说明)1.上海市长人选未决定。纽约市长则已决定,已决定当然较之未决定容易引人注意,但读者对于上海市长的消息兴味较多,此何故欤?

2.上海附近发生地震,但无损害,加利福尼亚州大震,损失甚巨,但读者对于上海附近的地震更其注意,此何故欤?

3.龙华火车出轨,受伤者只有二人,法国某地火车互撞伤者十余人,但读者对于上海附近的火车出轨,更其注意,此何故欤?

4.上海某大公司失火,并未成灾,爱尔兰某地大火,延烧数百户,但读者对于某大公司的失火,更其注意,此何故欤?

上列四例的原因,就是新闻的距离接近性的原故。这些事件和我们的生活、生命、财产、幸福直接发生关系,所以引起读者的特别注意。

(例)生活圈内的新闻

马可尼夫妇今晨返国

昨晨参观真茹国际无线电台

午应意使宴晚应太平洋会宴

今晨登意轮康脱卢梭号返意

无线电发明家马可尼勋爵夫妇,此次来沪,我政界及学术界,均热烈欢迎,而在沪意国政商,亦竭诚招待。昨日马氏应国际电信局之邀请,曾于上午往真茹参观国际无线电台,并于近午,赴意国公使宴会,晚又应泛太平洋会之宴,当晚登意轮康脱卢梭轮返国,兹将各情分志于后。

参观电台 马氏夫妇,此次到沪,国际电信局,早奉交部电令,竭诚招待,并请参观国际无线电台。该局温毓庆局长,当于日前去函邀约,只以马氏到沪后,微有不适,故曾函辞,在旅邸休息,昨日马氏健康恢复,乃偕其夫人及意公使鲍斯克利,由国际电讯局长温毓庆,交部电政司长颜任光,伴同于十一时许乘坐汽车,往真茹参观国际无[线]电台。该处现正装置无线电机,其机件全系马可尼公司出品,故马氏对之甚为欣喜,惟以正午有意使之宴,故巡视一周,旋即合摄一影,即行返沪。

茶会送别 昨日午刻,意使鲍斯克利,设席欢宴马氏,到各国外交人员甚众,济济一堂,盛极一时。下午六时,马可尼公司总经理列且慈恭请马氏夫妇,在华懋八楼茶会。来宾到者,意公使及领事夫妇、颜司长夫妇、温局长夫妇、虞洽卿、王孝资、方子卫夫妇、西门子洋行经理徐君、徐学禹、亚玻西爱胜利公司经理裘君、丁佐成、曹仲渊、俞汝鑫,由该公司工程师麦龙古称德维氏及哈特氏等殷勤招待,马氏夫妇七时许告别,来宾等至八时始散。

联合饯行 太平洋联会,在利查饭店设宴,为马氏饯行。八时十五分马氏夫妇,偕意公使夫妇即到。主席孔祥熙殷勤招待。来宾到者,为王正廷、意总领事夫妇、顾问拉凡那夫妇及拉小姐、意海军司令、华尔西牧师夫妇、黎照寰、徐佩璜夫妇、方子卫夫妇、赵晋卿、虞洽卿、何德奎、许建屏夫妇、温毓庆、颜福光及英美商会会长等。外宾共三百余人,八时半相继入席,奏乐,并由马可尼公司预设话筒及扩声器,将席间声音,用无线电广播。同时由朱小姐奏钢琴二曲,众皆鼓掌,九时许餐毕。

主席致词 主席孔祥熙起立致辞,先用英语说明欢迎意义,再用国语致欢迎词。大意谓,本会今日欢迎科学名人马可尼氏夫妇,同时欢迎新莅中土之意公使夫妇,盛会巧遇,不胜荣幸。继称无线电为交通之无上利器,马氏之丰功伟绩,实可钦佩。鄙人前在欧洲,曾莅意国,承莫相招待甚殷,今晚特向意大使表示谢悃。鲍公使为意国有名外交家,今晚盛会,当祝中意邦交日增密切云云。嗣又自译英文演讲,再介绍前外长王正廷致欢迎词。

王正廷词 王氏起立,略谓,今晚盛会,意义甚深,意大使初莅中土,即有科学名家马氏来我国。马氏于无线电之发明,功绩昭著,裨益人类,超过其他一切事业。人类彼此认识,全赖交通,交通以精神交通为重要,无线电能沟通精神交通,使彼此格外认识,避免争论,消战争于无形,将来世界大同,实利赖之。愿各国世界文明国家,能善用之,不以无线电为互相攻讦之工具,人类均蒙其福利,不独马氏为之欣幸也。古时意人马可波罗,持节来游中国,甚可纪念。今意使暨马氏之来华,本联会以联络国际间感情之本意,表示欢迎,逆睹中意二国邦交之密切,当与时俱增云云。众皆鼓掌。

意使答词 旋意公使鲍斯克利起立,用英语说明谢意,并谓,鄙人不谙中语,只得用本国语讲话,大意谓,今晚与此盛会,荣幸之至,无线电能沟通国际间邦交,诚如主席及王博士所言。马氏为意人,承诸位殷勤招待,敬代表敝国致谢。至鄙人来贵国使节,尚望在座诸君,有以教之,云云。继由主席谓全体肃立,请马氏演讲无线电。

马氏答词 马氏起立,用英语演讲。大意谓,鄙人不敏,不能说贵国话。贵国言语声音颇为悦耳。兹拟用英语,同诸位讲几句。至讲无线电,一以时间太短,一以鄙人稍有寒疾，不能如愿以偿。我只能告诉诸位，此次鄙人夫妇来贵国，到处承贵国人士欢迎，感激万分。尤以主席及各位，对鄙人推功之处，实不敢当。贵国地大民众，无线电实最有用处。望贵国人士，深明此意。联络民众，交换情感，可造成一强大无匹之国家。鄙人此来，为时甚促，所到各处，不过贵国之一小部分。贵国人士，和蔼可亲，鄙人所知，于贵国已万分敬慕。深愿来日能有机会，重造贵邦，多多认识。此来晤及贵国无线电工程师几位，都是鄙人在欧美时老友，学识渊博，钦佩之至。今晨前往参观此间附近正在建筑之贵国国际电台，晤及欧洲专家，盛称中国工程师之聪明才智，无人能与比拟，鄙人深为钦仰。从此知贵国来日科学发展，正无限量也，云云。座皆大鼓掌。

珍重惜别 末由主席全体举杯起立，为马氏敬。又称，马氏今晚之演讲，实太缩短，吾人亦不应相强。鄙意过几时，我们可以在无线电中，再听马氏由罗马发来之伟论云云。散席已鸣钟十下，宾主尽欢而散。

昨晚登轮 马氏夫妇来沪时，即定乘意轮康脱卢梭轮离沪返意。该轮于今晨（1933年12月12日）三时半起碇，故马氏夫妇，偕同秘书维马可尼，于今晨一时许，在外滩码头登轮。意使鲍斯克利及领事尼龙等，均到埠欢送。

上例说明意大利科学家马可尼氏，新近来华，我国人士欢迎的盛况。马氏为发明无线电的伟人,造福人类,良非浅鲜。最近来到上海,报纸对于他的行踪详细记载,就是因为马可尼此人,对于读者的生活有最大影响最大兴趣之故。(上例采自《申报》,其采访之周详,记叙之完密,与文字之清丽,实为国内报纸上所少见者)

(三)新闻的显著性

看报的人虽然想知道一些向所未闻的事物,可是如果报纸上能够登载读者所知道的人物、场所或事物,则此种新闻的反响甚大,故新闻价值较高。新闻记事里面的人物,多选择国内有地位的或与社会有关系的人,就是因为此种人物国人对之较为注意的原故。单是"张三开米店""李四业汽车夫",此外别无其他事故,均不能作为新闻,因为张三、李四没有显著性。

(例一)显著的人物

宋子文赴欧

已离华盛顿搭轮赴英

愿对美切实合作

(路透电)中国财长宋子文离别美京时,国务卿胡尔曾往送行,宋氏取道纽约,转赴欧洲,出席世界经济会议。又宋子文恳切表示,对于罗斯福总统恢复世界经济繁荣之努力,愿与竭诚合作。

(例二)显著的场所

日军飞机昨又侦察北平

(北平特讯)日军飞机曾数度来平侦察我后方情形,昨晨侦察机一架,又由北平东北方面飞来,九时十分发现于城内上空,飞行较历次为低,然亦达二千尺以上,在中南海一带先盘旋数分钟之久,飞向前门南苑一带,旋折回仍在城中往来飞行。当时我城内驻军向空中开射高射炮机关枪多发,迄十时二十分,该机北飞,在北苑侦察良久,约十一时许又折回齐化门一带,在东城空中飞行少顷,即离平他去。当机来时,东城一带我驻军施放高射炮时,一弹落于东单牌楼水磨胡同东闹市口北头义记自行车行门前,落地爆炸,该铺铺堂黄海荣,适在门前张望,当将左胳膊及腿部炸伤,行人亦有二人炸伤,事后经由内一区警察将黄送至协和医院救治。又米市大街落弹一枚,一名丁保贵者,被炸伤甚重,亦送协和医治。此外骡马市大街河南同乡会有枪弹斜擦屋瓦入室内,损坏玻璃等物。据某军事机关发表,昨晨到市之飞机,确系日军侦察机。据用望远镜查视,见机内共坐三人,并有一人向下摄影。据推测该机之来,系因各路我军均已撤至最后防线,特来侦察我后方之布置情形,并在怀柔方面曾掷下炸弹,但并无重大损害。又昨日日机来平,先后约共三次,高射炮弹落地炸伤市民五人。

(例三)显著的事物

天津便衣队开枪扰乱

(天津特讯)自昨晚七时起,便衣暴徒即渐渐由某租界向华界活动,至九时余,便衣暴徒即向西广开及八里台两路窜来。沿途鸣枪乱射。至十二时许,枪声炮声迭起,顿令全市空气加倍紧张。至今晨零时三十分,八里台南开大学附近即发现便衣汉奸约五六十人,开始鸣枪扰乱,间有手榴弹声,幸我方早有警备。八里台一带我保安队镇定应付,从容弹压。汉奸见我有备,皆逡巡不敢前。至今晨二时止,仍有断续之枪声,想系汉奸便衣队既不得逞,特借此以遂其扰乱人心之企图。至西广开方面之汉奸,亦因我保安队警戒严密,至今晨二时,已废然窜回。闻驻南开大学前之保安队有十七人,被暴徒绑走。又昨晚十时四十分,南市某戏院门前亦发现炸弹,幸未爆发,南市有人拾得便衣队遗失之手枪数支……

(四)异常性

人皆有好奇心,故对于异常事件的发生极感兴趣。大都会的新闻纸常登载特异的新闻,此种新闻虽无何等社会的意义,但因人类有好奇的欲望,所以也被登载了。其实如"怪胎""猫三足"等类的消息,不过浪费纸面,以满足读者的好奇心而已。我们应该用别的有意义的新闻——例如"新发明""自然界的惊异""特异的冒险"一类的记载,代替那些无聊的、真伪莫辨的低级记事。

(例一)

不沉快艇

飞机轰炸不破

试验成绩美满

(伦敦十五日路透电)每日电闻今日第一次发表,不沉快艇疾驶于北海,当作轰炸飞机队轰击之目标。艇长四十呎,每小时速率达三十哩。飞机队追逐击之,已练成惊人之技能。每艇载海员三人,载护耳具钢盔健及防毒气之面罩。此外衣着甚微。彼等伏于保不破裂之掩蔽物下,驾艇飞驶,而飞机则在一千五百呎之高度掷下炸弹。有时弹竟掷中,而掩蔽物仍完整无损。所苦者,弹之碎片击中无保护之木部,贯穿而过,则艇中海员须泗水补塞洞隙。此项试验,秘密行之,已逾一年云。

(例二)

青岛海面之

海市蜃楼

昨午发现历三小时

(青岛二十二日下午七时发专电)二十二日午前十一时

许,距前海海岸约三十里之海面,忽发现海市蜃楼,一时轰传全市,往观者如赴盛会。因其状为横方形,故远望如楼房,大小共四座。小者渐行幻灭,恢复小岛原状,而大者仍变幻无定。记者往观,乃船行至中途,其幻形均渺然,始悉系连日阴雨,乍晴后竹岔岛上之气体变化,故愈远其幻形愈大,至午后二时许始全消灭,所奇者为青市未有之发现耳。

(例三)

希特勒

奖励结婚成效已著

柏林有万人向注册处借款

柏林 希特勒政府近为鼓励青年男女结婚起见,曾颁布命令,凡结婚之男女,得向政府借资,以充购买家具等物之用。此项计划今已收效。柏林一地已有一万人向注册处申请借款,如愿以偿者五千人,被驳斥者八百四十七人,其余尚在考虑中。凡未婚夫妇得合借六百马克。(二十二日路透社电)

(五) 进展性

事件的进行(progress)常能引起读者的兴味。塞尔维亚的一青年在莎拉耶奥刺杀奥国皇储,此一新闻,在世界各国,并不算如何重大。直到刺杀的事实,被大众知道与其他既往之事有关系,则世界人士就注意到以后的国际风云如何转变,欧洲的运命将至如何地步。在莎拉耶奥打出的一粒弹丸,其所酿成的"事件的进展",较之"暗杀"一事,更吸引读者的注意,使人朝夕等候续报。莎拉耶奥事件如果只此终局,不过纯为一种暗杀新闻。但此事件日愈扩大,富有进展性,故成为千古的重要新闻。

(例)

日军仍进迫形势危急

通州郊外昨有激战城内起火
北平军政当局讨论应付办法

(今日三时北平电话)关于北平安全问题,截至昨午,本已绝望,惟昨日下午转见松动,预料今日将更有所接洽,前途如何,将于今日决之。

(北平电话)我军连日后撤,日军追进,军事紧张。我方决定各部队在相当地点内日军如再进逼,即行抵抗。至于和平传说,截至昨日止,殆已绝望,外传正接洽进行说不确。

(北平电话)军讯,我军撤守三河白以后,日军继续进逼,冀达其占领平津扩大军事之目的。由三河前进之日军,隔白河向对岸我军猛烈炮击,发炮数百发,芦台日军亦积极进逼,前方形势极为严重。

(六)趣味性〔或作情操性(Human Interest)〕

趣味性来自感情的反射(Return-sentiment)。人类所有的微妙的感情，在人与人之间，人与动物，人与其他生物之间发露出来。遇事当受"感动"，寄与"同情"。新闻记事之具有情操性者实多，读报时常能得见。不过因内容之不同，而有浓厚的差别。试读下例，读者的心中必起感情的反应。

（例一）

闸北大洋桥

草棚百余间尽成灰烬

与前年冬间大火惨状仿佛

小儿私烤面饼竟成巨灾

无家者数百人为状极惨

（例二）

辽宁自卫军司令

李春润殉国之壮烈

年余以来迭挫敌势之凶焰

塔沟之役受伤以不治溘逝

新闻的情操性大别为九种。即1.两性；2.动物；3.儿童；4.自杀与情死；5.胜负竞争；6.争斗；7.生命危险；8.英雄崇拜；9.冒险等是。此种区分，并未完全，不过列举其常见者而已。

1. 两性

在目前的畸形社会里，关于"女性"或"两性"间的新闻，很受世俗的欢迎,致令新闻纸上不得不登载此类记事,真是无可如(奈)何的事。例如"某要人的女秘书乘飞机赴某处"一条新闻,用"专电"刊载出来,其实并无下文,对于国家大事毫无影响。不过女性向来在我国是"弱者"一流,现在居然能乘飞机,可说,"咄咄怪事";又,秘书为女性,亦觉奇异,故不惜拍专电报告报馆。此虽属新闻记者的"低能",但亦为世俗之所需要,无怪其然。至于"两性"的纠葛,在大都市(例如上海)则视为席上珍品,不惜绘声绘影,以痛快发挥为能。但不足为法,实应大加改善。

(例一)

少妇牺牲于花会

(例二)

两舞女讼案判决

(例三)

老翁强奸幼女

(例四)

渔色之徒

竟遇仙人跳

无赖之徒巧使美人计

乡曲之辈已吃眼前亏

苏州人赵,年近不惑,好色成性。其经济能力,尚非薄弱,买笑不乏无金,故凡韩庄娼寮,辄有其游踪。惟举动颇类乡曲,致每易遭人玩弄。有张姓者,知赵甚稔,乃于本月十四日,特设一美人计,在外布置周妥之后,始往贵州路药房楼上赵之寓所,约赵出游,谓有丽姝刘秀英,芳信年华,羞花容貌,虽属出自良家,不难勾引而得。君苟有意,当不辞介绍之劳。赵素重耳食,而是语又适投其好,遂不遑审度利害,摒挡资斧,随张问桃源之津。比至途中,突见一少妇亭亭玉立,若有所待。张即指妇谓赵曰,此豕是矣。其实妇虽少艾,而貌则仅中姿。但赵经该妇秋波几转,早已色授魂与,视为天仙。当时仍由张为乡导,同赴浙江路旅馆辟一密室,以便畅叙幽情。时张之任务已终,彼即别去。赵与该妇亦紧闭双扉,正拟,有所作为。霎那间突有壮汉五名,破扉闯入,其势汹汹,为首之无锡人刘,自称为秀英之夫,指赵诱奸有夫之妇,其余刘、陈、张、朱等四名,则皆随声附和,或举手掌赵颊,或举足蹴之,赵既寡不敌众,惟有委婉哀求。刘等痛殴之后,复将赵所穿长袍一件,连同衣袋内钞洋二十二元,一并剥夺;因犹嫌款项太菲,乃决强赵往某处谈判,甫离该旅馆,为老闸捕房探目金撞见;询明原委,一并带回捕房……(下略,《申报》本市新闻)

2. 动物

生存于人类生活圈内的动物,都是性情温和的禽兽,人类与之友好,可使生活增加快乐与滋润。如猫、犬、小鸟、牛、马、羊等都是可爱的,它们的存在,对于人生实有重大的意义。他们的死亡、负伤或发生其他变故,令人发生无限同情。

(例一)

县农教馆

五届耕牛赛昨日给奖

至发起组织耕牛研究会

定本月廿七日开筹备会

上海县农民教育馆第五次耕牛比赛,业已结束。各界惠赠奖品,计有银盾立轴及家用器具、农作用具等,为数颇多,经奖品支配委员会订定奖品支配标准,昨日下午一时在该馆演讲所举行给奖典礼,到农民某某等五十余人。主席张×,记录张,行礼如仪。主席报告本届耕牛比赛经过情形,奖品种类,及评判结果,即发给奖品,得品名单如下。(1)龙头类(农主姓名略),(2)齿类(略),(3)四齿类(姓名略),(4)六齿类(略),(5)满口类(略),(6)去势牛类(略),(7)公牛类(略),(8)水牛类(略)等。给奖毕,即演讲耕牛改进方法,末呼口号而散。该馆为研究耕牛鉴别及饲畜起见,组织耕牛研究会。自即日起征求会员,定本月廿七日召集筹备会。

(例二)

马戏班小马绝食殉主

×马戏团克来白君,上星期二以糖尿症卒于医院,具见以前本报。其爱马无日不候其主之归来,卒至绝食。虽班中人强之食,而瘦削日甚,乃携往兽医院就医,略无效果。数日不食不眠,卒于昨晨死于院中,随其至友于地下。该马为马戏团中二□四头小马之一,虽非最小,但为最灵敏者则无疑。克来白君与小马结友好于东京,今则相随于地下,其美满之友谊将相继于无既欤。

3. 儿童

儿童的消息也能引起情操性。尤其是关于母性爱的消息。这一类的消息在国内报纸并不多见。

(例一)

太原儿童健美赛会
看看谁美　比比谁肥

太原通信　本市妇女三育协进会与青年会为提倡儿童健康,发展民族精神起见,特于本月十八日起举行太原市儿童健康美大会,会期三日,并请阎夫妇担任正副会长。共分二组,甲组以六个月至二十四个月,乙组以二十五个月至四十八个月为限。赛法,以全体参加比赛儿童编号,轮流请大夫检查之,选出其较健美者若干名,再经大会评判部审查最优者,每组计选十名,前三名各予以纪念奖品。报名时并收报名费二角,额数以每组百五十名为限。更定二日下午举行闭幕典礼。发给纪念奖品云。

(例二)

全市童子军　昨日露营今日检阅

全市童子军第五次大检阅及大露营,已于昨日开始举行。各团男女童军,纷纷向市中心区开发,至昨日下午五时,已达三千人,江湾路上,锐喉高歌,终日未息。各团童军达到营地,即向指定幕区扎营。至下午六时,市府新厦前,已成白色一片。声势赫赫,英武气概,不亚行军。晚七时半举行团长会议,报告暨讨论检阅及露营各项注意事项,五时半并举行检阅露营评判委员会第一次会议,地点在市童军理事会。今晨十时参加总理铜像揭幕礼后,举行大检阅童子军司会部。(下略)

4. 自杀与情死

自杀与情死的起因多为迫切的事情所致。如失恋、厌世、生活、困难、病苦的结果,均属此类。

（例）

秦银狗穷困自杀

崇明人秦银狗,四十五岁,家居沪北虹镇吴家浜草棚四十五号,以种菜圃为生。家有老母妻子胞兄及十三岁女孩、一十岁男孩,一家六口,全恃种菜,实属不敷,以致日坐愁城,一筹莫展。遂萌厌世之念。前晨七时,伊妻秦张氏,尚未起身,而银狗独自一人,在外面空屋内悬梁吊死,迨其妻起身发觉,抚之已冷。当经哄传邻里,为岗警闻悉,立即报告五区三所驻所请夺。经林巡官亲自前往调查,询据尸妻秦张氏称,伊夫并无嫌怨,但其吊死原因,不外一家数口,无钱买米,回家做饭,不能过活,想必一时怨愤吊死等语。当即回所呈报总所,转报市公安局核办。

情死记事的例从略。

5. 胜负的竞争

运动、赛马、选举、围棋、其他竞技,均属此类。其中以"运动记事"最受读者欢迎,因含有鼓吹崇拜英雄,注重健康,赞美青春之意。上海各报,对于运动记事(即体育新闻),甚为注重,实可欣慰的事。

(例)

优游击败腊克斯
东华战胜华塞斯

优游先负四球五比四反败为胜
华塞斯十人应战东华二比一胜
今日暨南战英海军在棒球场

昨日棒球场上,有优游与腊克斯之比赛,上半时优游在逆风地位,行军不利,腊克斯狐假虎威,气焰万丈,半小时内,优游竟连失四球,令人心惊胆栗,以为必败无疑,讵意优游奋发有为,扳回一球后,下半时乘风破浪,锐气大盛,获一而再,述中四球,结果以五比四反忧为喜,转败为胜焉。至于逸园东华与华塞斯陆军之比赛,事前以为东华李义臣赴港,关洵安不能出场,以华塞斯之雄威,战胜昨日之东华,似在意料之中。岂知大不为然,华塞斯于开首一分钟内获得一球后,右前卫忽以伤脚退场,从此只卜人应战,后防时露空虚,遂被东华曹秋亭连中两球,得最后胜利,可谓鸿运高照矣。今日暨南战英海军于棒球场,海军由康脱出场,甚凶,暨南必须小心。中华会共有八场比赛,详情分志如下。
(下略)

6. 争斗

此类记载有进展性,亦有戏剧的要素,有时表露"英雄本色",能感动读者。

大厦谷之争

巴拉圭军队获大捷

民众欢舞庆祝如狂

玻军十三团被俘缴械

年半战祸或可告结束

阿根廷发起南美各国订不侵约

阿森申 今夜巴拉圭全国人民欢欣鼓舞,庆祝大厦谷巴军空前大捷,加以拉巴兹电告玻璃维亚召集后备兵消息,益令巴人深信陆军部捷报之非夸,愈增其欢迎,各报馆门首公告板前,群众麇集,日夜不散,全市商业几同休辍,自午至暮夜,如狂如醉之民众结队游行街衢间,庆祝此空前大捷,巴拉圭总统阿耶拉,昨日乘飞机往前线,亲睹被围玻军十三团缴械受俘,今日下午回京时,城外飞行场内已聚集人民数万,皆欲聆总统之捷音,于是总统当众宣布共俘获玻军将卒八千九百五十名,全场欢声雷动,按昨日最初报告,仅俘一千五百人,迨今日清晨陆军部发表,敌军投降者共十三团之众,计八千二百五十名,今巴统总宣布又增七百人,以弹丸小邑之巴拉圭获此奇捷,询属建国以来第一次,反之在玻璃维亚,亦可谓空前惨败,故据未征实消息,玻政府已有将请主持参谋部之德顾问龚德将军辞职之说,现战事仍在继续中,巴军正图巩固新得阵地云。(12日国民电)

拉巴兹 玻璃维亚政府今日下令召集1917年级至

1920年级后备兵,增援大厦谷,据玻陆军部宣称,玻军被围者虽有十三团,但多数溃围而出,巴拉圭所称俘获八千九百五十人之说,系属夸言。(12日国民电)

巴拉圭京城 今夜巴拉圭京城庆祝巴拉圭在大厦谷森林地之胜利,闻玻璃维亚兵士降者一万三千人,许多大炮、坦克车及子弹数百万发,均被巴军夺获,众料经此决战,两国间五十年来之争执,可从此解决,查此战事,历时十八个月,在最初一年中,双方互有胜负,据玻璃维亚言,巴拉圭首先袭击某炮台,致起战祸,至去年八月底始正式宣战,巴拉圭当时立即征发军队一万九千人,大举进攻,而玻璃维亚则因道路不良,且甚迂曲,计长千里,战地与接应地之距离倍于巴拉圭,致在三个月内陆续被迫退守,战后五个月内,巴拉圭之攻势始止,其军队死伤不少,此后玻璃维亚乘巴拉圭不备,在雨季中进攻,夺得巴拉圭炮台六座,并夺回已失之玻璃维亚炮台八座,至是战事趋于沉寂,仅有炮战,今据战讯,则玻璃维亚军队卒不能支持,胜利终归巴拉圭矣,估计大厦谷战地前后死者不下万人,伤者犹不止此。(十二日路透电)

阿根廷京城 外长萨魏特拉发起由拉丁美洲各国签订互不侵犯公约,顷洪都拉斯、委内瑞拉及尼加拉圭三国均表示赞成。(十三日哈瓦斯电)

7. 生命的危险

人命危殆的事,最能打动人心,故情操性亦富。如行路受伤,飞机坠毁,均属此类。

(例)

西京日报社长
邱元武遭暗杀

汪电杨邵严缉凶手

西安 西京日报社社长邱元武君,前奉中央命令,于本年三月来此创办报社,九月于兹,对工作努力,不遗余力,至遭反动份子之嫉妒,迭次恫吓,邱君以身许国,抱大无畏精神,继续奋斗,不因稍懈,二十一日晚因赴小车家巷友人约,七时许返社工作,甫出大门,即遭暴徒五六人分持匣枪利刃迎面轰击,开枪竟达十余响,邱君身受二枪二刀,头部一枪一刀,胸部一刀,腹部一枪,当时毙命,本市新闻界骤闻噩耗,决集议向当局请愿严缉凶犯,并对新闻界予以切实保障。按邱年二十六岁,安徽全椒人,毕业于中山学院,历任青岛特别市党委、内蒙党务指委、安徽湖北省党委,对于办理党务,成绩卓著,深为中央嘉许,今竟遭不测,邱上有老母,下遗一妻两子,长年五岁,幼仅三岁,身后萧条,殊深凄惨。(二十一日中央社电)

8. 英雄崇拜

崇拜别人的技能地位、权力、财富是现社会中极普遍的趋势。对于伟人、英雄的行为,更深注意。著名的科学家、探险家、飞行家、民族的斗士,报纸时记载他们的劳绩,以满足读者的憬慕心理。

(例)

探测大西洋航线告竣

林白伉俪归巢

飞越两半球遍历三大洲

计程二万八千英里

美国弗罗利达州米亚米城 美著名飞行家林白上校伉俪,本日下午一时零五分,由中美洲多明果国玛利斯城飞抵此间,长距离航空科学试验飞行现已终结,林氏夫妇飞越两半球,经过三大洲,计程二万八千英里,开始飞行之日为本年七月九日,飞行之准确,令人赞叹,实为航空试验之伟举,自有此举以后,吾人希望在不久将来,各洲间之飞行将日渐濒仍,林白夫妇虽不欲使人宣布其飞到时间,并力求避免各种正式欢迎,然其飞到之时,民众欢迎者仍非常热烈,惟新闻记者与摄影者之要求,则极力谢绝,下机之后,经过海关及移民局各种手续之后,即乘汽车而去,其去向不得而知。(十六日哈瓦斯电)

林白伉俪由欧返美

拉巴玛 林白大佐夫妇已于今日下午四时抵此间,当

飞过芬查尔时，因天气恶劣，未曾降落，按林氏系自欧洲经由阿速尔与卡那尼等群岛而返美国云。（二十四日国民电）

9. 冒险

一般人所不能从事的工作，少数人不避艰难苦困，努力完成，兴味之浓，自不待言。南北极探险、登山、科学试验的冒险类皆属之。

南极科学探险

杜恩亭（纽丝纶） 今后数月内，将有两探险队，企图发现南极大陆之奥秘，其第一队业于今晨自此间乘轮出发，将往鲸鱼湾，勾留三四星期，作最后准备，然后开赴南冰洋。其队长为艾尔斯沃斯中校，队员中有挪威驾驶员巴庆，即前偕裴特驾机飞过南极者也。该队目的，在完全飞过南极大陆自天空摄取地形，开探险界之新纪录，预定明年三月竣事而返。另一探险队，由裴特少将率领，不日即将抵此，亦将往南极大陆，唯裴特一队侧重科学测量，将留居两年，与艾尔斯沃斯之注重发现与探险者性质略异云。（五日国民电）

以上为新闻的六种要素，新闻记者可以用来估定新闻价值。下图假拟六项新闻事项，借以比较此六种新闻的要素。

1. 日本退出国际联盟；
2. 美国选举电影皇后，×××当选；
3. 煤矿工人在工作中被埋在坑内；

4. 市长被制;

5. 男女情死;

6. 市政府新筑落成。

图内(一)(二)(三)(四)(五)(六)为新闻的六种要素(即时间性等)。

图内 1、2、3、4、5、6 为新闻的种类(即"日本退出国际联盟"等)。

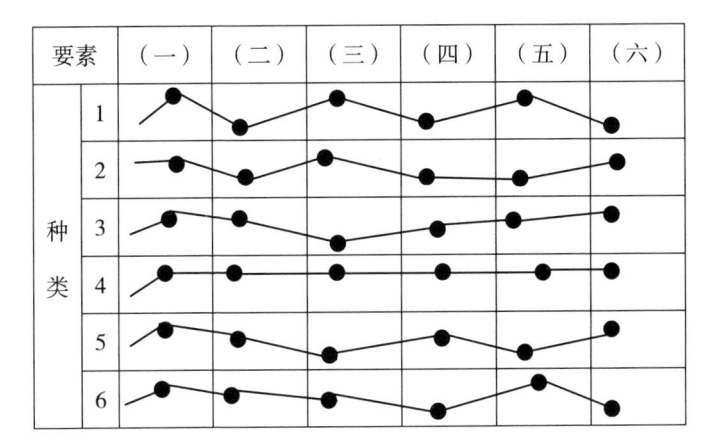

要素	(一)	(二)	(三)	(四)	(五)	(六)
种类 1						
2						
3						
4						
5						
6						

说明:图内黑点居上者,表示此种新闻之某种要素甚多。黑点居下者反是。图内之距离性。即(二),以上海为中心。

问题:

本章所讲的各种新闻要素阅报时须加以注意。试在报纸上寻出同样的例,剪贴于自己的贴报簿上面,并各抄录一份寄来。

第八章　新闻记事的分析

新闻记事（News Story）的内容为各种知识的报道，包罗宇宙、社会的现象变化的发生、进展。它的形式，千差万别，没有一定。为研究便利起见，本章将新闻记事作分析的研究。借作编辑新闻的准备。

新闻记事可以分为两种形式：1.为平面式；2.为立体式。分述如下，并引用实例说明。

"平面式"，即横的区分，根据新闻记事材料的种类，而加以区别。新闻记事包含的材料虽极复杂，但可分为下列七种：1.政治记事；2.外交记事；3.经济记事；4.社会记事；5.运动记事；6.家庭妇女记事；7.学艺记事等。以下逐项加以简单的说明。①

一、政治记事

包含中央政府、各省、各都市的行政、司法、立法，以及党部的消息。城市、镇的自治团体亦属之。

---

① 此部分并未全部介绍。

（例）

中常会推汪为
四全会开会式主席

电请胡冯等晋京出席

南京 中央十八日晨开一零六次常会,到常委汪兆铭、叶楚伧、居正、孙科,及委员邵元冲、王正廷、朱霁青等三十一人。叶楚伧主席。决议:(1)第四次全体会议开会式,推汪兆铭主席并致词,(2)嘉奖讨逆海陆空各军将士,(3)中央执行委员会杨树庄因病故出缺,遵照总章规定,以候补执行委员傅汝霖递补,(4)选任李文范为国民政府委员,(5)推戴□贤出席下星期一中央纪念周报告,(6)其他例案。(十八日中央社电)

南京 四中全会已决定准期举行,昨经中央秘书处分别电促外埠各委员,即日来京,参与会议。闻在京各常务委员,以闽变虽告一段落,而外侮内患,在在堪虞,非集中群力,共策进行,不足以当大事。顷复由汪兆铭、蒋中正、陈果夫、居正、孙科、于右任、顾孟余、叶楚伧诸常委电致胡汉民、冯玉祥、阎锡山、赵戴文、刘守中及在沪各中委等,略谓,四中全会决于二十日举行,业经中央分别电达在案,值此外侮侵迫日甚,内忧疮痍未复,切望我中央同人,共集首都,讨议新猷,俾国基得固,民族昭苏,是所至祷等语。(十八日中央社电)

南京 四中全会定二十日上午九时行开幕典礼后,即举行预备会,推定主席团人选及大会秘书长等。会后全体谒陵,午在励志社聚餐。二十一日为星期日,拟举行会议,由各委互相交换意见,二十二起开正式会。各方提案已收到二十余件,正由秘书处整理中。(十八日申报专电)

(附记)上列三电,第一电讯为推定四全会开会式主席,第二电讯为电请胡、冯等晋京出席,第三电讯为会期及收到各方提案。此为四全会开会以前的重要记事,其性质为"撮取大要"。在"撮要"之后,尚有"中常会昨决定提案""全会出席中委人数""四中全会开会程序""蒋委员长返京出席""各地中委纷纷晋京""出席公费定二百元""整理欠赋将有提案""改革案无对人意味""林主席或将蝉联""财部拨发全会经费""军参院拟国防计划""王法勤谈大会前途""宪法草案不及提出"等十三项分题。凡与四全会开会有关系的电讯均编于"撮要"之后,可谓详尽。因篇幅从长,均从略。

二、外交记事

包含一切与"国交"有关系的记载。所谓"国交"者,即"中国与外国""外国与外国"的相互关系之意,但以"公的性质"为决定的标准。如属于"私的性质",例如"美国林伯大佐爱儿失踪"一类的消息,虽发生于国外,即非外交记事,应属于普通的社会记事。因此事只与个人有利害关系,与国交毫无关系之故。

(例一)

欧洲战争恐慌
法国对德疑虑

公约未成不能裁军

参院表决信任政府

巴黎 参院今日辩论外交事务,曾讨论战争之可能性,但非在太平洋而在欧洲本身。总理旭丹称,当各国正在重整军备之际,法国断不能裁减其陆军,减少军备,仅能在将来订定公约后实行之云。发言者数人表示信念,谓他日德国如事侵略,英国必出援法国,如1914年然。旭丹声明法国陆军决不减少后,参院遂以大多数通过信任政府案,共投二百五十七票,反对者仅三票耳。(十八日路透电)

巴黎 参议院讨论外交问题质问案业已终结,外交委员会主席贝朗热提出动议,主张忠守国联会盟约及罗卡洛条约,并信任政府,俾能在国联范围以内,从事和平建设,使法国与各国国交趋于亲善,并巩固国防及安全。此项动议以二五七票对三票之多数通过。(十八日国民电)

(例二)

秦德纯访柴山
交涉察东事件

质问日伪军进扰赵家屯事

日方诿称系出于剿匪误会

北平 黑河讯、日伪军十六日进攻龙门所赵家屯,因当地张人杰等三师,沉着应付,固守阵地,日伪军知有准备,复退黑河。宋因日伪此种扰乱行动,足以影响察省治安,特电秦德纯与日方交涉。秦今日下午赴日使馆访柴山武官,向柴声明,龙门所、赵家屯均在长城线以西,龙门所距长城十五里,日伪军此次进扰赵家屯,显有越出长城线行动,希望日方设法防止。柴答称,此次事件之发生,本人未在平,由根本武官去电承德询问,现接到承德第八师团长西义一回电,始知系由剿匪发生之误会。现该方面日军撤至黑河以东原防,日军决不向长城以西前进,希望将此意转达宋哲元。秦即将晤柴山交涉情形向津宋报告。察东情况,张垣来电报告甚安谧。(十九日申报专电)

(附记)上第一[例]为法国与德国的国交关系,第二例为我国与日本的外交关系。

三、经济记事

包含国内与国外的经济现象的一切记事,范围颇为广泛,约可分为金融(银行、保险、汇兑),交易(股票、物价、国外贸易),产业(农业、制造工业),运输交通(铁道、船舶)以及其他与经济团体有关的记事。

（例一）

英美法商妥稳定汇兑

英美汇价为美金五元

英法汇价七十七佛郎

伦敦 纽约商报载有英镑与美元将以五对一之比率安定之说,此间人士不轻信之。今日伦敦市场中美元有反动之势。盖众信目前向上趋势,仅为一般人因美国未设立自由金市场而起失望之结果也。预料美元暂时将继续上涨,因美国资金之流回现方开始也。欧陆购买美国公债,足见对于美元稳定之信任现渐恢复,美国银行家预料英镑不久将恢复其旧时比价,估计美国资金存于伦敦者为十万万元。加那大资金存于伦敦者为五万万元。有数方面谓佛郎之大批卖出,系伦敦某法人银行所为,此乃法当道设法阻止佛郎继涨之表征。又有人谓佛郎之售出,乃资金由巴黎移往伦敦所致。但消息灵通者谓今晨巴黎之购进英镑,实因法国某方面以为无论美元如何,英镑现价未免过低也。(十九日路透电)

（例二）

第五批
美麦今日到沪

四天内可来五轮

共三万六七千吨

借款美麦先后装到上海者共计四批,分载六船,总数约有四万六千余吨,现浦江尚在驳卸中。第五批由波特兰装来,昨日管理棉麦处接到承载各轮来电,由哈勃罗唐号、纽约号、拿斯君号、梅烈号等五船装载者,共计有三万六七千吨,均已驶过日本,自二十一号起至二十四日止,此四天中,该五轮美麦,悉可运到上海。查此第四、第五批美麦,总数达三十六七万担,亦统已售与各粉厂,惟迩日市价较廉,五船来货,值国币二百五十余万元,到沪后,仍抛河筒起卸,驳至苏州河上栈。昨经传知各粉厂,派船提卸。查自上月十八日起,至本月二十四日止,先后运来美麦,共有八万余吨,占全部美麦三分之一,约值国币六百万元。(一月二十一日)

(附记)上第一例属于金融,第二例属于产业。

四、社会记事

凡以个人为中心酿成的事件,而此事件又含有社会的意义者,名为社会记事。又城市、镇、乡村的行政、教育、社会、交通事业一类的记载,亦可附属于社会记事。故社会记事的范围甚大,从广义说,凡与人间生活直接有关系的事实(例如慈善团体的活动、家庭的变异、交通事故、火灾等),均可称为社会记事;就狭义解释,则指犯罪新闻,

即上海各报记者所称的"公堂新闻"。(《申报》的《本市新闻》一栏,即以登载广、狭两义的社会记事为主)

(例一)

张福根娶妻
临婚变卦
迎新娘三日不得
诉诈财首事侦查

龙华路小木桥北沈氏宗祠相近八四八号门牌,住有农民张玉亭,其次子张福根,现已二十三岁。家境稍贫,该地农家女,均不愿下嫁。玉亭见乃子年龄长大,急应授室,只得求诸外乡之配偶,以了心愿。本年正月初旬,由新近相识之孙祥生介绍七宝镇人阮福源,同作冰人,谓有阮之同族阮友生,亦住七宝,家道殷实,生有一女,小字阿妹,年华十九,标梅待字,堪以相偶。且阿妹颇知闺训,俭朴无华,美满良缘,不可错过。张闻之,喜甚。当即谈议最紧要之财礼金银等,索价甚奢,嗣经再四斟酌,议定礼金现洋四百元,及金镯一对,金戒一只,金环一副,手表及银饰等,合之几近千金。当以男女均已长大,不宜再迟,故张即设法凑集其数,全部送去,并择吉于二月十日完婚。惟七宝镇至小木桥相距五六十里,往返不便,议定先一日由坤宅送女到乾宅,翌日即拜堂举行婚礼,双方同意。届期张玉亭在家张灯结彩,宰牲置酒,亲朋毕集,酒筵二三十席,喜气洋洋,颇为热闹。不料守候新娘三日，吉期已过，未见彩舆临门，临婚变卦，一场空欢喜，人财两空，一时传为笑柄。张心中愤恨异常，追问媒人，奈坤宅远在七宝，亦难交代，相率避不见面。迫后查悉新娘，系在婚姻前三日，不知去向。亲翁阮友生亦不敢出见。如是再四追究媒人。迄无要领。婚事既不谐，财礼又不归还，故张父子具状地方法院刑诉，控告为虚设婚姻之局，朋串计骗财礼，请求拘究。现正在侦缉中。（申报）

（例二）

唐嘉鹏被暗杀详情

妻女谈预兆疑以传疑

茶役生龃龉忍之又忍

昨晨一时零五分，大世界游戏场经理唐嘉鹏，被仇人开枪暗杀身死，流弹并击毙行人一名，各情已志本报。直至昨日正午，该流弹所毙路人，始由人认明。详情续志于下。

唐之经历 溯自巨商黄楚九于民十九逝世后，大世界游戏场，即由黄金荣君接办，而经理一职，遂由唐嘉鹏君充任。任事以来，对于内部整理，筹画不遗余力，故大世界营业之得有今日，唐实与有力焉。唐除任斯职外，复为敏体尼荫路桃花宫酒家董事，独资开设鱼行于小东门大街；又任西藏路大中华饭店股东，暨其他副业甚多，并一度任江西四十九军驻沪要职。

堕下一物 唐鉴于大世界责重事繁，每晚必躬亲前往，直至夜深散场后，方始归寓，每日习以为常。前晚九时许，唐乘自备之奥司汀汽车(租界号码五四一五号，市一四一六〇号)，由车夫徐阿荣驾驶，循例至大世界办公。外衫甫卸，而友人孙少卿、王振川、吴微雨、夏成章，接踵来访，齐集于经理室中闲谈。讵正在谈兴方浓之际，突由梁上堕下一物。

吉凶辩论 该物大如鸡卵，色白而洁，适落于唐臂旁，熟视之，赫然一白鼠也。于是群相惊疑。当时友人中佥以为老鼠脱脚坠地，事属不祥，于是均劝唐君凡事留意。惟唐君以此等细微之事，不足介意，且谓渠系属牛，鼠落牛身，实为吉利之兆，而友人等亦即乱以他语，且谈且笑，不觉已子夜十二时矣。

枪声大作 至十二时五十分，已届大世界散场规定时间，爱多亚路转角，万头攒动，直待场内游客散尽，已翌晨一时零五分矣。唐与诸友均整衣鱼贯而出，唐拟直趋至预停之汽车处上车，当时友人孙少卿忽询唐曰："你明天去否？"唐答："自然去的。"尽翌日须赴黄金荣君漕河泾黄氏花园之宴也。讵唐话甫脱口，枪声即突然大作。

应声倒地 当唐甫出大世界大门，暴徒已四面围集，迨唐与孙分头上车之际，众暴客即对唐乱枪齐发，唐遂应声倒卧车旁，鲜血横流。车夫徐阿荣目击主人被戕，最初尚拟将唐夺扶上车，既见乱枪齐射，只得蜷伏车旁，直至暴客四散逸去，始将唐掖之上车，急送宝隆医院，一面通知家属，转报捕房。

唐之家属 唐乳名阿裕，甬人，年四十五岁，有一妻一妾，家住法租界华枭葛路吕宋路五福里三号，遗二子三女，长女名秀珠，次秀珍，年均十八；长子运龙年十一，次子运虎方三龄，三女名秀瑛，年八岁。

五弹毕命 是役也，暴徒共发枪达三十余响之多，唐周身共中五弹，计右胁、右胸、鼻部、左腿等处，大半系属要害，故抵院未几，即毙命。捕房闻讯，立即通知同仁辅元分堂，饬派堂夫，将尸舁入验尸所，报请第二特区法院莅验。惟昨日适为星期，须俟今日上午十时检验，闻验明后，即至海格路中国殡仪馆大殓。

唐妻问卜 昨据死者之妻与前往慰唁之戚友谈话，略谓，本月十五日之夜，死者公毕返寓后，忽一人兀坐沙发上，双眉紧锁，若有所思，一种抑郁之态，呈于面部，余（唐妻自称）乃叩其所以，据答，今晚曾与大世界某部茶役，发生龃龉，该茶役且出言不逊，无可理喻云云。言时，颇示消极，余当加以劝慰，并嘱其于可能范围内，辞去大世界职务，藉资修养。当时死者续谓须往南京一行。余于翌日曾为其至福煦路关帝庙求问灵签，叩其是否可去，讵签条上诗句之解释，竟促其即速成行，藉免于厄，余亟举实以告，而死者又忽淡焉若忘，余亦未加催促。讵料未及三日，竟尔遭此惨祸，岂冥冥中早具定数欤。言时,珠泪夺眶而出,厥状至惨。

流弹死者 当唐君被击,枪弹横飞时,有一年二十左右,身穿白短衫,黑色单裤者,头部被流弹击中两处,旋即倒地身死。当时姓氏无从调查,直至昨午,始有一藤器店伙友认出,死者名吴光财,年三十一岁,江都人,现在南褚家桥聚泉浴室为茶房,当即向浴室通知,随由尸侄吴朝兴,赶往验尸所认明无讹,急用长途电话至苏州,招死者之妻来沪料理。

(例三)

沉没之
甬兴轮将捞起

被害乘客控告船员
部令航局切实查复

宁绍公司甬兴轮,在浙闽海面之磨盘山触礁沉没,船员乘客,又被海盗刦架,此事早志本报。今被盗绑去之人,扣至前日,已全数赎出,船账房竺时生,已由盗窟返沪,报告剿匪捞船等事甚详,亟为记录如下。

旅客全放 劫抢甬兴轮之盗匪,多为海门附近磨盘一带之渔民及当地莠民为多,故于劫轮之后,又将船员、旅客等架去,勒款取赎,数额不甚巨大,但须缴纳四五百金,匪徒即可释放肉票。最后有旅客三名及船账房竺时生共四人,因赎款未到,所以迟延未释。至今竺以六百元赎放,余三人亦各纳五百金,故被架之人,已全数释回矣。

追剿海盗 竺君在磨盘山匪窟放出回沪,系先到海门,然后返沪。据竺君言,渠于匪窟逃出之际,正值闽军与海军会合向磨盘山匪区进剿,匪众亦抵拒。竺等离匪巢时,官兵正激进追剿,当时情势,十分危险,竺等得以安然脱险而归,亦属侥幸矣。刻下匪盗已为官兵包围,不久可望肃清。

货均卸出 甬兴沉没以后,船内货物,除贵重者已被盗劫外,其余均随船沉入海中,嗣经中国打捞公司派船先将轮内货件,全数设法驳卸,迄今已分批运到海门,其中有多数货品,如纸张、油类等入水后已无用外,惟大批木材,仍可应用,关于起出之水渍货,已由承保水险之各公司保管,将来出售后,再行公摊款项。

船身吊起 甬兴船身由宁绍及各保险公司会同托中国打捞公司前往打捞,工事进行已久,现闻该轮可望捞出,在船作业之工人,迩日正在入水修补船底破洞,然后再抽去积水,将船体吊起。在沉轮附近,海军部已派诚胜舰保护捞船之工人。

交部彻查 甬兴轮中被害之各旅客,刻已公同具呈向交部控告甬兴轮船员之玩忽业务,儿戏民命,使乘船旅客,盗劫与绑架之重大损失,并称甬兴失事,初非不可抵抗之海难,而其肇祸在于船员之错走航道,盗匪之劫掠,更在船身搁礁之后,则与不可抗之海难有别,应由公司负赔偿损失之责。交部已将此呈发交上海航务局彻查核夺矣。

(附记)上第一例为婚姻纠葛,第二例为暗杀,第三例为船舶与盗难。此三例以第二例的写作最优,学者应注意其文字与记叙的层次。

上述仅为新闻记事的简单区分。如美国的《纽约世界日报》(*New York World*)则将新闻记事分为三十部门。兹分叙于下,以供参证。

1. 国家的记事(National News) 包含整个美国应该知道的事件、变故、外交记事,以及和首都华盛顿的国是有关系的中央政府,各官厅的记事。

2. 州内记事(State News) 包含纽约州内的"公的记事"及州政府、州厅的记事。

3. 本地记事(Local News) 或称为都市新闻,包含纽约区域内所发生的一切记事。

4. 一般犯罪记事(News of Crime General) 不问地域范围,凡关于犯罪之记事均属之。在美国,此种记事最能引起读者的注意。

5. 政治记事(Politics) 不问地域范围,凡各种政党及选举的记事均属之。

6. 疑狱记事(Scandal Stories) 凡与国政、州政、市政有关的丑闻均属之。

7. 海外记事(Foreign News) 不属于外交范围的国外各种记事

均称为海外记事。

8. 季节记事（Season News） 即关于气象的消息，如天气预告、暴风雨、海流等专门的记事均属于季节记事的范围。

9. 电影记事（Movies News） 包含纽约市内影戏院的消息及好莱坞的消息。

10. 剧场记事（Theatre News） 包含演剧、歌舞等。

11. 音乐记事（Music News） 音乐及音乐家的记事，但与剧场记事时相重复。

12. 文艺记事（Literature） 包含文学界及书籍出版等。

13. 运动记事（Sports News） 包含国内外的运动消息与赛船、赛马等。

14. 社交记事（Society and Club） 包含结婚、生产等□庆的记事，夜会、集会的预告或记载。尤其注意关于妇女的记载。

15. 金融市场记事（Money Market） 包含银行、证券交易所、国外汇兑、贸易、保险等记载。

16. 产业记事（IndustrialNews） 关于农产物、肥料、制造工业、矿山、水产及其商情，汽车业亦属之。

17. 不动产市场记事（Real Estate News） 关于不动产买卖的记载属之。

18. 股票交易所记事（Stock Exchange） 包含股票交易所记事及各大公司的记事。

19. 幽默读物（Humorous Stories）。

20. 法庭记事(Legal proceeding News) 使读者感觉兴味的公堂记事。

21. 感动的读物(Pathetic Stories)。

22. 教会记事(Church News) 虽名为教会记事,但包含各种宗教的记事在内。

23. 连载漫画(Daily Cartoon)。

24. 死亡记事(Obituary News)。

25. 保健记事(Health News) 对于读者保健上的注意及城市卫生的记事均属之。

26. 读者投函(Readers Letters)。

27. 流行记事(Fashion News) 特辑国内外,尤其是巴黎的流行物品的记事。

28. 妇人记事(Women) 关于妇人生活的一切记事属之。但与社交有关系的记事,应编于社交记事之内。

29. 食品界(Cooking Recipes)。

30. 长篇记载(Feature Stories)。

纸面上的新闻记事的区分(属于平面的),可引中外各大报为例。

1.《申报》(上海)

第一张　要电。

第二张　要电、国际电。

第三张　国际电、本市新闻。

第四张　本市新闻、教育消息、"春秋"。

第五张　"自由谈"、商业新闻。

本埠增刊　第一张　小品文字。

　　　　　第二张　小品文字。

　　　　　第三张　电影专刊。

（附经济、建筑、医药等特刊）

2.《美国支加哥论坛报（星期版）》

第一部（二十八面）　各种主要新闻。

包含是日发生的事件、评论文字、报馆的宣言、读者投稿栏、一般死亡广告等。

第二部（十面）　运动栏。

包含各种运动竞技的状况及结果、全国气候报告、汽车栏、汽车交通路径等。

第三部（十面）　不动产买卖、财政、市场栏。

包含住宅建筑及大建筑、农园与庭园、新刊图书介绍、股票交易、纽约汇兑记事、纽约股票行情报告。

第四部（六面）　都市栏。

市政新闻、特别读物、无线电栏、"我们的都市"栏、字谜栏、"苦笑"栏。

第五部（十四面）　分类广告栏。

第六部（十四面）　妇女栏。

包含流行物品、家政的心得、小说、悬赏、美容、质疑问答、口腔卫生、妇女活动、妇女小说三篇、一星期的菜单、宴会上如何侍候等。

第七部（六面） 戏剧栏。

电影、音乐记事、影戏院广告、支加哥剧团消息等。

第八部（十二面） 社交栏。

社会俱乐部及各团体记事、纽约俱乐部记事、旅行、教会、结婚、婚约、支加哥北西南部郊外俱乐部记事、宗教界记事、说教与仪式、旅行广告。

第九部（十二面） 照相画报。

美术影写版，世界照相新闻。

第十部（八面） 着色漫画栏。

《支加哥论坛报》（*Chicago Tribune*）的星期版（Sunday Edition）由前述十部分组成，总页数为一百二十八面，可谓巨制。

3.《圣路易民报》（*St. Louis Globe Democrat*）的分类，由五部门而成，分叙如下。

第一部（第一至第五面） 社会记事、电影记事。

（第六面） 运动记事、"新闻之新闻"栏。

（第七面） 艺术及艺术家的记事。

（第八面） 汽车业记事、特别记载。

（第九面） 流行记事。

（第十面） 市井琐事、字谜栏。

第二部（第一面） 政治记事。

（第二至第三面） 评论文字、政治记事、流行式样。

（第四面） 小说。

（第五面） 外类广告。

（第六面） 娱乐记事及娱乐广告。

（第七面） 旅行广告。

（第八面） 少爷社会记事。

第三部（第一至第八面） 影写版照相。

第四部（第一至第八面） 彩色漫画。

第五部（第一至十六面） 彩色附刊。

4.《纽约泰晤士报》(New York Times)的星期版,共分为十一部门,列举如下。

第一部 一般记事、船舶及邮政记事(三十面)。

第二部 社会记事、结婚及死亡记事(三十二面)。

第三部 社论文字(八面)。

第四部 书籍介绍与评论、凹版(三十二面)。

第五部 各种读物、凹版(二十四面)。

第六部 凹版照片(十六面)。

第七部 娱乐栏、流行记事(二十二面)。

第八部 特别读物与汽车、无线电记事(二十二面)。

第九部 运动记事(八面)。

第十部 不动产买卖栏(十面)。

第十一部 分类广告(十面)。

5. Christian Science Monitor(波斯顿)的星期一版,其新闻记事之分类如下。

(1)国家的各种记事。

(2)海外记事及广告。

(3)州内各种记事。

(4)无线电新闻。

(5)别州记事与广告。

(6)运动栏。

(7)儿童栏。

(8)艺术界记事。

(9)家庭栏、文艺栏。

(10)股票市场。

(11)经济栏。

(12)别州的广告。

(13)特别记事。

(14)社论。

6.《支加哥日报》(Chicago Daily Journal)星期五出版的晚报,共二十八面,各面的记事分配如下。

(1)最近的消息。

(2)一般记事、死亡记事。

(3)一般杂报。

(4)一般杂报。

(5)全面广告。

(6)(7)杂报。

(8)社论、个人顾问。

(9)全面广告。

(10)汽车栏。

(11)杂报、死亡广告。

(12)社交界记事、娱乐广告。

(13)电影栏。

(14)无线电栏。

(15)漫画。

(16)全面广告。

(17)(18)运动栏。

(19)哥尔夫球、钓鱼、广告。

(20)纽约股票栏。

(21)贸易消息。

(22)经济栏、拉沙尔街特讯。

(23)投资指南。

(24)纽约商情。

(25)公债消息、广告。

(26)流行事物、广告。

(27)小说,漫画、儿童栏。

(28)杂报。

7.《日本东京日日新闻(星期一版)》的记事分配如下。

(1)出版物广告。

(2)政治外交记事。

(3)运动记事、历史通俗读物。

(4)分类广告。

(5)全面广告。

(6)小说及广告。

(7)(8)全面广告。

(9)运动消息及广告。

(10)全面广告。

(11)社会记事、杂报。

(12)分类广告。

(13)无线电栏、广告。

(14)评论、音乐、娱乐记事。

8.《日本东京读卖新闻(星期一版)》的新闻记事分配如下。

(1)出版物广告。

(2)政治经济外交记事、广告。

(3)运动记事、广告。

(4)围基(围棋)、将棋(象棋)、广告。

(5)小说、分类广告。

(6)(7)全面广告。

(8)社会记事。

(9)妇女栏、漫画、广告。

(10)无线电版、广告。

以上为新闻记事的平面的区分。各报的"纸面",常不一致。我国各地报纸,以《申报》的"纸面",分配较为适当。

立体的区分,根据新闻记事的文体与新闻事实的时间性的程度,分为三种:1. 报道的新闻记事(Storyof-news or Action Story);2. 情操性(或趣味性)的新闻记事(Human interest story);3. 特载的新闻记事(Feature News)。二、三两种,容易混同,但不能不加以区别。

(一)报道的新闻记事①

(1)报道的新闻记事即是纯正意味的新闻,此种记事只将事件简单明了地报告出来,叙述直率,使读者得其印象。不用华美的文字点缀渲染,也不加以任何解说。此种记事的生命,为一种直接报告的精神。

(例一)

国际慈善会代表

来思德女士已抵沪

英国大慈善家来思德女士,系英国贵族,拥有巨产,因女士以慈善为怀,故大部资财,均捐助于各种慈善事业。当前年印度甘地,赴英出席英印圆桌会议时,曾拒绝英皇乔治之招待,而应女士召请,下榻其家。兹来思德女士代表国际慈善总会,来华游历,并考查我国慈善事业现状。现女士已于前日由华北南下抵沪,对本市各慈善团体及机关,均有详

---

① 此标题为整理者所加。

细询察。昨日赴闸北江湾一带,参观一·二八战迹,女士目睹种种惨状,不禁为之泪下,认为日本此种蛮横行动,实破坏国际公法。女士表示回国后,决将日本惨无人道之暴行,向国际报告,为世界[呼]吁和平云。

(例二)

县国展会

今日正式开幕

上海县国货运动展览会,定今日上午十时开幕。沪闵路与上淞路之交叉路,已扎盖松柏牌楼一座,额曰上海县第三次国货运动展览会。全县各区张贴标语及图语,并散发日历、会刊等,以广宣传。礼堂在总理厅,展览场[在]北桥小学,游艺场[在]三区大礼堂及县党部大礼堂,国货售卖场[在]第三区公所,厂商招待处[在]县政府,职员宿舍[在]保卫团及县党部县教育局。该会筹备委员会,昨开第五次会议。推定大会职员,并规定大会仪式。又该会于昨日下午一时三十分举行第二次审查会议,通过第二次审查办法,并订审查表二种,分配审查委员之展览会场,昨夜由各干事漏夜布置云。

上二例均为直接报道事实的新闻记事,故文字应具"简洁""明了""平易""兴味"四种要素,不须点缀或渲染。论说体的记事,已不容于今日。如以勾摄阅者为目的,而用文字上所常用的废辞,或欲使平淡的事实增加兴味,而用虚浮的文字点染其间,亦为不当。如犯这个戒条,便不能称为"报道的新闻记事"而是一种文学作品了。因此报道的新闻记事,如果缺少简洁、明了、平易、兴味(兴味尚□绝对必须的东西)四种要素之一,反以修辞(狭义的解释)、幽默、趣味、"卖关子"、行文活动等文章的成分加入,那么,报道的新闻记事的特性就完全失去了。

美国甘萨斯大学新闻学系教授弗林登博士,对于"理想的"报道新闻记事,尝说明如下。

"凡理想的报道新闻记事,(文章的问题姑置不论),必须具备下面的几种要素:

1. 写作之时,在理想及精神上,公平无私,毫无偏见;

2. 写作之时,应摒除"人称的"关系,而出于客观的见地;

3. 在善良的趣味中写作;

4. 写作时注重独创。

弗林登博士所说的"公平无私"的理想,是从报纸的使命而来的。报纸无论男女老幼、贫富贵贱,不问宗教的政治的信念如何,都可以阅览,所以报纸不啻为大众的大学,凡属报道的新闻记事自应公平无私。报道的新闻记事,又不宜加以个人的私见,必须是客观的。现在的报纸多迎合低级趣味,所以弗林登博士主张善良的趣味,使用标准的文字,作为避免"黄色化"的手段。最后他提出的是"写作时注意力创",这是指"新闻记事"的作法而言,即所以警戒新闻记事文学化之意。

(二)情操性(或趣味性)的新闻记事

凡新闻记事的材料,可以分为"纯粹新闻材料"与"阅读的新闻材料"二种。前者称为"Must Copy",后者称为"Time Copy"。前者的意义为"非让人知道不可的原稿";后者的性质富于进展性,兴味较多。但发表的时间有从容的余裕,即是无论何时发表,它的兴味仍然存在。发表此种新闻的目的,不在新闻本身的重要性而在叙述法之特殊与内容之富于兴味。

现在所讲的情操性的新闻记事,属于后者(即 Time copy),此种记事的内容,在唤起读者的同情心,而使读者发生苦笑、哄笑的感情。关于儿童、动物、女性、弱者、残废者的事变,多属于情操性的记事。

此种记事的写作方法,在"文字的描摹"与"新闻的直叙"二者之间。不用干燥粗杂的笔法,力求其柔软多趣。政治、经济等新闻记载,属于硬性,枯燥无味;此种记事与之相反,属于软性,较多情趣。编辑时为调和"纸面"起见,二者均不可偏废。

情操性的新闻记事,大别为人情的、喜剧的、悲剧的、怪奇的四种。此种分类,并非绝对的。须视新闻记事的内容而定。这里为解说上的便利,姑暂分为四种。以下举例说明。

1.人情的 凡慈善行为、英勇行为、遭受灾害、动物珍谈等事实,足以使人感动者,均可列入此类。

（例一）

辛未会昨午遣送难民回籍

男女大小共计一百零七名
乘新丰轮赴天津再返原籍

辛未救济会，前接市公安局函送难民李子维等男女大小五十三人，又残废院长陈文奎送来张合起等男女大小二十四人，及自行来会请求资遣回籍之崔福臣等男女大小三十人，以上三批难民，共计一百零七人，均居河北保定河间一带，于去秋被水淹没，无家可归，飘流沪渎，乞食度日，现以原籍水退，咸欲归家耕种，俾免飘流，该会据情后，当由会签发船票一百零七张，派干事葛筠荪、陈鸿猷两君，会同公安局救济股主任殷冠之、派警护送至招商码头，乘搭招商局新丰轮，于昨晨十时开赴天津，再行分返原籍云。

（例二）

闸北施粥厂定期停止施散

一·二八之役，闸北居民，毁家荡产，无栖无食者甚众，加之频年兵燹匪劫，水旱为灾，各省难民，流离来沪者，亦甚众多，现闸北一隅，每日至闸北施粥厂领食施粥之难民，数达八千余名，妇孺占四分之三，施领时间，为上午七时至九时,每日需米三十五担,施粥不够时,则按人给钱,大人每名领铜元九枚,幼童每名领铜元六枚,在二千余枚左右,施粥时人虽嚣众,因布置妥善,进出口及休息场所,均能循序领食,秩序良佳,昨据施粥厂王彬彦君语本社记者,上海南市等处,虽亦有施粥场所数处,但领取人数之众,均未有如该厂者,该厂因限于经济,本月六日止,即停止施散。

上二例的事实均有情操性,但叙述方法则非"情操性的记事"。如将"难民"与"施粥"情况加以描摹,便为情操性的记事,但此种例在国内报纸,甚不易见。即偶然遇见,亦与报道的新闻记事无甚差别。故不能不取材于外报,下列三例,均译自外报。

(例一)

驯犬咬死良马

犬咬死马匹,殊难令人置信。但日本清水市滨田地方有土桥竹次郎者以畜马为业,畜土佐种犬一头,取名小红。二十七日午后,小红正伸长四足于春日中酣睡。时家中马车马一头,为主人工作后回来,忽误践小赤之尾,小赤大叫,急跃起向马扑去,直咬马喉,竟至咬断气管,马当场气绝。主人目睹情形,虽损失甚大,但凶手为本人所珍爱之犬,啼笑全非,唯注目爱犬之勇而已。

（例二）

二少年雨中寻父

七日午前十时半，正细雨濛濛，忽有两少年全身濡湿，如落水鸡，手携包裹，踟蹰街头，为浅草西鸟越站冈警察所见，遂加以调查，始知此二少年自爱知县步行来京寻父。二人本为爱知县宝饭郡形原町麻丝工场岩濑德一家中所雇用者，故居岩濑家中。一名斋藤善次，十四岁；一名佐藤清，十三岁。上月二十五日，镇中举行社戏，镇上各家父母携自己儿女往观。二人触景伤情，不觉思念堂上双亲。善次在四年以前，即与父别。彼思其父必居三河岛一带，故步行来京寻觅。其友人佐藤清之父，亦远居福岛，故二人运命，与孤儿无异，因此友谊甚浓。故商同出外寻父，沿铁路步行，于十四日抵京，踟蹰街头，故为警察长谷川君所发现。

（例三）

乾姆司庆祝双十寿诞

乾姆司·安徒生今日度其二十二岁生日，故招待友人，开宴庆祝，来宾共十人。饮酒酣，有起立致祝辞者，其辞曰："余等应努力加餐，因明日非死不可。"此在常人宴会，必以为戏言，但在乾姆司之会，则非戏言，因彼之生日，乃最后之生日也。彼将于明日正午坐于电气椅中,以赴幽冥。其他来宾十人,亦宣布死刑者。乾姆司在狱中作工,得资二十五元,故以之置办食物,召死刑囚同饮,并得狱吏之许可云。

2. 喜剧的　凡令阅者苦笑、哄笑等记事均属之。

(例)

溥仪僭位中之太监

伪组织傀儡溥仪,僭位在即,旅平前清遗老,利禄熏心,竟乘时向伪组织方面,图谋位置,某国浪人,日前在天津某别墅□邀集津满族老年及一小部分失意政客,会商制造庆祝溥仪僭位办法,并决定派员拜见溥仪、及拟进贡黄龙袍。今日(八日)天津满人代表傅如堃秘密来平,下车后,赴什刹海、后海、地安门、银定桥、北新桥一带,访问满族老人及失意政客。什刹海会宾堂,系前清皇族宴会之所,今晚七时,有前清太监四人,年约六十余岁;在该处用餐。有见该太监等动作者,谓其尚有发辫,发言甚多,均系女子音调,身穿黄色或橙黄色长袍,谈论前清对旗人之恩德,并谬扬伪组织之新设施。四人中有一人穿马褂者,谓宣统登基在即,我满人应定期赴满,皇上必可赐福。旁有一穿橙黄色狐皮袍者插言曰,宣统年幼无知,被郑赵等包围,我辈老人前往,恐无"有益之机会",不如先去一联名贺函,如有覆函,再定行踪。另一穿黄色羊皮袍者曰,满洲国情复杂,东洋人操纵政权,宣统仅一木头人,唱唱木人头戏,我侪老人,均系光绪皇帝时代之宦官,又何必去服侍此木头人皇帝。又一穿黄色棉袍者曰,不论满洲国优待满人与否,宣统既将登基,我侪应有一种表示。后经四老太监讨论结果,决定答复天津满人代表,取一致行动,派员赴津,参与平津满人代表联席会议,详商赴东北步骤及庆贺溥仪之办法,亦云丑矣。

3. 悲剧的　凡"人间苦""生活苦"等事件均属之。
（例）

胡阿宝屡遭殴辱

少妇胡阿宝,家居殷行镇胡家浜,于民国廿年九月嫁与左近沈家行尹家福为室,夫妇甚恩爱。讵至去年,尹又与小六妹姘识,恋奸情热,视阿宝如眼中钉。至今年四月间,竟迎娶小六妹到家,强占阿宝之卧室,又将阿宝殴打逐出,不准入房。阿宝无力对抗,只得泣回母家。（下略）

4. 怪奇的　凡离奇怪诞的事件均属之。
（例）

外交部之厨子

（本文为已故名记者黄远庸氏的手笔）

▲奇怪之北京社会▲厨子与前清西太后及恭亲二王及李鸿章之

关系▲狗窑子之外务部▲陆子欣君之大功绩

自前清恭王管理总理衙门时代至于今日之民国外交部,其间易若干管部亲王,易若干尚书侍郎,易若干司员,至于今日又将易若干总长,而始终未脱关系者,则余厨子其也而已。此厨子之声势浩大,家产宏富,亦在奕劻涛洵之间,其所管家产,有民政部街之高大洋房一幢,有万牲园中之宴春园,有石头胡同中之天和玉,皆京中之巨观也。此厨子在满清时代,连结宫禁,交通豪贵,几另成厨子社会中之大总统。庚子变后,西太后及光绪回銮时,西太后研究媚外主义,乃大宴各国公使夫人及在京东西洋贵妇人,耗资巨万,人所共知也。其时议和大使李鸿章,以世界外交之雄才,参与樽俎之事,已为西太后雇一著名西洋厨夫,以备供奉,既已得面许可次日入御,至于次日,西太后忽谓李鸿章曰,我看明日请客,还是用外务部的厨子罢,此厨子运动力之大,乃至能力回西太后之意,与中外赫赫之李鸿章对抗,其他可知。厨子以此,亦所赢不资矣。余厨子自前清恭王时代,已入外部,凡各亲贵及外部尚侍,有宴会喜庆诸事,厨子无不极力供奉,此诸王公者,亦待厨子以殊礼,以平等主义待之,故诸公家大庆典时,厨子亦公服掌招待之职,与王公贵人及其时缙绅先生之流,分庭抗坐。此厨子虽号称厨子,其所隶部下,固不止一标一营,厨子固不躬亲七鬯,而其身则以其家产之千分一,捐取得前清候补道花翎二品衔也。此等王公贵人，既屡受厨子馈进，固亦待以友礼，厨子之公子，亦赫赫捐纳外部之司官也，以厨子之力，得本部管库差事，全部财政出纳之权，实在其手，而厨子实间接以供刀俎上之鱼肉，又稍以其余沥沾溉司员中之有势力者而为之垫款焉，或小借款焉，司员中或预支薪水，厨子之子秉承父命，无不为之周转，故各司员中之无耻者，则待厨子以丈人之礼，称为老伯，见厨子则鞠躬如也。汪大燮氏自外部司员历跻侍郎，未尝受此厨子分文馈进，故厨子稍惮之。一日汪赴贺庆王之宴，方及门，遥见厨子方辉煌翎顶，与众客跄济于一堂，愕然不能举步，厨子见汪大人来，则亦面□赪而口嗫嚅，仓卒中避入侧室，汪亦未遑久留，退而告人，谓今日余厨子尚是给我面子，可为荣幸，北京旧官场中传以为笑也。弈劻管部数年，为余厨最得意之时代，愿其人亦颇能谦抑守分，不敢为十分高倨之状，于本部司员，则竭力笼络之，其时外部衙门，最称阔绰，司员日在署一饭，而额定饭银每人八钱，故外部恒食一席之费，盖六两四钱，司官既贵倨已甚，辄䜣謑谓衙门饭不能吃，故常家食而后上署，于是此等饭银为厨子中饱一半，以此故，则司员需索极多，或临时换菜，或全席都换，或饭不吃而另索点心，厨子无不一一供应，盖厨子之能有今日，其处世哲学固亦有不易学者在也。外务部之厨，暴殄既多，酒肉皆臭，于是厨子乃畜大狗数十匹于外务部中豢养之，部外之狗，乃群由大院出入，纵横满道，狺狺不绝，而大堂廊署之间，遂为群狗交合之地，故京人常语谓外务部为狗窑子，窑子京中语谓妓院也。余厨子之历史甚多，记者居京未久，所得特其大事记中之一节耳。自民国成立后，终胡总长之任，人惟求旧，故厨子之盘踞于民国外交部也，如其在满清时代之外务部事，暨最近陆徵祥君到任，厨子谨遵常例，送一份绝大礼物于此新到任之陆总长，其礼单未之见，要之决非寻常火腿海参之类，在厨子之意，以为今昔之国体虽异，而官长之爱财物未必不同，匪今斯今，未尝开罪也。不料此欧洲政治家派之陆子欣君，见所未见，震怒异常，次日到部，乃令司官查明昨日送礼某人系本部何等人物，此系新总长之一种政治手段，乃司官回复此系光禄寺大夫余君，陆君大怒，痛词申斥，即立意开除。厨子震恐，以此项饭碗非寻常饭碗可比，乃遍奔走运劝于各司官，求其缓颊，但凡稍有声势者之家，皆有厨子之车辙马迹，其中固有受者有不受者，卒以陆总长之毅然决然与诸司官之全体一致赞成开除，于是此二十年内盘踞外交部中之厨子声势与王公大人比隆者，亦随其旧日恩主之名字以俱去。虽然，以厨子之力，犹可辇致巨金储之外国银行，遨游青岛、天津、上海之间也。厨子之姓名待考，北京人但称为余厨，故余亦余厨之而已。

(三) 特载的新闻记事

此种记事极富兴味，虽与发表当日的新闻无关，但仍有时间性的关系，不过记载内容比较详细而已。写作此种记事应加注意之点，即记事的本身必与"新闻"有关联，如与"新闻"无关系，则非特载的记事，而成为一种创作了。

特载的新闻记事，其目的在于"报道"与"解说"，故文字的分量较多。此种记事，易与前述的"情操性新闻记事"混同，但不能不加以区别。

情操性记事为"报道的记事"之一种，其特色须视叙述方法之为文学的与否，或内容含有人情味与否而定，范围较狭。

特载的记事是一种兴趣丰富、解说详细的报道与解说，故较情操性的涵义为广。情操性记事可以用为特载记事的资料，但特载记事则不能用为情操性记事。

一种事件发生之后，阅者希望知道事实的详细报告，所□他们欢迎"特载的新闻记事"。例一普安轮被劫，既经发表，阅者必探求普安轮船之历史，被劫之经过，乘客之安全，轮船公司之善后方法等。新闻记者亦必用尽心血，以求晋安轮被劫以后的新闻材料。此种记事的写作方法，称为 Playing up the News，或称 Growing out the News，又名 Amplification of the News。

（例一）

被劫普安轮昨晨返沪

（注意材料安排与事实的详略）

海盗十名现款四千余被劫

误传冥洋为现银起意行劫

铜山港官前镇洋面挟赃逃

招商局青岛班客轮普安号,本月十三日,由沪赴青,在吴淞口外蛇尾山北,为海盗骑劫,绑去旅客九名,详情迭志本报。昨晨,普安已驶还上海,停泊浦东华栈,本馆记者,特往该轮访问,详情分述如下。

船到码头检查 普安轮自被劫后,即由诏安湾海面开还上海,其营救旅客,与剿捕海盗,已经海军部责成厦门海港司令林国赓派舰兜缉。普安轮因途中天气恶劣,故于昨日上午二时十分抵吴淞口外抛锚至七时三十分,始驶进浦江,在浦东华栈码头停泊。招商局总经理刘鸿生,亲自与总务科史维俊,同往该轮,询问船主,并对在轮各旅客,加以慰问。返局后,即派史维俊赴市公安局报告,上午九时半,由市公安局局长文鸿恩,派侦缉队长卢英,带同领班陈才富,及侦缉员十二人,会同水公安局警察六名,即往该轮检查,当场禁阻乘客上落,将旅客茶房船员行李物品,加以检查,直至十时半,方始查竣。

行劫海盗十人 行劫普安轮之海盗,共只十名,在上船之际,两名系乘房舱,其余八名,乘统舱随带手枪,系最新式,面积极微小。当十三日下午六时十分,海盗中领袖一名,即指挥动手,先有两匪出舱,首将值更人,拖上驾驶台,次又将大副孙作人,与无线电生朱舜,拖到驾驶台,至第三次,方将船主老轨等押上驾驶台,然后将各船员逐一押至一处。此际匪首逼令船主指挥,改掉航线,全船已归盗匪控制,匪盗于镇服船员后,再到头二等室,将十六名旅客,与各船员,共同驱禁在一舱室中(即休息室内)其余,房舱与统舱客,则另行驱禁在一室中,后乃开始搜劫。当盗匪行劫之始,曾开放朝天手枪两声。

冥洋误认现款 海盗威禁全船员客后,即以手枪勒逼大副孙作人,及事务长邹伦,着令交出船上所装各银行运青现款三十箱,计十五万元。当经孙邹二人声明,船上并无巨款承装,但匪首谓,曾听得报关者言,有三十箱洋细上船,后由大副取示舱单,谓只装有冥洋三十箱,数为三十余万元,匪仍不信,强逼开舱,启视之下,至是匪众始表示大失所望,遂将全船乘客一百零二人,搜劫现款衣物,即船员所有银钱,亦遭劫掠,结果,共劫得现洋四千余元,惟衣物、首饰等项则甚多,将劫得之物,放置在大餐间内,最后用劫得皮箱七八只,装运此项赃物。

船主照常服务 海盗十人中有一领袖,年约四旬,身穿西装,人物漂亮,各船员被禁闭后,经船主大二副,向匪首陈述,各人有职务分司,而须按时值班,匪首立允船员之请,准予轮流放出服务,船上秩序,匪首命令不许紊乱,故毫无损伤。据匪首向船员言,我等半年无生意,此回由粤到沪,做此不得已勾当,在沪已居两月,费用共五千余元,因悉船上装有巨款,始来劫取,万不料误传至如此。又言我手下人甚多,在港沪青岛均有机关,船员乘此时机,即要求匪首,将各船员被劫衣物银钱,请即如数返回,匪首亦即允可,令各匪盗将已劫者,悉予检回,未劫者勿得再取。

绑架旅客情形 匪首以所得现款无几,乃决定绑架头二等室旅客,共计须带大小男女十三人,当时头等室有周姓女客一名,并带小孩四名,匪首欲架去其母子三人,乃经大副孙作人,与邹伦等请求,勿将妇女架往,结果,匪盗允释周氏,而必欲架其两孩,邹、孙二人,又至跪地恳情,匪盗方允不绑。又有蛋商陈某父子二人,匪欲全绑,亦经船员恳求,乃改绑其子。招商局之青岛分局长孙振武,因代旅客说项,愿每人纳款千元,而结果被匪拘绑,亦由船员求释。最后将头二等室内朱、陈、张、王等九客绑劫,但九客在普安船内,准船员求情,并不将绳捆缚,不过紧闭一室,而可自由散步及饮食。

海盗在船化装 各匪盗在船经过三天,至一夜间,并不行劫,仅在船四周巡行。匪盗所占者为大餐间,赃物亦置在内,各匪一日之中,须换衣服十数次,忽而中装,忽而洋装,忽架眼镜,使人目迷五色。匪盗之意,藉此乱人认识,而不知其究有若干人,实则仅此十人耳。每逢餐食,更不可捉摸,有时令厨备二十六客,有时只令备二十客,有时备十八客,船内之白兰地酒,尽被饮尽,盗匪恐沿途为他轮瞥见,发生危险,至十五日,乃逼令船主将烟囱黄色改漆黑色,使失去目标，而可以径行南航矣。

盗与渔船交战 至十五日下午三时，普安开到铜山港境，相近官前镇附近海面。匪首令各盗沿海找寻渔船，命来运取赃物，而将货舱内所取出香烟二百余箱，堆置舱面，除破箱取吸外，余拟取运而去。及船到官前镇相近时，见渔船甚多，匪盗即在轮招唤，讵各渔舟竞驶而来，将近普安，多数渔船，纷谋扳附而上，匪盗喝止不住，恐渔船上人，亦上轮行动，乃由匪首，命各盗向各渔船开枪，连放数十弹，始将渔船打散，最后，拘得渔船一艘，乃将赃物皮箱，先行运下，然后再将绑架旅客九名，逐一押登该渔船，在舱面香烟，则并未搬运，便令渔船向诏安湾开放而去。

惊毙搭客一人 匪去后，船员始将被禁各旅客放出，业已被锢六十八小时矣。船主整理一切，即行电沪报告，一面掉身回航，开驶返沪。船内统舱客中有一宗姓搭客，年约四旬，系弟兄二人，同往青岛，为宁波籍，在盗劫时，神经受重大惊惶，又因有嗜好，而船上又无鸦片可得，致半由瘾发，半受恐慌，迨船至吴淞，该宗姓客，业已毙命矣。当经船主在进口时，报告海港检疫处，请医生到船检验后，再由其同行之兄收殓。此次头等室内之周姓女客，及四小孩，已绑而又释放者，均由各船员力求所致，到沪时，极表感谢。其他头二等客多数上陆，各由各家属到来接去。此外统舱客，则因银钱衣物尽失，仍居船上，明日将仍附普安原轮赴青岛。

船主补具报告 船主雷克斯,与事务长邹伦等,于昨日船到上海后,即补具此次普安轮在途被劫详细报告,已递送至总经理与船舶科,而船舶科则根据船主报告,即转呈航政局,一面由刘鸿生分呈理事会与交通部。局内对海盗行劫,依照颁布海商法,旅客等损失,认为人力不可抵抗时,船东不负任何责任,惟在轮乘客,则照常供应膳食,至到达青岛为止。被架九客,请海军与当地军警营救。

普安明日赴青 普安轮昨日到沪后,已令加装煤斤、燃料,及吃水食物,等等,仍定明日上午九时半,由沪开赴青岛。此次普安遇盗,连同往返海程,及到沪留泊,适延迟一星期之久。

特载的新闻记事,写作时必须注意下列各项:

1. 绝对以事实(主要材料)为根据。(故与小说不同)
2. 避免"报道的新闻记事"的集结的记述方法。
3. 在时间的观念上,虽不必限于事件发生之当日;但不可取用不合时令的事实,即或与"现今"有关,如事实太陈旧,亦不可用。
4. 避免报道记事的单调冷静,叙述须华美、有趣、高尚。
5. 文中插入对话亦可。
6. 事件的最高点,须置于最后,以引人入胜。

适用于特载的新闻记事的题材,有戏剧、历史、世相、保健、养育、家政、时令、流行、趣味、体验、感想等。我国报纸,多未注意,实为可惜。

(戏剧)即广义的人生剧,包含人生的悲喜剧。

(历史)即发现古物等。

(世相)包含思想问题与狭义的经济现象。

(保健)关于医学、卫生,及与"性"有关的资料。

(养育)儿童的成长教育等类的资料。

(家政)关于家庭经济、日用品、合理的生活研究等。

(时令)如地震、大寒、火山喷火、夏季登山、气候变化等。

(流行)如服装、礼仪、美容、化妆等。

(趣味)即娱乐方面的记事,如打猎、钓鱼、下棋等。

(体验)个人的冒险、探险等经验。

(感想)名人的感想,足以引起读者的兴味,但须以事实为主,不可用架空的材料。

(例二)

总选举后之新国会

当着手选举之初,联立派用劳特佐治(该派自由党领袖)、般拿罗(统一党领袖)两个人名义发出洋洋洒洒一篇宣言。这篇宣言,关于英国将来趋势,总算很有研究的价值。我们素来知道的,英国近几十年来,有两个大问题:第一个是关税问题,统一党主张保护贸易,自由党绝对反对;

第二是爱尔兰问题,自由党主张自治,统一党绝对反对。这篇宣言的要点,就是将这两个问题,表示两党折衷调和的意见。统一党承认爱尔兰自治,却是关于乌尔斯达问题(详下文),仍听其自决。自由党承认一部分的关税改革;对于特定的国产加以保护,农业亦力求改良,但普通物品,依然采自由贸易的原则。这篇宣言,分明表示两党历年各走极端的问题,往后着实接近交让,这总算英国内政上一番新空气了。其他关于和议问题、军备问题、征兵制度废止问题,都有主张,无非用种种法子投合国民心理。那边非联立派,却没有什么旗帜鲜明的主张,拿得出来,又不敢对于现在新立大功的劳特佐治政府昌言攻击。他们惟一的武器,就是说联立主义破坏政党政治的大原则,危及宪政基础,这诚然不错呀!但在那热辣辣的一团高兴沉醉战胜的多数国民,却不听不进耳朵,来那爱斯葵内阁当时不满人意的举动(如反对福煦做总司令之类),却人人都是记得,所以选举下来,联立派全胜,非联立派一败涂地。选举揭晓,是12月29日,正当我们从上海起程的第二天。我们到香港就看路透电,报告的结果如下。联立派(合计471名)内统一党,334名。劳特佐治派自由党,127名。劳工党,10名,非联立派(合计236名)内统一党,46名。爱斯葵自由党,37名。劳工党,65名。国民党,2名。新社会,1名。爱尔兰国民党,7名。新芬党,73名。无所属,5名。议员总额707名,政府方面的联立派占了471名的大多数。还有非联立派内之46名统一党,大半是从爱尔兰选出,对于一般政策,还是赞成政府,实际上政府派优越数算是327名了。这回选举结果,可以特别注意的有好几点:第一,反对派头一把交椅的党魁开战,当时的首相爱斯葵落选,其余自由党名士约翰西蒙、郎士门、麦坚拿,和劳工党党魁翰特逊、墨克多那、士脑顿等辈,都纷纷落选反对派失败的程度,可谓空前绝后。第二,统一党两派合计共得380名,一党制绝对多数,算是25年来久已不见的现象,他们党势是完全恢复了,随时可以把劳特佐治一脚踢开,自己独立组织内阁。第三,爱尔兰是主张独立的新芬党占了全胜。主那自治的国民党剩得几名败鳞残甲。新芬党议员全体不出席,要在达布陵组织起自己的国会来,爱尔兰问题越发要发生新困难了。第四,劳工党虽然有几位首领落选,但议员总数,毕竟比前次增,现在反对各派中的人数,推他做巨擘,居然占了在野党前面一排的椅子,实在是英国议会史中破天荒一件大事。第五,参政权是得到手了,那些太太小姐们对于他自己的同辈,却像不大信用,英苏等处,一个女议员都选不出来,只有一名,却是爱尔兰的(新芬)始终未见出席。记得临出京时,英使朱尔典君和我饯行,席上谈起英国人物,他说:"阁下到英国,有一个人非见不可。"我问:"是谁? 阁下能否替我介绍。"他说:"连我也不知道是谁。"我说:"奇了! 不知是谁,怎么叫我去见?"他说:"据说这回女议员总有一名选出,你不该去钻个门路一瞻颜色吗?"说罢了彼此哑然大笑。可惜这回独一无二的新芬党女议员马基维夫人,我因为没到爱尔兰,竟是不得一见了。闲话休题,英国新国会现在这种情形之下,将来政界该生出怎样的变化呢?据我看来,或者是政党分野,从此根本改造。劳特佐治派的自由党,和统一党变成永久的结合,据他们的宣言像很有这个意思。果然如此,那么爱斯葵的自由党,当然和劳工党结合起来,渐渐成个强固的在野党。但这种改造,是否就能办到,着实难言。统一党人性,极有点根本和自由党不能相容。劳特佐治一派,在自由党中尤称急进,自然和统一党距离更远。还记得 1910 年劳氏提出他那社会主义的财政案,统一党简直拿他当洪水猛兽看待,说从今便会水乳起来,到底有些不像。况且又是识务的俊杰,他安肯事事迁就统一党,和劳[工]党为难,逆了世界的新潮流。统一党却是占绝对多数,可以制劳氏死命,万一绝裂,劳氏倒有些为难,还是回娘家呀,还是自立门户?回娘家似乎有点难为情,若从自由、统一两党中各挖出一部分来自立门户,只怕也非容易。今日的劳氏,自是算时代骄儿,同时或者已经变成儒林外史说的"小小一条亢龙",也未可定哩!这且不必管他,好在英国政治,不是人问题,一个失败成功,并没什么了不得影响。却是现在"纵断政党"的现象,我敢说他断断不能长久,不久依然还是变为两大党。

劳工党却要"附庸蔚为大国",从前当自由党的小兄弟,往后只怕要当老大哥了。我们已经把政党情形,研究得有些眉目,就往议院旁听罢。

(例三)

下议院旁听

原来巴力门是上下两院的总名,两院同在一座房子里头,自成院落,我们来到议场,先将全部规模看过大概。你看!这警察好奇怪呀!个个都像《红楼梦》史湘云,脖子上戴着朝珠一般的金锁链,链上好漂亮的一个金麒麟。入门左手那边像一个旧木厂的是什么地方?是从前查理第一的餐房,台阶下那块石,查理就站在上头受死刑裁判,这算专制魔王头一个的现世报。却是直到如今各国当权的人,还要跟着他学,真是不可解哩!哦!好大的两幅画,画的都是拿破仑战争时英国海陆军的功绩。那英、普两位元帅在那里握手,好亲密呀。唉!国际上有什么感情,只算得个小人之交,以势利合罢。哦!这一带廊好长!两面架上庋的都是几百年来的法律和议事录。我想各国人都把世界当个学校,在那里上"政治功课",这位姓英的老哥,头一个试验及第,这些都是他毕业成绩,我们揣摩揣摩啊。怎么这里有个饭馆?许多议员在那里吃茶,听说还常常请客,哈哈!英国人的政治趣味,就和他爱打球一样,这巴力门也算得一个团体竞技俱乐部哩。啊啊!这后面就是泰姆河,好闲旷呀!不知那些议员老爷们,可有几个人领略得来。哎哟!时候不早了,那边开会好一会了,我们进去罢。好一个森郁的议场!墙壁用无数三角碎片的橡木砌成,年代久了,现出一种喑澹深黝的色泽,四周并没有大的窗户,只靠屋顶透光。一个平面的屋顶,满盖五彩玻璃,式样也是三角,颜色以淡黄为主,深蓝深红相间错。当这气凝雾重之时,越显得阴沉沉的,好像饱经世故的人,一点才华不显出来,内里却含着一片淋漓元气,外貌的幽郁,全属动心忍性的一种表象。西人常说:"美术是国民性的反射。"我从前领略不出来,到了欧洲方才随处触悟,这威士敏士达和巴力门两片建筑,不是整个英国人活现出来吗?各国会议场,什有九是圆的,巴力门却是个长方形。中间一个议长席。左右两边,便是一排一排的长椅子,它不像我们参众两院有什么国务院员席、政府委员席,因为他们非议员不能入阁,国务员都是以议员资格列席,当然无所谓国务员席了。国务员坐在议长右手边第一排椅子,政府党员一排一排地坐在后面,在野党首领坐在右手边第一排椅子,党员也一排一排地坐在后面,连演说台也没有,无论怎么长话,都是从本座站起来便讲。各座位前没有桌子,纸笔砚墨不用说是没有了。议长是尊严得很,他的座是像神龛一样,巍巍在上,罩着一个圆盖,两边还垂些旛穗,议长坐在里头,活像塑成一尊神道。议长席下面有一张长桌,桌上摆着一根金光灿烂的杖笏,这是表示议长威权的一种仪仗,议长参列甚么正式典礼,一定有人拿着这笏做前导,据说克林威尔拿军队解散国会时,曾把这笏丢到街外,说道:"这是什么东西拿来吓谁?"哈哈!克林威尔如今安在,这笏倒是与天同寿咧。桌子靠外尽头,两边各摆一条漆匣子,我没有研究它是革制是木制,更不知里头装着什么宝贝,但它恰好放在两党首领座位的面前,那些党魁演说,初时总是抚摩着它,讲到起劲,便把它奋拳痛殴起来,所以英国闺秀有句美谈,说是"但愿嫁得个痛殴巴力门漆匣的可人夫婿"。以上所说议场规模,都是我当时很受感动的一种印象,所以不嫌琐碎,把它详叙,如今要说到会议情形了。本日是开会第一次议事,讨论的是"奉答诏书上奏文"(各君主国国会行开会礼之日,照例有一篇诏书,这诏书便是政府一种抽象的施政方针,国会第一次会议,议的总是上奏文,在野党对于上奏文的主张,总含有弹劾政府的意味)。首相劳特佐治,本在巴黎和会,前日乘飞机赶回来出席。我们初入议场时,看见右边第一排椅子坐着枢密院长殷拿罗、财政总长张伯伦。还有两三位国务员,随后劳特佐治也到了,就正对着匣子坐。那左边漆匣子后面,坐着劳工党首。亚丹逊他是怎样一个人呢?他从十七岁到二十四岁在煤矿里做苦工,是一位货真价实正途出身的劳工党,他要把从前掘煤的拳力殴起匣子来了,我想从今以后闺秀择婿,不该专向上流结缡求人才,连矿丁车夫,怕也要一费法眼哩。诸君莫当笑话,这是英国宪政史上一件大事,英国将来或者免得掉过激的社会革命,就是靠这种精神了。我们初进场时亚丹逊正站着演说,跟着又是妥玛演说,他是铁路工,总书记,去年正当过阁员。两人所说的大意,都是说前日诏书,关于劳工政策,未见有切实表示,因力说战后劳工困苦情形,主张上奏文中,要特别注重这点,这算是向政府放了第一枝箭了。两人说的都是情词激越,亹亹动人。对面劳特佐治把两条腿跷在桌子上(诸君莫误会说他无礼,这是巴力门里一种时髦态度)和他同僚都侧着耳朵凝神静听,还时时拿铅笔把他们的演说要点,记在一片小纸上,好预备答驳。我听了双方辩论两点多点,真是感服五体投地。他们讨论国家大计,像似家人妇子围在一张桌子上聚谈家务,真率是真率到十分,肫诚是肫诚到十分,自己的主张,虽是丝毫不肯放让,对于故党意见,却是诚心诚意地尊重他。我想一个国民,若是未经养成这种精神,讲什么立宪共和,岂非南辕北辙。这几年来,国民对于议员,很有点不满意,在议员自身,固然是要猛醒,但根本责任,仍在国民。议员不是国民一分子吗?有这种国民,自然有这种议员,换一位去,换一位来,暮四朝三,还是一样,不责备自己,单责备议员,根本就是错谬。我劝我国民快些自觉罢,从这里下一番苦功啊。不然,我们要应那组织国家的试验,便换了一百个题目,也是要落第哩。空论少发,言归本题,这回讨论,不用问自然知道定是在野党失败,因为右边坐着黑压压的一大堆,左边疏疏落落像几点辰星,形势太过悬绝了。但是他们的少数党,明知他的主张决无通过之望,依然是接二连三把它提出,还演说得淋漓尽致(那多数党明知自己一定得胜,却从没有恃强压制,令敌党不能言尽,总要彼此痛痛快快辩论一番,才给他一个否决)。就中国人眼光看来,他们真算是呆子,分明是没有结果的提案,翻来覆去地说它,岂非都是废话,哪里知道英国宪政所以日进无疆,都是为此。还记得当19世纪初年,急进党只有一名议员在议会,他就把普通选举法案提出,当然是立刻否决了,明年又一字不易地提出,年年否决,年年提出,如是者一连七年,像吾们绝顶聪明的中国人,断不会做这种笨事。你说笨吗?今日何如?普通选举,不是成了全世界的天经地义吗?他们一种主张,绝不希望立刻成功,只要将它成了个问题,唤起国民注意,慢慢地造成舆论。乃知孔子的"知其不可而为之",墨子的"虽天下不取,强聒而不舍",真是有道理。笨的英国人所以能成功,聪明的中国人所以没出息,所争就在这一点哩。

(例四)

巴力门逸话

巴力门许多琐碎的习惯,就外国人眼光看来,觉得不可解,其实处处都可以看得出英国人的独特性格。他那议长戴着斑白的假头发，披着纯黑的大袈裟，那秘书服装也是一样，像戏台上扮的什么角色。议长的名号，不叫做"伯里玺天德"，不叫做"赤亚门"，却叫做"土璧架"，翻译起来，就是"说话人"的意味，因为从前国王向议会要钱，总是找他说话，得了这个名，至今不改。最奇怪的，下院议员七百零七名议席却只有五百九十六号，若是全体都出席，便有一百一十一人没有坐处。这种不合情理的过节，改正它并非甚难，英国[人]却不管，还是那老样子。我中英两国，向来都以保守著名，但我们中国人所保守的和英国正相反。中国人最喜欢换招牌，抄几条宪法，便算立宪，改一个年号，便算共和，至于政治社会的内容，连骨带肉都是前清那个旧躯壳。英国人内部是不断地新陈代谢，实际上时时刻刻在那里革命，却是那古香古色的老牌，宁死也不肯换，时髦算是极了，顽固也顽固极了。巴力门里头，最神圣的是"阿达"这个字（原意训秩序，此处含意稍广，泛指规则）。议员言动，有些儿违犯规则，"阿达""阿达"的声浪便四座怒鸣。若从议长口中说出"阿达"这个字来，无论议场如何喧哗，立刻就变肃静。他们的"阿达"却从没有第几条第几项写在纸上，问他有多少"阿达"，"阿达"的来历如何，没有人能够回答。试举他几个例：从前有位新到议员，初次演说，开口就说了一声"诸君"，便到处叫起"阿达"来了，因为他的"阿达"，凡有演说，都是对议长说话，不是对议员说话，所以头一句只能说"土壁架",不能说"诸君"。因此之故,若是有人在演说时,你若向他面面走过,便犯了"阿达",因为把他声浪隔断,怕"土壁架先生"听不真了。"阿达"中最不可思议的,是他们丝织高头帽,他们穿什么衣服,是绝对自由,惟有这顶高头帽,非戴不可。为这顶帽子,那老政治家格兰斯顿,就闹了两回笑话。原来他们的"阿达",每到议案采决时,先行摇铃,隔两分钟摇一次,三次后会员都要齐集廊下分立左右以定可否。格翁正在洗澡(院内有浴室),铃响起来,换衣服,万赶不及,只得身披浴衣,头戴高帽,飞奔出来,惹得哄堂大笑。他们的"阿达",寻常演说是光着头的,惟有当采决铃声已响,临时提出动议,那提出人必要戴高帽演说。有一回格翁又闹乱子了,他提出这种动议却忘记戴帽,忽然前后左右都起"阿达"来,他找他的帽子又找不着,急忙忙把旁座的戴上。格翁是个有名的大脑袋,那高帽便像大冬瓜头上放着个漱口盂,又是一场哄堂大笑。还有好笑的,那戏装打扮的议长,这高头帽也预备。要来什么用呢?原来巴力门采决的法定人数要四十名,刚出一名不足时,议长就来凑数,六分钟摇铃三次,每次铃响后,议长点数目,一、二、三,点到第四十,他就把高帽戴在假头发上,高呼"四十",你想这种情形,不是真有点像唱戏吗?他们又有一个"阿达",每次散会,总是议员动议,议长宣告。有一天议员个个忘了动议,竟自鸟兽散了,弄得议长一个人在那神龛里(议长席)坐到三更,幸亏一个院内守夜的走过,问起来由,才到处找得一位议员进来,正式动议,议长然后正式宣告散会,你说好笑不好笑呢?咦!诸君莫笑,这种琐琐碎碎的情节,就是英国人法治精神的好标本,"英国国旗永远看不见日落",都是从这"阿达神圣"的观念赢得来哩。我方才说,英国人爱政治活动就像爱打球,同是一种团体竞技的玩意儿,须他们打球也是最讲规则的,不尊重规则,就再没有人肯和他玩了。就算中国人打牌,也有种种规则,若打输了就推翻桌子,还成话吗?我们办了几年共和政治,演的都是翻桌子把戏,这却从何说起。他们不制定一种法律便罢,一经制定,便神圣不可侵犯,非经一定程序改废之后,最是有绝对效力,无论何人都要服从。所以他们对于立法事业,丝毫不肯放过,人民有了立法权,就算有了自由,都是为此。若是法律定了不算账,白纸上洒些黑墨来哄人,方便自己的要他,不方便的就随时抹杀,那么何必要些法律?就有了立法权又中何用呢?讲到这一点,那些半野蛮未开化的军法不足责了,就是我们高谈宪政的一派人,也不能不分担责任。因为他们蔑法的举动,我虽然不是共犯,但一时为意气所蔽,竟有点不以为非了,就只一点,便是对国民负了莫大罪恶。我如今觉悟过来了,所以要趁个机会,向国民痛彻忏悔一番,并要劝我们朋友辈,从此洗心革面,自己先要把法治精神培养好了,才配谈政治哩。一面还要奉劝高谈护法的一派人,也注意这种精神修养。若是拿护法做个招牌,骨子里面是方便自己的法律就要它,不方便的随时抹杀,那罪恶岂不是越发深重吗?总之我自从这回到欧洲,才觉得中国人法律神圣的观念,连根芽都还没有,既没有这种观念,自然没有组织能力,岂但政治一场糊涂,即社会事业,亦何从办起?唉!我国民快点自忏啊!快点自忏啊!

上例二、例三、例四均为我国已故政论家梁启超氏的手笔,三篇的内容都是记叙英国议会情形的,但它有三种不同的主旨。例二在使我国人知道英国新国会的情形,故他的态度极冷静。例三,他将较为热烈的事件记出使人感动。例四,内容全为有趣的事实,阅之令人欢欣。此三篇记事,均为最佳的"特载的新闻记事"。又我国名记者黄远庸亦为写"特载的新闻记事"的名手,兹引其《囍日日记》,借作观摩。

(例五)

囍日日记

(民国二年十月十七日作)

其一 俗语有所谓重喜日或双喜日者,若中华民国二年十月初十日,可谓之重喜日,或双喜日矣。盖大总统就职是此日,共和纪念国庆日亦此日也。其为吾民国永远纪念之日矣。

然此最可纪念之日,吾曹新闻记者乃有两重厄运,一庆祝大总统就职之庆祝员,须穿大体服,是日(初十日)晚间外交部茶会,又须穿晚体服。保存国粹之吾曹,向以对襟马褂为大体服者,至此乃不能不东西借凑成两套之礼服,其困难不下于借款矣。

十日午前八时起床后,微雨滴沥,而畴昔之夜,大雨倾盆,街市中泥深三尺矣,吾曹乃如古礼壮者之始,第一次冠戴高帽子,第一次穿大礼服,御车而出,绕顺治门入御河桥赴北海,由金鳌玉蛴(北海中牌楼之名)而出,蜿蜒以至于西华门之午门,盖前门一带路线,因阅兵而暂绝交通故也。沿途以雨故,行人殊稀。余之前有一马车、一骡车,皆赴参礼者,而最奇异者,此骡车乃奋迅于马车,余之洋车,其速亦不下于骡。盖是日全城马车赁贷一空,余之不知姓名之同伴,乃不能不雇此缓于骡车之马车以往,亦足见事到紧急关头,则骡车亦可当作马车跑,视御者何如耳。

至御河桥一带,则车马渐多渐鱼贯,警卫之军警亦渐盛,沿途皆树榜示,告行人以赴西华门者从此路,从此路。余最所感佩于北京警察者,即此等处矣。

至西华门下车后,门前有金服辉煌之警卫,有礼服灿烂之部员,共同查验——查验庆祝员券,查验警卫门证,查验徽章,吾侪乃深知泰西古人制作大礼服之妙用,盖非此即无许多口袋,怀藏如许证券也。一金冠者,验余庆祝券而详读之曰,"职位——新闻记者黄远生"乃与余目礼而进之。吾乃私心喜自负为此金冠之武士，实对于新闻记者加以尊礼，以余等职位至尊故也。

入门步行，则见无数之戴高帽子着礼服者之三三五五而进，亦有爱惜大礼服而遮洋伞者。既入门，两侧左右皆行政官司法官休息室，中阶之右侧，则议员休息室、中外新闻记者休息室、蒙藏市民代表室，又银行团休息室，则在议员与新闻记者之中间。余笑谓一议员曰，吾曹与诸君同是舆论机关，接席而居，差可无惭，若彼银行团者，吾曹敢与之比肩哉！

中外新闻记者休息室中，日本人略多，欧人殊稀。内务部对于各休息室皆派招待，余是日因穿大礼服，适忘带纸烟，乃向招待员乞一纸烟，吾人因此一纸烟之微，乃不能不佩内务部之德政也。

杂谈幻想之中，视时表已十时十余分，而总统至矣，导以金冠蓝服持戟之武士约二三百人，总统乘八人肩舆，复导以四舆，即侍从文官梁士诒、夏寿田，侍从武官军事处总长荫昌，次长唐在礼是也。

少顷吾侪乃随接导者，自休息室鱼贯而又入一门。此门之右侧，乃清皇室代表（溥伦）休息室，左侧乃各国公使休息室，余斜见各使休息室，博冠衮服，已灿烂而煊华，忘其已毕集矣乎。

休息室中，入后乃分东西两侧面立。国务次长、局长、高等文武官员等立东侧,吾辈及银行团及其他官吏等立西侧,议员则居中而立,此处谓之礼堂,即太和正殿也。殿中有一台,"礼堂"二字,即悬于台上,前此宝座交叉于国旗。吾侪立西侧最偏,故台中光景不甚明了矣。

吾曹入而排班时,金冠蓝服持戟之武士,——即导从总统入门者——分向而立于两侧之前。排班既定,赞礼官程克按照礼单,一一唱赞。其先总统入席立台上(对议员而立),宣誓—读宣言书—鞠躬—唱万岁而礼毕矣。

"余誓以至诚,谨守宪法,执行大总统之职务",此遵照总统选举法所定而读之誓词也。先是议节单,本定议员亦立两侧,与吾曹同等者。就职之前,曾行礼三日。参议员议长王家襄,于初九日特往争之于朱启钤等曰:"议员系证人资格,不可与行政官同立,宜居中听总统宣誓,否则将成为宪法问题。"于是乃改侧立者而中立焉。事后又有报馆从而论之,谓议员与议院异,议员亦个人,不得于院外行其议员职务。总统仍应向国旗宣誓,不应向议员宣誓。可谓吹毛而求疵矣。

宣言书极长,总统捧而宣读之,故亦极费时光。总统精神甚矍铄音吐甚朗,军服粲然。余左右外人闻读至"所有前清条约、协约、私约等,一律遵守有效",为之欣然。

以余侪立西侧最偏,为大众所不及见,故中人及日人于鞠躬时颇有阙礼者,惟西人则如礼而鞠躬,有以见忠信笃敬之教,惟欧西人守之最笃也。

务员特别招待,另具请帖者。"武英殿茶会"此五字何等冠冕,不料入殿后,惟见高帽而礼服者,重重叠叠而立,但见人形,但闻人声,不见食品。余未早食而出门,此半日之食,计全恃此一茶会。乃努力向人丛中窥探,始得见一仆持了满盘之甜面包,沿途抢掠,适至余前。余之良心乃命余抢取三块,分出人丛而立食之。出时,刘成禺、汪彭年、汤漪等指余而笑。呜呼,诸君,乃不知人到饥饿时,其可笑乃有百倍于我者耶。

是日议员到共四百余人,国民党人甚多。其余之不到者,或因雨,或因大礼服没处借也。

余之一生,乃有二次得见总统就职之光荣。第一次袁总统就职,即在石大夫胡同迎宾馆。迩日光景甚为寂寥,与此日之盛大庄严者迥别。二者相较,令人已感知吾中华民国已由筚路蓝缕之时期,入于重熙累洽之时期。此后庄严民国之现象亦当若此耳。

参礼毕,约十一时三十余分。此后为总统见外交团,见清皇室代表,庆祝员不得见之。余乃借武英殿侧内务部招待员办事处之电话,拍发专电报告,时已十二时矣。

其二 十月十日午后四时,余偕友人赴先农坛,观看第二届共和纪念会之光景,盖因是日天雨,殊异常寂寞,然其中之人物风景,实今昔大异。去年之琉璃厂,举行第一次共和纪念会,陈家鼎为会长,田桐、白逾恒诸人之奔呼忙碌,浪人之杂剧,——女学生之跳舞,——长日不息之演说,台上之奇异之演说,今皆不可得而闻见,围棋一枰,而斧柯已烂,吾辈殆在此观棋者耳。

先农坛忆系今年新正时开放,先时祭器,并庋置为一古物陈列所,盆缶炉磬之列杂具,余辈不识古董,故无从别其高低,然闻其上者亦已耗散矣。新正时,余曾一往览,今杂植之柳树,已郁然列于两侧,京市人议以此为公园,今已森森然有公园气象矣。其对过即民国唯一纪念之天坛宪法委员会也。

祭室中,以王天纵之对联最多,一人至三四副,所书纵七竖八,殆先生之亲笔耶?记有一联最佳,云:画虎仅成皮,愿诸公毋忘在莒;坠驴还失笑,喜今日得见重华。署名陈止恭祝。新烈士之肖像,以此次殉难之余大鸿、汤则贤、吴绍璞为最著,其他武昌革命时纪念诸伟人肖像,似皆杂取商务印书馆售品,及太阳杂志中插画为之者,黄与孙文诸像,则一律闭置之于一室焉。

门外有杂戏二座,人甚寥寥,盖皆因天阴之故。归途遇李六更先生者,率三四小童,挈共和演说团之旗,振其木铎,疾走而前。李六更先生之人不可不介绍于诸君,其人手持木梆,署曰木铎,谓将以唤醒时人,共悟共和真理,每月辄将演说事迹,呈报教育部。余一日遇之于途,见其坐一洋车,而谆谆与车夫讲说,我们都是一样的平等的,车夫唯唯不绝,盖亦今世之一畸人耶。

归途遇西洋人冒雨而赴者,三五不绝,盖欧人之于此等场所,最为注意,以为是考察此国政治社会之最为便利所在。余同行之友一宪法委员会委员告余曰,会中因禁绝旁听,故赴览者殊稀,然西洋人日辄三四起流连而不去也。

归后已六时,九时半为外交部之茶会,请帖用孙宝琦出名,座设外交部新公所,即石大人胡同有名之迎宾馆,今正式总统袁公最初之公署也。是日所招待者,各国公使,——公使夫人,——各国银行团商界报界之重要人及其夫人,——中国之国务员,——各高等官,——议长,——议员,——商界,——报界各种人物,——及是种种者之夫人,胡维德在外部时,曾举行茶会一次,然未有如是之盛也。

大抵吾曹新闻记者,最喜赴此等宴会,以人物范围广,则刺取材料最便也。诸君读报者一日而下,辄怪某报新闻太少——某记者通信太少,殊不知访取新闻之难,往往奔走一日,不见一人不得一事者,须知盘中粒粒皆辛苦,此之谓也。惟此等茶会,则新闻记者最大之秋收,自己有吃有喝乃是小事也。

请帖中限定穿晚礼服。是日为中华民国之二大纪念,一总统就任,一国庆日。在余一身,亦并得二种大纪念,一早间第一次穿大礼服,一晚间第一次穿晚礼服是也。

入迎宾馆之门,则见孙总长宝琦、曹次长汝霖分立而肃客,一一握手,其右侧则比较的旧式之孙夫人,比较的新式之曹夫人在焉,一一握手,记者与贵妇人之握手,自某日陆子欣夫人外,至此为第二次矣。

孙总长语余,是日天安门阅兵成绩极佳,外使甚欣赏,阅后约余(孙君自谓)同往照一相为纪念,数语后,余乃退入客座。则见峨冠而博服者,——勋章累累者,——金紫而佩刀者——玉冠霞裳举步而摇者,已□织而成一人每令人有人间何世之感也。

是日各国务员,及大抵之高等官,并得授勋章不等,故华人中,除吾曹白丁者外,大抵皆佩服累累然。吾入时见汪教育总长,正与一人论勋章当内束或外束事,谓晤态总理云,见一书当内束,而陆子次云当外束,后又有人云见一书有时可内束可外束,闻者为之哄然。

后乃相率入楼,电光炯烂,照耀人身之金紫,并成异色。余入一室与一友人论一事,见有瞽目之一西洋人扶一相者而入,友人告我曰,此汇丰之总支配人,综揽东洋财政之大权,其目即以银行故而有疾者也。呜呼余辈之不盲者愧死矣。

楼上音乐大作,贵宾男女各合而跳舞,男女各一,然不得夫妇自为之,必求其所熟识之男或女为之,无者则介而求之,——凡跳舞人,一堂中共数组,或十数组,随音乐低昂,不得乱节，——凡跳舞之妇，大抵袒半臂，男者不得触其胸，触其裙，否则大失敬，——凡跳舞有种种名，今夜所演者，大抵两步转法，或三步转法，谓两步一转身，三步一转身也。

一友为之大感服曰，西洋礼法最佳，此等社交，乐而有礼，男女和合，故最能怡悦心情，较之中国人每会必为牧猪奴等戏者大异矣，故必此等社交发达，而后风俗移易，此醉心欧化者之说也。

是日跳舞盖十数次，凡一次以音乐一节为起讫。某西洋派云，是日音乐太简，故不能极跳舞之妙也。

华妇中以天保（西医）之夫人跳舞最多，男子中则见外交部参事顾维钧（即唐绍仪之东床）亦时上下其间，日本夫人中则水野参事官之夫人与一西洋兵官合组，刘成禺之夫人亦在其内，刘夫人乃美籍也。

刘君语我，彼在美国学跳舞三月不成，其师罢去，余笑语以君体段而可跳舞，则真天下无难事矣。刘君极魁梧，而其夫人乃极清臞，余颇恨是日陆子欣夫妇未到，盖陆君极清臞，而其夫人极肥硕（法国籍），与刘君夫妇正天然一绝好对照也。陆君是日为总统就任时之大礼官，或因赞礼勤劳，阙不赴席欤。

中国贵夫人中之至者，有顾维钧夫人即唐绍仪女公子，有唐在礼夫人谢天保夫人，其他余多不识，盖皆社交界之花也。梁士诒，其夫人后至，其夫人仍旧式服饰，女公子后焉，大有老气横秋之概。

楼上下皆置食堂，任客立食，取之不尽，用之不竭，与武英殿中茶会大异，毕竟是外交部外交能手也。

此室至十二时后乃纷纷散去，归而酣寝，梦见种种，以是日一日生活最为复杂故也。十一日上午天晴。

出门，见市中光景与昨日大异，繁华热闹，不可殚述，各城门外之牌楼，各衙署，各大商店，彩楼瑶树，与旭日相映射，行人立观者人山人海，总统府彩楼最富丽，并结彩纸灯于树，约十丈外，外人之金冠华服赴府道贺者不绝。

是日情形，一言蔽之曰，繁华热闹而已，故不具述。午后过东城，观英人哈密斯敦马戏，艺人至能于自由车上翻筋斗，至能反轮而跳，至能于车上作种种舞，至能调驯虎象令随音乐之节以舞。座中华人最稀，可见是日人事之忙。余独念中国今日亦必有如此之驯狮伏象奇材异能，或有济耳。谨拜手以贺曰：正式总统万岁，中华民国万岁。

新闻记事的分析，必先搜集材料，以上所举各例，均为优良的文字，可供玩味。

问题：

任取上海发行之报纸一种，依照本章所述各项，分析其各种记事。

（注意）可取某日《申报》一份，将各条新闻记事剪下逐一加以说明，例如某种为平面记事，某种为立体记事，愈详愈佳。

第九章　新闻记事的构成

新闻记事由三部分组织而成:1.标题(Headline);2.撮要(Lead);3.本文(Body)。不问新闻记事的来源为通信社稿、电报、访稿,不问新闻记事的种类为平面的或立体的,其构成总不能逾此范围。故凡报馆记者或通信员,必须训练此三部分的写作。

下列第一例,其本文叙巴黎全夜的暴动,来源如路透社、哈瓦斯社的电稿,经报馆中的国际新闻编辑员编排,加以各种标题,然后付排。此例有"标题"与"本文",而无"撮要"。

（例一）

　　　　　法政府卒护胜利 ←肩标题
　　　　　巴黎全夜大暴动 ←正标题
　　　　达拉第以幽默临骚扰 ←附标题
　　　　最后卒保全新阁寿命 ←附标题
　　　　　议会之纷扰 ←分段标题

（分题）

会场中充满喧扰声　路透社六日巴黎电,总理达拉第今日在众院宣读新政府大政方针宣言时,会场中怒骂欢呼之声,震耳欲聋,致不能卒读,此实法国实行国会制以来所仅见,议长乃宣布停会十分钟。迨重行集议时,诸议员意态仍甚激昂,达拉第以幽默之姿势,保全大局,当诸议员回会场时,达氏持帽上下玩弄,彷佛欲曰"诸君,尔曹苟静肃,则吾人可进行会议,不尔则余将戴帽复退也"。

（分题）

首次聚集宣读宣言　众院首次聚集,喧嚣之声,几即发作。当阁员入场时,内有数人,左党迎以欢呼声,右党则加以叱辱声,另有数人,则叱辱者为左党,欢呼者为右党。达拉第宣读宣言时,左党欢呼而右翼叱骂,诸议员正在鱼贯而进时,有社会党与急进党议员数人攻击右党议员数人,会场卫士费尽气力,始将双方分开。旁听栏中,坐为之满,且在距国会百码处严慎验视入场券,无券者概不得闯入。

（分题）

二次集议提出质问　第二次集议后,达氏读毕其宣言,并以仅许反对党四人提出质问为信任问题,宣言中除表示维持金本位与国际合作之决心外,并允以国会委员会查办史达维斯基骗案。达氏又大声言及当此全欧机陧分裂之际,国防至为重要,吾人不得昏□委蛇,负任令法国随全欧陷入新浩劫之咎。至于国会制度,自宜善加拥护,会计制度,必须革新,预算案决当于三月三十一日通过。

(分题)

最后卒通过信任案 达氏致词毕,诸议员乃于辩论后以信任案付表决,而经三〇〇票对二一七票通过,新政府之寿命,赖以保全,众院即宣告散会。

(分题)

参院满意施政方针 哈瓦斯社六日巴黎电,司法部长贝朗西代表政府出席参议院,宣读内阁施政方针书,参院左派议员对于宣言书中述及业已进行之澄清工作一段,热烈鼓掌,对于内阁之经济政策,全体皆赞同。外交委员会主席贝朗热宣称,外交委员会鉴于德国欧洲及全世界所处状况,切愿法国军力勿再减少,渠已致函达拉第总理,告以此意矣云云,全体议员,闻言皆热烈鼓掌。

巴黎之示威←分段标题

(分题)

薄暮时示威者出动 路透社六日巴黎电,在全日空气紧张之后,巴黎职工于薄暮时络绎离其办公所与工场。一小时后,街市中已满集示威者,时以玻璃器向骑巡掷击,道旁群众,复燃放爆竹以助声威,是时骑巡尚以善态维持秩序。未几,有共产党纵火焚烧烟草店,民众阅报架与摩托街车,于是形势转紧,卫兵等不得不出刺刀向掷石之暴动者冲逐,但卒以众寡不敌,乃向后退。暴动者逐步进逼至众院外之铁栏前,于是法政府乃处于重围之中,当时虽有受伤者数人舁入院内,但院内无一人得许外出,维时有右党常议会议员若干人沿礼伏里路面下,冀列身群众之前。

(分题)

晚间暴动愈益剧烈 最剧烈之暴动,发生于晚间协和桥之战斗,暴动者势如潮涌,警察与共和保卫团力不能抵御。暴动者既占据该桥,乃使警察陷于困境,而无法遏止火焚摩托街车与私人汽车之暴行。城中其他部分亦有群众纵火,并以石掷警察支队,又捣毁有历史价值数街道之咖啡馆,福波圣贺诺尔街中满播受伤之人,玻璃碎器与染有血渍之衣服。

(分题)

四大党为暴动主脑 暴动之主脑,为保皇党、产业革命工团、共产党、社会党等,其本党之报纸均怂恿彼等竭力反对史达维斯基等舞弊案。

（分题）

各种商店纷纷遭殃 暴动首先发作于市政厅前，群众大呼"打倒政府""打倒夏浦"，咖啡馆主人见众势汹汹，急将道旁之椅案收拾一清，各商店亦纷纷闭门，而将一切玻璃器收藏，晚间九时，暴动者一队纵火焚烧协和街与王街转角之海军部，消防队闻警由密集群众之各街道驰至，于三十分钟内将火救熄，但已毁屋数间。

（分题）

骑巡暴众开始恶斗 晚十一时有步兵两大队驻于众院之前，兵士皆携有干粮，俾得彻夜长驻，把守协和桥之警察，为暴众逼退数步时，曾开手枪，继乃开始恶斗。骑巡曾冲锋六次，路透访员至少曾见骑巡十五人头颅为暴众以棒与石击破，双方迭进迭退，如恶魔之混斗。

（分题）

退役军人参加斗争 暴动之后半部，为退役军人与共和保卫团之互斗，退役军人于晚九时四十分列队莅场，以持旗者为前导，顿时发生殴斗。该地有消防队之皮带二条，向之射水，但旧日之战士不为稍屈，协和街有摩托街车二辆，火势熊熊，无人过问，街中满播□帽、破衣、碎玻璃杯等物。当时群众叫号声与喇叭声中，杂以一种奇异之尖锐声，盖煤气灯被碎,煤气自内泄出也。

(分题)

午夜以后始渐肃清 协和街经持手枪之警察沿路开枪驱逐群众,直至午夜,始告肃清,各街道卧有受伤者数百人,内有数人伤势甚重。本日警察曾竭力自制,但在暴众冲攻协和桥时,游巡队曾开排枪数次,致毙女子一名。

(分题)

里昂各地亦有骚乱 本日里昂、马赛、列里、南锡等若干处均有示威运动及小骚乱。

(分题)

今晨犹有余众未散 今晨(星期三日)一时三十分,总理在内务部举行军事会议,内政部长佛罗特诸阁员均出席,佛罗特曾致词申谢警务人员弹压暴动之出力。今晨一时四十分,协和诸街均安静,惟王街等处仍有暴众示威未散。

(分题)

当局发表处置文告 路透社七日巴黎电,今晨(星期三日)当局发表文告称,昨日骚乱中,死六人,受伤须入医院者四百人,其中示威者与警察各占半数,受微伤在家里治者,不计其数，当骚乱之际，被捕者共三百五十人，将控以犯挑衅谋杀与同谋妨害国家安全之罪云。

路透社七日巴黎电，新任巴黎警厅长西波下令禁止在各街道游行与聚集。

路透社六日巴黎电，总理达拉第深夜发表一文，详述暴动事，谓此乃某种政治团体反对共和制度，暴力政变之企图，暴动携有刀枪，攻击警察与卫队，详察被捕诸人，证明此乃不利于国家安全之暴烈举动，幸防卫得力，骚乱者未达其目的，政府决以合法手段保障人民之安全与共和制度之独立，希望全国人士与以合作云云。

下例第二例其来源为"访稿"，由记者加上各种标题，然后付排。此例为新闻记事的完全形式，因"标题""撮要""本文"三部分均已完备。

（例二）

汪精卫昨来沪←肩题

邀集中委会商时局←正题

访晤财孔并敦促宋子文入京←附题

招待记者发表谈话当晚返京←附题

中央处置闽变已定三项办法←附题

撮要

行政院长汪精卫，偕同铁道部次长曾仲鸣，前晚乘十一时夜快车出京,昨晨七时整,抵南翔站下车,径乘汽车,返西蒲石路私邸休息。八时半,至西爱咸斯路,访晤财政部长孔祥熙。下午,在褚民谊宅,接见蔡元培、宋子文、李石曾、吴铁城等,交换时局意见。晚九时半,招待各报社记者,发表谈话,旋偕曾仲鸣于晚十二时,乘平沪通车返京,各情分志如下。

(分题)

往访财孔会商财政 财政部长孔祥熙氏,离京业已周余,汪院长以迩来闽局紧张,在在需费,故于昨晨抵沪以后,略事休息,即于八时半许,前往西爱咸斯路,访晤孔氏,面商财政问题,直至十时许,始行辞出,汪孔两氏会晤之结果,对于财政问题,业已商得办法。

褚宅召开重要会议 汪院长旋于昨日午后二时许,在亚尔培路褚宅,邀集蔡元培、宋子文、李石曾、吴铁城各中委,会商处置闽乱,召开四中全会,及全国经济委员会进行计划等各项重要问题,直至傍晚始散。晚间十时许,接见顾孟余等各中委,会谈约一小时许,直至十时二十分,汪院长始离褚宅,前往北站,偕曾仲鸣登车返京。

来沪任务系访孔宋 汪氏于晚九时三十分,在亚尔培路褚民谊宅,接见各报社记者,汪氏首称,此次来沪,乃乘星期假日,访晤孔部长、宋子文委员,及其他各中委。因孔财长多日未晋京,对于财政各事,诸待商洽,晤宋专为讨论经济会进行各事,与其他各委,则交换时局意见。

宋子文氏即将入京 宋子文委员,已允于二十日前晋京,出席四中全会,至国内财政,虽因闽变而略受影响,但经孔财长之努力筹措,刻已有相当办法,行政费用当力事紧缩,俾得勉渡难关。

解决闽事三项办法 中央对于解决闽局,决定三项办法,即(1)将此次是非曲直,尽量为公正之宣传,使全国民众,完全明了,闽方政变,其表面口号,为不满意中央措施,本人系行政人员一份子,对于现在内政外交之措施,决不敢信满意,但一切有话可说,如不满中央,尽可用正当方法说明,决不能联络共产党来倒中央也;(2)……;(3)为中央派军准备,即在闽省边境,调驻重兵,严防叛军乱窜,至于将来究竟先由中央军先行向闽进攻,仰待闽军侵北时予以痛击,此乃军事行动,本人未便表示。

希望胡氏起而制闽 胡展堂先生,向来坚决反对容共,故对于此次闽方联共行为,不应仅表示不赞成而止,应更进一步协助中央,共筹如何消灭闽乱之道,当民国十六年十二月十一日,张发奎部之一部分军队哗变联共,陷占广州,张氏旋与陈公博诸氏,竭三昼夜之力,仍将粤省收复,张氏收复粤省之功,似可稍赎疏忽之罪,但胡展堂先生对于张氏,仍加以严厉之责备,兹者,闽方联共叛党,组府改元,其罪不仅疏忽,故我人深望胡先生能起而设法消灭也。

军事当局决不能走 西南方面前曾电京,要求军政当局辞职,以求解决一切纠纷,惟本人以为,军事当局致力于剿匪,刻方进展顺利,设若一旦军事当局离职,过去军政集于一身,兹则军政分治,决不能以军政之责任,集于一身也,至于本人,则随时可走,年来外交与内政,虽未做好,但此非人的问题,乃系办法的问题,如谁有好的办法,本人决可退而让出,西南各中委,恒以"抗战到底"相标榜,惟此乃志愿,并非办法,全国国民,现均同此志愿,所要者乃办法耳,更有进者,有了办法,尚求愿意担当,如有了办法而不愿担当,则吾人之责任,将交与谁欤,故本人在有办法与肯担当的条件之下,随时均可卸职,并愿留京帮忙,即书记与录事之卑职不顾也,惟军事当局,则决不能走。

张等南下所负使命 张继、马超俊各同志,此次南下,负有两种使命,第一,为敦促在西南各中委出席四中全会,第二,为商议解决闽乱办法,闽方联共,故西南不致联闽,但若闽方能放弃联共政策,则为另一问题矣,外传西南主张在沪召开四中全会预备会之说,并非确词,倘西南方面,如有此项提议,中央或可加以考虑,总之,我人观诸过去之历史,决无借外力以倒政府。

通车通邮并未进行 华北通车通邮问题,始终并未进行,将来设若进行,自当公开,决不秘密,新疆督办盛世才,与苏俄订约之事,真相未明,刻正加以调查,如果有其事,中央当然决不承认。

下列第三例,新闻的来源为通信社稿,"标题"只有两行,本文不分段,亦无"撮要"。窥其内容,为汪氏个人的报告,故编辑记者不加撮要,不为分段,可使阅者一气读下,用意亦善。惟此种方法,不可为训。如能详细分段,每段加上"分题",则更显明易读。

(例三)

汪院长报告生产建设←正题

在行政院纪念周←附题

南京 行政院十九日晨纪念周,到全体职员,汪兆铭主席,报告生产建设,为今后努力方向,略谓,十一日与蒋委员长联名通电重申救亡图存要旨,注重治标莫急于剿除共匪,治本莫急于生产建设,在国府纪念周之中,述其旨趣,剿匪在过去一年中,蒋委员长督师南昌,调度得宜,将士用命,确得不少进步,除战略优胜战术敏活外,碉堡建筑与公路开辟,亦其制胜之重要原因,循此以往,锲而不舍,必能确有把握,至于生产建设,不但要人才,且需要物力,以中国经济落后现状,国内应行建设之生产事业甚多,能见实行甚少,自不免使人气丧,甚至怀疑所谓生产建设,徒托空言,现在全国各机关,仅有维持费,并无建设费,在剿匪期间,即军队之建设费,亦无着落,所以对生产建设,前途遽抱乐观,实在过早,但充实民力发展国力,除生产建设,并无第二条路,吾人不能不于万分拮据之中,筹画进行,纵无大规模,至少要从小的做去,不能行新计划,至少要整顿旧的,不能从积极方面谋发展,至少要从消极方面扫除积弊,盼望以不断的努力,积少成多,不敢说两年来成功多少建设事业,但时刻都抱此决心,为生产建设尽责任做工作,今且就铁路交通两方面,举例以明生产建设是一种实在之努力,是过去已努力之事实,是今后要努力之方向,绝非仅标语、口号之宣传。先讲铁路,铁路为全国交通之命脉,故政府在最近两年来,对此种工作,一为整理铁路,一为兴筑新路,计先后修筑最重要者,一为民二十三以来从未接筑自两广达长江之粤汉线,今已动工,三年之内,可望完成;二为通陕甘之陇海线,预算本年双十节前后,可达西安;三为通长江上下游之浙赣湘线,此为完全新筑者,粤汉成则中部南北有直通之干线,陇海成则西北有开发之可能,浙赣湘一线成,则东南数省经济文化之密接,都较便利,此外如陇海线老窑码头之建筑,京沪线上海北站之修复,首都轮渡工程之完工,浙省杭江铁路之告成,以及其他由民间经营者尚多,于此有须注意者,修筑铁路,必需巨款,在经济落后之国家,此种巨款,惟有募借于资本充裕之国家,既要招致外人投资,则对于今后之投资,不能不明示其保证,故政府对于铁路信用,颇为重要,在一定条件之下政府极愿与外资合作,并愿尽力维持信用,保障投资人之利益,以前欠付外人铁路债务,政府确有于维持两方利益之下,加以整理之决心,最近两年中对铁路各种债务,无论中外,皆定有相当之整理及偿还办法,国有铁路债务,无论中外,皆定有相当之整理及偿还办法,国有铁路债务举其要者,约分(1)合同借款,(2)材料借款,(3)短期借款三种。关于第一种,计津浦京沪沪杭甬道清汴洛各路之积欠,皆有相当之偿还办法,并已先后实行,北宁路之债务则均照合同履行,关于第二种,计两年来各路之材料欠款,已整理而有偿还办法者,计英美等国商家债务,共有一万万元。第三种短期借款,多欠本国各银行,亦皆有相当之偿还办法,并皆已次第实行,外国债权人,往往对中国铁路不能按期还款付息,啧有烦言,政府对于债务拖欠,当然表示歉意,但有两点,希望债权人注意,一,铁路债权人须知因一时时局影响,债务致有拖欠,此乃各国常有之事,中国铁路财务不振,原因甚多,不能尽归咎于某一事或某一人,譬有数路建筑未终,欧战遽发,款项不能依照合同继续募集,因之工程中辍,然已投之资,仍应逐年计划,铁路财务状况,遂陷于极端困境,此其原因,皆在欧战之暴发,既不能责备债权人,亦不能责备中国政府,又如世界银价跌落,及最近世界经济衰败,致中国铁路一方债额增多一方收入减少,直与天灾无异,任何国家,无力制止之,不能独责中国。其二,铁路债权人,须知中国政府并非赖债,不过清理债务之前提,端在铁路之整理与复兴,如铁路整理复兴,收入增多,则债权人之利益,自可保障,所以要整理铁路偿还债务,非债权人与中国政府,切实合作不可。次讲交通,交通事业之最重要者为邮、电、空,近年民用航空亦交通事业之一,就邮政来说,我国举办新式邮政,迄今六十余年,其规模制度,本极发达,且年有盈余,但近年水灾匪患,益以东北事变,故邮政经济,亏损达一千万之巨,内部业务,亦渐形退化,政府年来悉力从事于邮政本身事业之整顿,及储金汇兑事业之发展,以现在之经济状况,而欲整顿邮政本身事业,唯有采取紧缩政策,节省经费扩充业务,据交通部报告,去年六月底止全国邮局达万二千余所,信柜代办所达三万二千余处,邮程四十九万公里,本月度内,更积极进行添设,预计再过半年,至少展长邮路百分之五,并推及边疆,至发展储金汇兑,则注重保障储户利益,故政府决定将储汇改隶邮政,但仍保持其专业发挥之优点,会计独立,不便与邮政账目相混,同时更设监察制度,以便人民公开监督,对投资限制甚严,虽全部法规尚待立法院之通过,事实上已次第见诸实行。就电政说,一年来电政之整理与发展,分国际电信与国内电信,国际电信从前全靠外商经营之水线,以为联络,自真如国际大电台落成后,我国始先后与美、法、德、瑞及马尼拉、爪哇、西贡等处,以无线电直接通报,一方面改订大东大北太平洋公司在中国经营水线合同,收回电报收发权,一方面添辟中美电路，开放中俄电路，对于英国直接通报，复因两国间商务之繁盛，另于真如国际大电台外，特别增设中英电台一座以供专用，此外复在洛阳设置规模与真如电台相等之国际支台一座，现正建筑，不久亦可落成。至国内通报，有线电方面因频年兵匪风灾，破坏甚多，一年中计修复杆线五千余里，就中最重要者，为汉渝线路，计长二千五百里，为我国中部与川藏通讯要道，不久即可完工，此外再将各处旧式报机，改装新机，一年来改装完竣者，已有五十余处；无线电方面，过去设置无线电，偏于重要都市，一年来则注重于边疆之联络，确立边疆电台计划，本年中成立通报者，有西安章嘉两台，一则发展西北电讯交通，一则使蒙旗与中央保持联络，至新疆西蒙原拟各设八台，一切均已预备，惜以地方未靖，暂停进行，其他察、绥、陕、甘、青、宁及川康诸地，或已装设，或在筹划，一年内当可实现。电话方面，一年来注重长途电话与市内电话之联络，发展计划就绪者，有京汉、京津、京杭三大干线，兴筑将竣者，为京沪沿公路增筑之线路，业已完竣者为南抚线与平察线，并在苏、浙、皖、豫、鲁、冀六省，利用电报杆线，开放电话，已达三百余处，近计划江苏全省设置电话网，第一期已兴工，至京内电话，一年中改良扩充者，计沪、汉、津、青、苏、郑、镇七属，沪成绩最佳，此外更利用无线电话，以谋交通之改进，国内先举办京汉福州等处通话，至于国际电话，其设备亦已装置完成，一俟试验成功，即可开放。就航政说，则为中国之奇耻大辱，不论内河外海，均为外人所包办，我们仅有之基础，惟江南、马尾两船坞，与一招商局而已，江南、马尾两船坞规模不大，而招商局以经管不善，遂致破产，其余民营航业尤属幼稚，航政建设，需费至巨，每一轮船所耗千百万金不等，政府唯有先将招商局收归国营，从事整顿，一年来除将该局股票收回几及全数，并设立债务清理会，对于业务积极改革，仅上半年营业收入，已达三两六十六万元，至民用航空事业，系由中国、欧亚两航空公司经营，开发中航公司，一年以前，所通航线，仅沪汉及沪平两段，一年来积极发展沪汉航线，已扩充至成都，前曾停办之沪平线，则改为沿海航线，此外更增设一沿海之沪粤线，营业均极发达，最近更着手由成都展设航线联络贵阳、昆明诸处，并已试航一次，欧亚公司欧亚航线，系自沪至塔城，由塔城与苏俄航线联运，经莫斯科至柏林，上海至迪化，初曾通航数月，嗣因新省政局纷扰，复又间断，今只通至兰州，现仍继续设法，期其恢复，此外更由欧亚公司增设支线，一自兰州至西宁、宁夏，一自迪化至伊犁，一自迪化至塔什干，至西安至北平一段，则已通航，最近复增设自广州经汉口至西安一线，粤汉段业已试航成功，只俟广州机场建筑完竣，即可通航。以上仅就邮、电、航及民用航空事业，举其大者观之，此项事业机关之整理，一年来极力注意于合并电政机关，期将电报设有线电无线电参差不齐之机关，并成有系统的组织。其次整理会计，积极设法，以新式之会计制度，适用于四种事实，除拟定各项会计制度外，更聘用中外会计师，对于各机关实行查账，使其账目公开，已实行者，计有欧亚、中航两公司，其他机关亦将分别开始举行。其三，整理人事与业务，在邮政则使其人事制度，趋于合理，于电政则裁汰冗员，增加工作效率，更减低电费，谋人民之便利，以推广业务。总之，一年来政府整理邮、电、航、空四种事业，困难极多，只有以继续不断之努力以赴事功，不敢稍懈，以上略举铁路、交通两方面建设之工作，由此可见真电所谓生产建设，不是一种宣传，乃要切实去做，今后只有集合国力，迈步做去。至于外交方面，有人指摘政府软弱无能，政府全不答辩，因此等指摘，如出于热心的批评，政府不忍答辩，如出于恶意的污蔑，则政府不屑答辩，欲矫正此等软弱无能，惟有充实民力，发展国力，惟有努力于生产建设，就抵御强邻说，不外乎此，中国从前所有虚骄的心理以及侥幸的企望应彻底一扫而空，就维持国际的同情说，也不外乎此。有人问我，中国今日应取何等的外交方针？我决然地答道，修明内政，便是中国今日应取的外交方针，因为有修明内政，才能使人看得起，才能使人愿意和我们做朋友，除此之外，合纵连横，是自取灭亡，故我们认定外交只是内政之一端，在内政上努力于奋斗有为，在外交上才能脱离软弱无能的苦境，我们事以继去年俭电之后，再以本月真电，重言申明，其用意不外乎此。

"标题""撮要""本文"三部分,有密切的因果关系,故美国新闻界有"一所三见"(News is three times told)之语。"标题"为全文的精华,如人体的头部。事忙不及遍阅全文者,单看"标题"即可知消息的梗概。"撮要"为"本文"的提炼,即由"本文"压缩而成者,其位置如人体之颈部。不暇详阅本文者,单看"标题"与"撮要"亦可得全部事实之三四。此种形式,倡始于美国,在欧战时普及全世界。实为现代新闻记事的完美形式。

第十章 "标题"的写作

标题(Headline)的应用始于何时,已不可考。美国在南北战争以后,各报纸已注意其标题。其后普于世界各国,时至今日,标题已至最发达最完整之时期。

标题之为用,最初不过表示新闻之种类。在今日,标题已成为新闻的结晶,使新闻记事的内容,一目了然。所以标题写作的巧拙,足以影响新闻记事的本身。在制作纸面时(即大样),实握有重大的支配权。标题又名 Bulletin advertiser,就是因为它能代表报纸的品格。报纸之需要标题,与妇女之化妆,其重要相同。

美国威斯康辛大学教授格林·弗兰克博士在某次宴会席上(1925年11月27日),曾说明标题之重要性如次:"在读者方面,注意标题的人,较之注意记事的为多。试看许多的舆论,都是由标题而制成的。所以我们应该知道伏案写作标题的新闻记者对于社会的影响实为重大。"现代的报纸,最足以诱惑人心,唤起舆论的东西,就是标题。

写作标题之前，必应考虑的事项，约有四端。

1. 报馆的地位（指写作新闻记事及标题时）。

2. 一般读者的兴趣。

3. 一般读者的品格。

4. 利用铅字的程度（即酌用字码）。

写作时应加注意之点，约有十项。

1. 标题中应含有正当的意义，是一种陈述。

2. 标题的作用是宣布，而不是质问。

3. 应正确地捉住新闻的要点。

4. 表现应明快直截。

5. 用"字码"须适当，文字应适宜，排列宜匀称。

6. 应如广告一般，引人注目。

7. 唤起读者的兴味。

8. 应为"证实"而非"否定"。

9. 标题必含有动词。

10. 文句之构造须合于逻辑。

我国徐宝璜氏论标题写作时应注意之点有九项。

1. 在未造题目之前，应先将新闻中之重要事实，清清楚楚明明白白看出来。

2. 题目当以重要事实为根据，既不可张大其词，亦不可加以评论。

3. 题目当根据于撮要中之事实，因如此则一新闻之详记，虽因故概被削去未登，而其题目仍可勿须改编。况一新闻中之重要事实，又大抵于其撮要述出耶？

4.引人注意之新闻精粹,应于正题中提出之,因正题之字,不仅大于新闻之字,且常大于附题与分题之字,而又列于前端,故占极优越之地位也。

5.正题之意思如已明了,且已尽述新闻中之重要事实矣,则可勿须另有附题或分题,否则可用二者或二者之一,以补足其意思,或其所未经提及者。

6.题目中均不可用含糊之字,因不惟使新闻之内容难明,且足减少其为广告之价值也。

7.新闻题目,与书名有别,书名仅略示书中之内容,至新闻题目,则须表示一定之动作,使人一望而确知其意义。

8.新闻题目,不宜用发问式表出之,因按理新闻纸乃以供给新闻为职务,不应登载未经证实之传言也。

9.应谨防毁人名誉之记载,以免发生诉讼。例如当某甲"仅被控"谓曾杀某乙时,切不可因地位有限遂简称"某甲杀某乙"也。

徐氏之言,可补前说之不足,深可玩味。

标题之形式,在今日已无定格,颇有光怪陆离之概。但标新立异、怪诞不经者,当不足为法。普通形式,略举如下:

1.正题一行,附题一行

（例）锦州义军大捷←正题

　　毙敌百余获械颇多←附题

2. 正题一行,附题二行

(例)国联调查团由藩赴连←正题

　　李顿等与蓝溥生会见←附题

　　海圻舰奉派赴连迎候←附题

3. 正题一行,附题三行

(例)视察闸北与接收真如←正题

　　昨晨视察铁路以北区域←附题

　　昨日会议接管真如办法←附题

　　预定接管吴淞等区程序←附题

4. 正题一行,附题四行

(例)日新内阁正式成立←正题

　　昨开首次阁议讨论今后政策←附题

　　荒木留任陆相引起各方反对←附题

　　——一流政治家观望不前←附题

　　——料新阁寿命未必能永←附题

5. 肩题一行,正题一行,附题一行

(例)蒋鼎文下令←肩题

　　各部队向连城猛进←正题

　　限一周内到达←附题

6. 肩题一行,正题一行,附题两行

(例)市府暨各处局←肩题

　　开始迁往新厦←正题

　　　　定元旦日举行开幕典礼←附题

　　　　市府通饬全体职员参加←附题

7. 正题一行,附题两行,但排法特殊者。

（例）平沈通车交涉←正题

　　　　许文国与太田等在北戴河会谈←附题
　　　　――――――――――――――　←线条

　　　　商定联络运输事宜←附题

8. 特殊标题

（例）与世相忘之——

　　　小笠原群岛

　　　为太平洋上之关键

　　　国际风云中所

　　　当注意之一事

　　标题所用之字码（即铅字体之大小）,如以《申报》作例,应照下式：

1. 正题（字码普通用四行字或五行字,最重要者用六行字,但甚少见）

2. 附题（二号字、三号字均可用）

3. 肩题（二号字、三号字均可用）

4. 正题用头号字,肩题、附题有同用二号字者。

5. 长排〔标题占两皮（即栏）或三皮地位〕

6. 短排（标题占一皮地位）

(注)四行字即每一铅字之横阔占正文四行地位,余类推。

(长排之例)

睹物思人难圆破镜

康克令女郎香巢被毁

夫妇既已分飞双方各无拘束

姚文辉已不及此竟破坏一切

——结果得损毁与窃盗两重罪名——

此标题占十二皮(栏)中之三皮地位,注意附题之排式。

(短排之题)

国际橡皮协定

六日一月起实行

影响价格颇可虑

标题写作,宜注意修辞,否则不能动人。标题的修辞亦无定格,全凭记者平时的学力与熟练。兹举各种修辞之例如下,以窥一斑:

1. 数字标题

(例)去年洋烟酒输入惊人←肩题二号字

　　价达千万余金元←正题四行字

　　国人颓废日趋奢侈所致←附题二号字

　　沪埠竟占全国三分之一←同上

2.惊叹标题

(例)险哉险哉←头号字

　　　中华获中葡杯←三行字

　　　结果三对二中华先胜后败←三号字

　　　钟勇森独进二只厥功殊伟←三号字

3.平叙标题

(例)海军次长←头号字

　　　陈季良抱恙返沪 ——四行字

　　　患病原因全系操劳过度←头号字

　　　搭海容舰回沪明晨抵埠←头号字

4.成语标题

(例一)武信芬妻弟←三号字

　　　葛昭生姜寄迹逆旅←头号字

　　　扬州青楼银菊花←二号字

　　　移花接木陆季山←二号字

[注]此例修辞甚为拙劣。

(例二)

桃红色的

女同学同乐大会←头号字

一个个欣喜得眉飞色舞←三号字

全会场充满了燕语莺声←三号字

…………………………………←点线

王校长说,你们都是年青人←四号字

(例三)大学毕业生←二号字

  穷途潦倒堕法网←头号字

  为了百元赏洋竟伪造文书←三号字

  案发被拘痛悔结交劣友←三号字

5.刺激标题

(例)轰动济垣之←二号字

  井中发现女尸案←头号字

  捕获凶手案情大白←三号字

  孙兰亭掐死孙史氏←三号字

6.复杂标题

(例)不尚空谈专务实际←三行字

  挽救军缩末运←四行字

  总委会于紧张空气里集会←头号字

  美俄代表阐明立场←头号字

以下六行均三号字

李维诺夫建议扩大会议范围

易名和平会以弭战为目的

台维斯宣称愿努力推进公约

主张军火管理制阻止战争

| 重申不干预欧政治纠纷 |
| 但关心远东事意在言外 |

7. 讽刺标题

（例）沐猴戏开演←二号字

溥逆今晨潜位 ←头号字

傀儡袍笏登场殊形滑稽←二号字

叛逆前呼后拥不顾羞耻←二号字

………………………………←点线

我外部今晚将发表声明←二号字

（注意）学员有不明《申报》各种铅字之字码者，可将铅字剪下，贴于纸上寄来，当即指示。

问题：

试自作标题五种，内容形式不拘。

第十一章 "撮要"的写作

报馆编辑记者为读者的便利打算，特在正文之前，标题之后，制作"撮要"。其用意有二：1.忙碌的人，虽无暇精读正文，亦可知新闻记事的梗概；2.用撮要引起读者仔细阅览正文的兴味，或使阅者易于觅得适合自己阅览之新闻记载。

写作"撮要"时，切忌冗赘。就文字的比例说，大约为六与一之比，即正文字数排至三十余行者，撮要数字约为六七行。举例如次：

（例一）

市立动物院春初举行绣眼百灵比赛

比赛条例呈准教局后办理登记

水族馆积极筹设兽舍建筑将竣

本市文庙路市立动物院，自去年十二月十日，假民教馆举行芙蓉竞赛后，颇引起社会人士之兴趣，该院近筹备绣眼、百灵两种比赛，预定开春举行，添造豹、熊巨兽舍，即将竣工，水族动物馆，亦计划筹设，兹将各情分志如下。（以上

为撮要）

绣眼百灵比赛　绣眼鸟（别名金雀，又名竹叶青）属于黄雀之一种，其色纹形态与芙蓉鸟相仿佛，所差者羽毛稍杂黑色，种类分"荷花""桃花"之别，而其鸣声，可取于春头，但畜养者较芙蓉略少，而价值百元或数十元不等，出产地中国最多，百灵鸟以中等有闲阶级畜养居多，以上两种鸣禽比赛，该院刻已着手筹备，其比赛条例，呈请教育局核准后，即开始办理登记报名手续，预定春初正式举行，惟将来对于百灵鸟之比赛，情形复杂，故所订办法，必须严密，以防发生意外事件。

兽舍建筑将竣　该院之巨兽舍，原分狮、虎、豹、熊四舍，相连建筑，当时因经费不敷，且因应各界要求，提前开放，故只有狮、虎两舍，而豹、熊暂搭铁押置放，以致去年有黑熊一头，因铁钉中断，突然出柙，该院为避免危险计，特呈请教育局拨款添建，以保万全，旋经教育局核准，转请工务局，招标兴建，迄今全部工程，已完成三分之二，巨兽舍纯以钢骨水泥砌成，大约本月底竣工，所遗豹、熊两铁栅，另以别种动物放置，热带动物室，现已早晚开放水汀取暖。

设水族动物馆　动物馆现有各种动物，类皆陆地与空间，但水族之鱼介等动物，因院址地位关系，未能积极设置，该院为完成动物院应有设备及增进人民智识起见，计划在院内划出一部分空地，辟为小规模水族动物馆，又动物标本室,自开始征集标本以来,除原有实验小学一部分动物移动外,关于私人捐赠者,尤为多数,标本室新屋,将西首民地出价收买后,即行建筑。

游人憩息亭台 该院院址虽小,而其内部之设备,堪称完密,惟所缺少者为游人憩息之亭舍,似颇遗憾,该院主任沈祥瑞因鉴及天气炎热或遇风吹雨落之时,游人无遮避所在,故在办事室靠东腾出空地一处,建筑亭台二间,业已完工,作为游人憩息之所。

(说明)上例"正文"约六百余字,"撮要"约一百字。
(例二)

海南九岛确为我国首先发现 ←正题

李准巡海记足以证实 ←附题

近因法国海军占我海南九岛,引起国际纠纷,现经我国从历史上、地理上证明该九岛确为我国领土,亦即为西沙群岛之所属,而隶于琼崖者。前清光绪三十三年四月间,两广总督张人骏,以日人图占东沙群岛,乃派广东水师提督李直绳,前往交涉,其后李氏复乘伏波琛航两舰南巡,发于崖属之榆林港,翌日至珊瑚岛(李氏易名为伏波岛),乃先后共发现十四岛,盖即西沙群岛,今法海军所强占者亦即是也。李氏是行,撰成巡海记,备载经过,亟转载于此,以证西沙群岛,确为我领土焉。(以上为撮要)

东沙岛之案交涉既终,因思粤中海岛之类于东沙者必不少,左翼分统林君国祥,老于航海者也,言于余曰,距琼州榆林港迤西约二百海里,有群岛焉,西人名之曰怕拉洗尔挨伦(即 Parace Islands)距香港约四百海里,凡从新加坡东行来香港者,必经此线,但该处暗礁极多,行船者多远避之,余极欲探其究竟,收入海图,作中国之领土,因请于安帅(即两广总督张人骏,字安圃)而探此绝岛,安帅极然余说,同寅中之好事者,亦欲同往一观焉。乃以航海探险之事属之林君国祥,乘伏波、琛航两舰,林君曰,此二船太老,行驶迟缓,倘天色好,可保无虞,如遇大风,殊多危险,余以急欲一行,故亦所不计,因偕林君下船,考验船上之锅炉机器,应修理者修理之,凡桅帆缆索,无不检查,其铁链之在舱底者,概行拉出船面,林君节节以锤敲之,其声有壤者,立以白粉条画之为记,概用极粗之铅线扎之,防其断也。备食米数百担,其他牛羊猪鸡等牲畜,罐头食品汽水称是,各色稻粱麦豆种子各若干,淡水舱满储淡水,炭舱满储烟煤,除船员外,雇小工百名,木石缝工油漆匠若干,备本材桅杆国旗之属又若干,盖将觅此群岛为殖民地也。余带卫队一排,以排长范连仲领之,吴君敬荣为伏波管带,刘君义宽为琛航管带,余乘伏波,以林君为航海之主,悉听其指挥,王君仁棠随行参赞,同行者为李子川观察(哲濬),王叔武太守(文焘),丁少苏太守(乃澄),裴岱云太守(祖泽),汪道元大令(宗珠),邵水乔道尹(思源),刘子仪大令,德人无线电工程师布朗士,礼和洋行行主布斯域士。三十三年四月初二启行,初三抵琼州之海口,采买鱼菜,添盛淡水,道府来迎,应酬一日夜。初四日下午起碇,沿琼岛南行,初五日入崖州属之榆林港,清风徐来,余于甲板上观之,见此港山环水绕,形势极佳,而水深至二三十尺,入口不三里,下锚四围皆山,不是水口,诚避风良港也。惜局面太小,不能多容军舰,有七八艘已不足以回旋。港内水波不兴,上下天光,一碧万顷,以为正可直驶西沙矣,国祥曰,天气不可恃,须看天文,有三五天之西南风,乃可放洋,且亦须于此添盛淡水。少顷,偕各员登岸,每人各持木棍一根,备倚之行,且可以御禽兽,此国祥之言也。余以为御兽可也,禽岂能为人害乎?国祥曰,西沙岛多大鸟,不惧人,且与人斗,非此不足御之。上岸后,沿平原而入山凹,一路遍地皆椰子树,结实累累,大可逾抱,高约百数十尺,其直如棕,叶大似蕉,但分裂而不相连属。其时天正炎热,行人苦渴,以枪向椰树击之,其实纷纷下坠,人拾一枚,其有为弹穿者,汁流出,即以口承之,味甘而滑,解渴圣品也。步行约六七里,有居人焉,披发赤足,无衣,以布围盖下身,其黑如漆,前后心及两肘两腿,毛茸茸然,两耳贯以铁环,大如饭碗之口,老少可辨,男女殊难认也。其所住室,以椰子树为之,高不及丈,宽约一二丈,横梁门柱,皆椰树也。上盖及壁,都以椰叶编作人字形之厚箔为之,有门无窗,屋内之地,亦铺以椰席,厚可数寸,无桌几床帐,饭食起居,咸于此焉。余以手镜为之照像,各嘻嘻笑不已。又与同人行至一处,有男女多人,于野外草地上跳舞,有老者、壮者于旁,敲锣、吹笛及击瓦器,跳舞者女子居多,间亦有男子相偕,皆青年也。其齿白,而口吐红色之沫,询之,乃含槟榔使之然也。此男跳舞者,如两情相合,即携手相归而为夫妇。其语不可辨,国祥能懂一二,盖黎山之生黎也。旋亦觅得一能谙汉语之熟黎作舌人,据云,山中马鹿极多,以其大如马,可以代步,故以马鹿呼之。余极欲猎,苦无猎犬,熟黎曰,可以黎人代之。余即令此熟黎觅数人来带路,并驱马鹿行,生黎手持一棍,举动如飞,其山中之木椿,尖如刀锥,履之过,如履平地。余率卫兵多人追随于后,乏极傍石而坐,稍事休息,正打火吸雪茄烟,群鹿自林奔出,大若牛马,余持枪击之,殪其一,倒地而起者再,卫兵捉之。其角大如碗,长约三尺,余开三四叉,倒地时跌损一角,血淋淋出,一卫兵以口承而吮之,嗣,以五六人用大木杠抬之回船,权之重四百斤,去皮分食其肉,茸则悬之船面,以风吹之,以为可以保存也,三两日后,生蛆腐烂,臭不可近,弃之大海中矣。一日雨后,余正在船面高处坐而纳凉,忽见一黑色之物,自海面向余船而来,昂首水面,嘴锐而长,余问曰,此何物也,国祥曰,此鳄鱼也,韩文公在潮作文驱之者,即此是也。语时,鳄鱼已及船边,攀梯而上,余命梯口卫兵击之以枪,而卫兵反退后数武,不敢击。余速下夺枪击之,鳄鱼下坠,白腹朝天,距船已四五丈矣,即令水手放舢板往捞,水手以挠挑之,长约丈余,重不可起,恐其未死,不敢下手,再击二枪,反沉水底而不见踪迹矣。连日风色不佳,夜间月光四围起晕,必主有风,不能放洋,国祥于此购买柴薪无数,船面堆如山积,备缺煤时之用也。又购黎人椰席数百张为建屋作墙壁上盖铺地之用也。第四日约集同人往三了港观盐田,去此约二十里,以藤椅贯以竹作杆代步,雇黎人抬之,议定每人小洋二毛,黎人力极大,行甚速,惟不善抬,一路殊多危险,不一时而至其地矣,其盐田界两山中,绵亘十余里,皆盐田也。其水咸头极重,一日即可成盐,两三日成者亦有之,然较之他处盐田,则不可多见矣。其价极贱,每石不过二三百钱,故香港、澳门一带之私盐,皆由此运往焉。沿途树林内,多红绿色之鹦鹉,大小不等,白色者较大而少,又多小猴,飞行绝迹擒之不易。回榆林港后,抬轮之黎人,每人给以银二毛不肯受,以其求益也,增之四毛,不受如故,询之,乃知其议价时,以为每一乘轿两人共二毛,今多与二毛,故不受,其朴野如此,真上古之民哉。有黎人以大竹笼抬大蚺蛇一条来卖,给以银二元,令抬去,又抬薏米酒若干坛来,每坛给以银一元,其色黑而味甜。又有此间之回民,操北方语者,将石蟹、飞蛇来卖,其石蟹鲜有完好者,磨醋可治疮毒,飞蛇可以催生,人争购之。又有一种椰珠,如鱼目,闻系数百年椰壳内实结成之,岱云购得之。其回民相传为马伏波征交趾时遗留于此者,至今人不多,然仍操北方之音,与粤人异。国祥云,天色已好,可放洋矣。四月十一日下午四钟起碇出口,风平浪静,七钟,忽见前面似有一山形,若隐若现,国祥曰,此处向无山,必鲸鱼也,当绕道避之。余以千里镜窥之,见一黑影,横亘于水面,不甚高,同人争欲一睹为快,无何渐渐沉下矣。船仍按纬度直行,国祥、敬荣经夜不睡,行于甲板上,监视舵工,其桅杆顶,尚有一人持望远镜观察前面之岛,不敢一毫懈也。国祥曰,以船之速率及海程计之,此时应可见最近之岛,今不见,必有误,以天文测之,差一度几秒,危险万分,此为本船马力不足,为大流冲下之过,宜仔细,此处暗礁极多,稍不慎,则全船齑粉矣。少顷,桅顶人报告,已见黑影,然在上游,国祥、敬荣乃心定而直驶向该岛,十一点二十分下碇,锚链几为之尽。共处水清,日光之下,可见海底,多红石珊瑚,大如松柏之树,有一种白色带鱼,长约丈余,穿插围绕于珊瑚树内,旋转不已。饭后,余率诸人乘舢板登岸,国祥请余勿坐舢板,宜乘大号扒艇平底者,乃可登岸,余从之,果至最近岸之浅滩内,乘舢板者果不得入,此项扒艇,国祥于海口购七八只之多,余初以为无用,今乃知为得用也。余仍持木棍,离扒艇,践石堆超越以过,此石跳彼石,相距有远有近,有高有低,扒艇不能前,非此不能登彼岸也。余正站圆形之大石上,欲再跳,而相距稍远,恐坠水中,迟回者再,而所立之石动矣，余以为力重为之也，而此石已起行而前，余惊惧欲仆者屡矣，石行较近彼石。乃跳过焉。余惊问，石何能行，国祥、敬荣同曰，此石乃海内大蛤也，其壳已生绿苔，不知若干年矣。又见一鱼，其色黑而杂以红黄，国祥曰，此小鲸鱼也，亦长七八尺，潮水退，不能出，困于此浅水滩耳。余以棍拨之，头上一孔，喷出之水，高可一丈，余急登岸，见沙地上红色蟹极多，与他蟹异，爪长而多，其行甚速，以棍击之，即逃入一螺壳中而不见，拾壳起，见其爪拳屈于壳内，了无痕迹，每蟹必有一壳，大不逾二寸，有一蟹之壳，先为人拾起，致无所归，即拳伏于沙上，如死者然。余以竹筐拾归者数百枚，分赠亲友，名之曰寄生蟹，工人持铲锄上岸，在各处掘地及泉，而求淡水，掘十余处二三丈，均不可得，其实非岛，乃沙洲耳。西人亦谓之"挨伦"。此岛长不过六七里，行不数钟，即环游一周矣。岛上无大树，有一种似草非草似木非木之植物，高约丈余，大可合抱，枝叶横张，避此林中，真清凉世界也。其地上沙土作深黑色，数千百年之雀粪积成之也。岛中无猛兽虫蛇，而禽鸟极多，多作灰黑色，大者昂头高与人齐，长嘴，见人不惧，以棍击之，有飞有不飞，其大者恒与人斗，不自卫，将啄人目。遥见大群之鸟，约千余百只，集沙滩上，余击以鸟枪者三，均不见飞，以为未中，遣兵往视之，已击倒三十余鸟，卫兵逐之，始群飞去，盖不知枪之利害，人为何物也。其椰树及石上，多德人刻划之字，皆西历一千八百余年所书,德人布郎士以笔抄其文记之。其石亦非沙石,乃无数珊瑚虫结成者,因名之曰瑚珊石。又至一处,有石室一所,宽约八九尺,四围以瑚珊石砌成,上盖以极大蛤壳两片为之,余于此而休息焉,石上亦有刀划德文,盖千八百五十年所书也,均有照片,改革后,不知失于何处矣。余督工刻字珊瑚石上曰,"大清光绪三十三年广东水师提督李某巡阅至此",勒石命名伏波岛,以余乘伏波先至此地,故以名之。又命木匠将制成木架,建木屋于岛,以椰席盖之为壁,铺地,皆椰席也。竖高五丈余之白色桅杆于屋侧,挂黄龙之国旗焉,此地从此即为中国之领土矣。夜宿岛中,黄昏后,厅水中晢晢有声,国祥曰,此海中大龟将上岸下蛋也,从此不忧乏食矣,率众各将牛眼打灯,反光怀内,候于河上,月下见大龟鱼贯而上,为数不可胜计,群以灯照之,龟即缩颈不动,水手以木棍插入龟腹之下,力掀之,即仰卧沙上,约二十只,国祥曰,可矣,足敷吾辈数百人三日之粮矣。国祥又引水手,持竹篙,在树下拨开积沙,有龟蛋无数,其色浅红,而圆大如拳,壳软而不硬,拾两大箩筐,归后,烫以开水,撕开一口,吸而食之,其味甚美。国祥曰,雀蛋更多,但不能如龟蛋之可口。黎明,率同人于树下拾各种雀蛋,大小不等,有鸡鸭卵者,有大如饭碗,长六七寸者,均作淡绿色,其极大者,有黑点无数,剖之多腥,而此极大之卵,如鸵鸟之蛋,壳坚如石,了不可破,后携至省垣,在大新街嘱刻象牙之匠人,开天窗,镌山水人物形,作陈列品。其仰卧之大龟,长约一丈,宽亦六七尺,各水手工人,以刀斧从事去壳,宰割其肉,各分一脔,色红如牛肉,其裙边厚二寸,每龟得二三十斤,其全数重量盖四五百斤也,尚留八只,不许宰割,即以生者抬于舢板或扒艇上,运之上船,以起重架起之,始得上,八龟已将官舱前面隙地占满,致水手、工人无休息、食饭处,众即于龟腹上围坐而于食,且于此斗牌焉。夜间,余怜其仰卧,令人返仆之,夜深人静,群龟鸣如鸭,兵邦之声极厉,致同人不得睡,仍令水手反之仰卧,始无声焉。午后率同人回船,留牲畜之种山羊、水牛雌雄各数头于岛,布郎士对之泣曰,可怜此牛羊将渴而死,以其无淡水也。正午开行,约三十里,又至一处,两面皆岛,海底有沙,可以寄碇,非如伏波岛之尽珊瑚石,难于寄碇也。且岸边有沙,舢板、扒艇,皆可登岸,又率同人偕上,其林木雀鸟,一切如前岛。工人之掘井者,少顷来报曰,已得淡水,食之甚佳,掘地不过丈余耳,余尝之,果甚甘美,即以名曰甘泉岛,勒石竖桅挂旗为纪念焉。此岛约十余里,宽六七里,余行两三小时,尚未能一周也。在沙滩上拾得一物,其状如金瓜,大如密橘,其色为青莲,其分瓣处,间以珍珠白点,似石非石,质轻而中空,上面有蒂,如罂粟壳之状,下空一孔,甚为美观,不知为何物也。敬荣曰,此动物而兼植物,有生者当寻与军门一看,其他尚有种种色色千奇百怪之物,为内地所未见者。有一石杯,盛之凉水,不漏而易,盛热水,则发腥臭之味,手靡之直如石制,然其质软,物本圆者,可以为方,可以为椭圆形,其红白珊瑚,遍地皆是,红者大逾一寸,然质粗而少纹,白者更多,余曾拾得一大者,百数十枚结于一块,如一山形,以玻璃匣盛之,后与石瓜、石碑同陈列于江南劝业会中。阅此岛毕,亦放牲畜于上,又过对岸之岛,较小于甘泉岛,纵横不过八里耳。其珊瑚比前更多,因名之曰珊瑚岛,亦勒石悬旗为纪念,下午回船开行,约二十海里,又至一岛,定碇后,乘舢板上岸,海内带草极多,长不知若干丈,开小白花,舢板之桨桡,亦为之阻滞,不得进行。见一石,上有物圆如金瓜,其蒂上开紫色之花,如蝴蝶状,余曰,此必昨日海岸拾得石瓜之生者,即泊船近之,余亲手抚其根,长约四五寸,似为石质而长于石上者,力拔之始下,而根断矣,有白浆自根下流出,其腥异常,如蟹爪之肉,其花甚硬,亦似石质,然鲜艳无比,究不知为动物、植物也。拾回数日,其花自凋落,壳内之浆亦流尽,而为空壳,并与前拾之瓜,一并呈于安帅,送江南劝业会矣。上岸阅视一周,情形与各岛相同,名之曰琛航岛,勒石竖旗,回船,是夜即下碇于此。第三日黎明,又开行,约十余海里而至一岛,登岸后见有渔船一艘于此,取玳瑁大龟,蓄养于海边浅水处,以小树枝插水内围之,而不能去,余询其渔人为何处人,据言为文昌陵水县人,年年均到此处,趁天清气朗,乘好风,即来此取玳瑁、海参、海带以归。余询以尔船能盛淡水,粮食若干,敢以冒此险乎?渔人曰,我等四五人,食物有限,水亦不能多带,食则龟肉、龟蛋、雀蛋、雀肉、鱼虾之属,饮则此岛多椰子树,不致渴死。余告以前方有甘泉之岛,如往彼处,不忧无淡水也。余视其船内,以石灰腌大乌参及刺参一舱,皆甚小者。余问以海边之大乌参,有大逾一丈几尺者,何不腌之,渔人曰,内地不消此大者,因引余视海边之浅水者,有一大乌参,长丈余,色黑如死猪然,余以棍挑之,其肉如腐者,脱去一块,皮虽甚黑,而肉极白,但无血耳。不少动,以为其死也,一工人以十字锹锄之,又脱一大块,而此参乃稍行而前,真凉血动物也。岛上情形,与各岛相同,游览既周,名之邻水岛,勒石竖旗,而往他岛,均皆命名勒石。有名曰霍邱岛者,以余妹倩裴岱云太守为霍邱人也;有名归安岛者,以丁少荪为归安人也;有名乌程岛者,以沈季文大令为乌程人也;有名曰宁波岛者,以李子川观察为宁波人也;有名为新会岛者,以林瑞嘉分统国祥为新会人也;有名为华阳岛者,以王叔武为华阳人也;有名曰阳湖岛者,以刘子怡大令为阳湖人也;有名为休宁岛者,以吴荩臣游戎敬荣为休宁人也;有名为番禺岛者,以汪道元大令为番禺人也。尚有一岛距离较远,约六十余海里,其岛长二三十里,向名曰林肯,改名为丰润岛,以安师主持大事也。以天色骤变,不敢再为留连,恐煤完水尽,风起不得归也,四月二十三日鼓浪而行,历四十八小时,而抵香港,次日即回省,盖出门已将一月矣。将经过情形一一为安师述之,安师惊喜欲狂,以为从此我之海图,又增入此西沙十四岛也。所拾得之奇异各物,陈列于厅肆中,同寅中及士绅争来面询,余口讲指划,疲于奔命。所历各岛,皆令海军测绘生绘之成图,呈于海陆军部及军机处存案。此次之探险,以极旧行不过十海里之船,数百人之生命,付于林瑞嘉之手,实乃天幸,非尽人力可致也。

(说明)上列的撮要与第一例不同,偏重介绍,使阅者有非阅读本文不可之势。正文文笔清丽,趣味盎然,不失为叙述体的新闻记事。

"撮要"的种类,可分为五:

1. 以人(WHO)为主者,名为 WHO LEAD;

2. 以事(WHAT)为主者,名为 WHAT LEAD;

3. 以时间(WHEN)为主者,名为 WHEN LEAD;

4. 以场所(WHERE)为主者,名为 WHERE LEAD;

5. 以理由(WHY)为主者,名为 WHY LEAD。

"撮要"文字有具备五种要素者,亦有只具某一要素者,兹举例说明于下:

具备五种要素之撮要

时　间　十九日午后一时半

场　所　北山森林中

人与事　有青年缢死树上，为樵夫所发现

理　由　经警署调查，自杀原因为失恋

"撮要"写作时，应注意下列事项：

1. 以具备五种要素（即五W）为宜；

2. 文字写成一节，与正文各别；

3. 应写一段独立的、明白的、完全的新闻；

4. 应说明事件之发端与结局；

5. 撮要应有完全而有力的内容，不取空泛；

6. 力求简洁，不可用冗赘之字句；

7. 用平易畅达之文字，不可用术语或典故；

8. 注意撮要与标题之联络。

问题：

自作具备五W要素之撮要三种。

第十二章 "正文"的写作

新闻记事的正文(Body,即主体),写作时须将"撮要"中所述者详细重说,并将其他与主体记事有关联的事实附带说明。故新闻记事以"正文"的长短定记事的轻重。因此之故,分量轻微的消息,可不必用"正文"作详细报道之用,通常只以"撮要"的形式叙述之,此时的"撮要",与"正文"无异。此种简单的新闻记事,与一般新闻记事有别,名为 One incident story。重要的新闻,必须使"正文"完整,包含人、物、时、地等项的叙述,然后始能满足阅者的求知欲望。阅者对于一件重要新闻,常欲明了其原因结果,如报上的记载过于简单,阅者不免感到失望。此一事件的结局如何?起因如何?阅者均希望给他们一种详尽的报道。报馆方面为迎合读者的心理,不惜一切费用,以寻求充作新闻记事正文的资料。

"正文"既然是"撮要"的重述,所以也须顾到五种 W,用浅易的记叙文,记载新闻事实,记载的方法与文学作品(小说)迥异。小说可以有想像、虚构、细微的描写;新闻记事的正文,则应迅捷地把握事实的要点,以之传达于阅者。文学作品常将事实掩蔽,将"顶点"(Climax)置于最后(例如莫泊三的《项链》),而使读者缓缓吟味。但在新闻记事,必须将"顶点"放在前面,故二者在写作上的差别,有如下图:

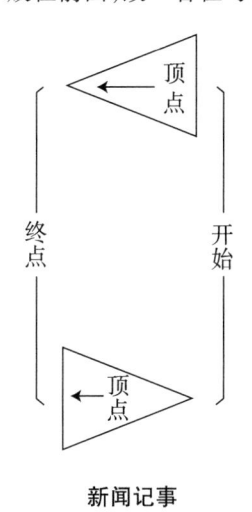

新闻记事

兹更以实例说明如次:

实在的资料——男女情死

1. 小说的写法

(1)青年男女相识的经过情形;

(2)彼等恋爱生活的过程;

(3)周围的人与彼等的关系;

(4)秘密怀孕与男子的苦恼;

(5)情死(顶点)。

上第一至第四不过为第五(即顶点)的说明或描写。假如全篇的叙述只到第三为止,就不成其为一篇小说,必须将顶点写出,然后才有价值。

2. 新闻记事的写法

(1)青年男女情死(即顶点);

(2)因为秘密怀孕;

(3)周围的人与彼等的关系;

(4)彼等相识的经过情形;

(5)彼等恋爱的过程。

新闻记事的正文,必先从顶点写起,使阅者一见即知发生者为何事。跟着阅者的脑中就发生了为何故情死的疑问。第二项的叙述可以满足阅者的要求,依着次序下来,第三、第四、第五各项可以解决阅者的疑问。现在假定写至第一、第二、第三各项,编辑者因为篇幅或字数的原故,而将其余两项割爱,亦不至于损害新闻价值。因为阅者所欲知道的要点,已经全盘说出了。此种方法,称为"倒金字塔式"(Inverted Pyramid Story)。

新闻记事的正文,如就文体区别,共有四种:即1. 讲述的(Narrative);2. 叙事的(Descriptive);3. 解释的(Expositive);4. 讨论的(Argumentative)。

凡普通报告原因结果的简单新闻记事(Spot News),属于讲述的文体(Narrative)。

凡记载集会、学校毕业典礼、军舰进水典礼的新闻记事,属于叙事的文体(Descriptive)。

凡记载新闻记者与要人的谈话,或科学上的发明,或其他科学新闻,属于解释的(Expositive)文体。

凡记载国会开会时议员的争论、公堂(裁判所)等,属于讨论的(Argumentative)文体。

新闻记事的主要目的,在于报告,故四种文体之中,以讲述的(Narrative)文体为最适用。电信新闻亦多用讲述体。

(例一)正文由电信构成者

中东路西段国际列车出轨伤人←正题

小蒿子附近路钉被人拔去 ←附题

车辆八节黑夜中颠覆起火 ←同上

死四人重轻伤三十余 ←同上

哈尔滨 十七日由哈尔滨出发之国际列车,忽于当日午后八时四十五分在小蒿子附近出轨,其机关车以及各等客车七辆食堂车一辆,均经颠覆,当时发生火灾,即时身死者四人,负重伤者九人,轻伤者三十人,黑夜出事,其悲惨迥异寻常,该项列车搭有日人旅客八人,在出事当时,虽未遭任何袭击,而颠覆列车当为义军预谋之计划,现尚在严查中。(十八日日联电)

哈尔滨 由哈埠开出之国际列车,于十七日晚在西部小蒿子附近发生颠覆惨案,兹查其牺牲情形如下,当场丧命者四八,内中二人为苏俄传教士,其他三人为商家,均属被火烧死，日本人之乘客计五人，一为海拉尔国际运输支店长野泽金太郎，又哈埠三井洋行分店办事员上由芳藏氏等，均负重伤，此外尚有上海法文报记者法国人罗兰斯氏，其面部受伤颇重。（十八日日联电）

哈尔滨 十七日午后三时由哈尔滨开往满洲里之第三国际列车，以全速力通过小蒿子站附近时，不知被何人取去线路大钉，列车于午后八时四十五分发一大音响，同时脱线颠覆，火车五辆被火焰所包，乘客疑被匪贼所袭，一时秩序大乱，旋知无匪，始稍镇静，其后调查，即死者俄人二名，满人二名，重伤者满洲里市政局长孟宪惠，国际运输公司海拉尔出张所长野泽金太郎，三井物产哈尔滨支店员小川顺直，外国人负伤者德人一名，比人一名，鲜人二名，俄人二名，其他轻伤者约三十名。齐齐哈尔得讯后，当夜十时由齐齐哈尔，十一时由哈尔滨，派出救援列车及医师多数，驰往现场，收容重轻伤者，东铁西部线常发生列车颠覆之事，其背后似有共产党为有力之活动。（十八日电通电）

哈尔滨 西比利亚通车，又被匪众扫劫，此次恐有重大之死伤人数，昨夜八时距哈尔滨西二十里处之铁路，被匪拆断，致有西行列车之机车及客车五辆倾覆，当即起火，哈尔滨、齐齐哈尔接得失事消息后，即派救护车前往救济，截至今晨，仍在救护中，车中虽无英美籍客人，但有来自天津之德人一名，及华南之法人夫妇二名，彼等之性命如何未悉。

（十八日路透电）

哈尔滨 西比利亚火车复遭匪暗算失事，此次死伤颇伙，现悉死俄人搭客四，又伤三十九人，其中有外人二，一为上海法文报著名记者兼任巴黎午报访员劳兰斯，除面部破碎外，且丧一目，一为天津德人名克拉末者，折一腿，任上海比使署秘书多年之哈勒夫人亦在车中，幸未受伤，搭客中无英美人。火车于昨夜八时四十五分驶至距哈尔滨西约二十里处，不意车轨已为匪拆毁，致机车与卧车五辆倾覆，餐车厨灶顿时起火，将诸车焚毁，幸邮件车保全，当局接讯后，急由哈尔滨与齐齐哈尔派救伤车前往失事地点，今晨救济工作仍在进行中。（按：失事之火车乃由哈尔滨开往满洲里者）（十八日路透电）

上例所用的文字为讲述体，直截明快，为其特色。访员拍电，力求迅捷，故文字不宜冗长，只以扼要为主。又因电信须经过翻译手续，为节省时间计，亦不能过于拖沓。对于电费的节省，尤其余事。

（例二）正文由复杂电信构成者

中常会推汪为四中全会开会式主席（正标题）

南京 中央十八日晨开一零六次常会，到常委汪兆铭、叶楚伧、居正、孙科，及委员邵元冲、王正廷、朱霁青等三十一人，叶楚伧主席，决议，(1)第四次全体会议开会式，推汪兆铭主席,并致词;(2)嘉奖讨逆海陆空各军将士;(3)中央执行委员会杨树庄,因病故出缺,遵照总章规定,以候补执行委员傅汝霖递补;(4)选任李文范为国民政府委员;(5)推戴傅贤出席下星期一中央纪念周报告;(6)其他例案。(十八日中央社电)

南京 四中全会已决定准期举行,昨经中央秘书处分别电促外埠各委员,即日来京,参与会议,闻在京各常务委员,以闽变虽告一段落,而外侮内患,在在堪虞,非集中群力,共策进行,不足以当大事,顷复由汪兆铭、蒋中正、陈果夫、居正、孙科、于右任、顾孟余、叶楚伧诸常委,电致胡汉民、冯玉祥、阎锡山、赵戴文、刘守中及在沪各中委等,略谓,四中全会决于二十日举行,业经中央分别电达在案,值此外侮侵迫日甚,内忧疮痍未复,切望我中央同人,共集首都,讨议新猷,俾国基得固,民族昭苏,是所至祷等语。(十八日中央社电)

南京 四中全会定二十上午九时行开幕典礼后,即举行预备会,推定主席团人选,及大会秘书长等,会后全体谒陵,午在励志社聚餐,二十一日为星期日,拟不举行会议,由各委互相交换意见,二十二[日]起开正式会,各方提案已收到二十余件,正由秘书处整理中。(十八日专电)

中常会昨决定提案

南京 四中全会二十日晨行开会式后,即在第一会议厅开预备会一次,决定主席团人选,大会秘书长议事规则大会会期推定各组提案番委等问题。会毕,全体中委齐赴总理陵墓谒陵,正午中执会邀全体中委,在励志社聚餐,下午主席团或集议一次,俾编制议事日程,商定大会主席轮次,二十一日因星期休会,二十二日开正式会,会期闻为五日,二十六日可闭幕。又中常会十八日已通知各委,请将提案于廿一日前交秘书处,以便转大会秘书处,列入议程,全会开会式日期决定,中央秘书处,除录案电告胡汉民、冯玉祥、阎锡山,及其他各地之中委知照外,复函达国府,饬各机关派代表,与会观礼,并通告工作人员,届时参加。十八日晨中常会散会后,各常委邀集中央各委会主任委员,集议对常会向四中全会之提案,作最后决定,中央党务工作报告亦审核蒇事,交秘书处汇集,闻常会提案内容重实际,不涉空泛。(十八日中央专电)

南京 居正云,四中全会时,中常会并无提案,如出席委员有关于过去事项询问时,常会可负责答复,本人对此次会议,并无成见,当以全体中委之意见为依归。(十八日专电)

全会出席中委人数

南京 全会定二十日开幕,截至十八日止,中央执委在京者,为汪兆铭、叶楚伧、居正、顾孟余、孙科、戴传贤、朱培德、邵元冲、朱家骅、张群、周启刚、陈立夫、陈肇英、覃振、石青阳、陈公博、甘乃光、丁超五、石瑛、孔祥熙、王正廷、贺耀组、马超俊、李宗黄、白云梯、王法勤、茅祖权、傅汝霖、张贞等二十九人。日内来京者，有蒋中正、于右任、陈果夫、吴铁城、宋子文、何成浚、王柏龄、刘峙、丁惟汾、曾养甫、王伯群、方觉慧、经亨颐、张知本、周佛海、夏斗寅、陈策、张惠长、邓家彦等十九人。来京否未定及不来者，有何香凝、李烈钧、柏文蔚、熊克武、程潜、刘守中、顾祝同、胡汉民、宋庆龄、何应钦、李文范、刘纪文、刘芦隐、邹鲁、桂崇基、陈济棠、李扬敬、余汉谋、林翼中、阎锡山、赵戴文、冯玉祥、杨杰、白崇禧二十三人。监委在京，及将来京者，为陈璧君、吴敬恒、张人杰、林森、张继、褚民谊、洪陆东、恩克巴图、李煜瀛、杨虎、张学良等十一人。来京否未定及不来者为蔡元培、邵力子、柳亚子、蒋作宾、王宠惠、李宗仁、许崇智、香翰屏、唐绍仪、谢持、萧佛成、邓泽如、张发奎等十三人（候补执监委从略）。（十八日专电）

四中全会开会程序

南京 四中全会已由中常会决定，廿日晨九时行开幕式，业推定汪兆铭致开会词，礼成，即举行预备会议一次，推定主席团及大会秘书处职员，议事规程等项，预备会散会后，全体中委即谒陵，正午由中执委邀全体中委，在励志社聚餐，下午闻主席团或集议一次，业由中央秘书处通函各中委各机关，暨全体工作人员知照矣。（十八日中央社电）

蒋委长将返京出席

南京 蒋委长以四中全会定二十日开幕,十八日由前方偕夫人宋美龄女士乘机飞杭,定十九晨飞沪转京,军委会接到行辕电告,谓蒋机过沪时,将略作勾留上午十一时左右当可抵京。京市党部以蒋剿匪讨逆勋劳卓著,特通知各区党部各团体,推派代表,届时齐集机场欢迎。(十八日专电)

南京 某机关接杭电,蒋委员长十八抵杭,订十九由杭飞京。(十八日专电)

南京 四中全会准二十日晨开幕,蒋委员长有十九日乘机返京说,京市各界拟热烈欢迎,已由市党部拟定欢迎办法,函各机关团体学校,派代表执欢迎旗齐往欢迎,并拟定标语六条如次:(1)欢迎劳苦功高的蒋委员长;(2)欢迎督剿赤匪勋劳卓著的蒋委员长;(3)欢迎戡平陈李叛乱的蒋委员长;(4)拥护四中全会;(5)拥护党国的领袖蒋委员长;(6)中国国民党万岁。(十八日中央社电)

各地中委纷纷晋京

南京 政息,宋子文、吴铁城、张学良,定十九日夜车,由沪来京,张将下榻北极阁宋邸,张出处问题,俟到京与蒋委员长,汪院长再作计商,即可完全决定。(十八日中央社电)

南京 中委兼正太路局长王懋功,十八日由平抵京。(十八日专电)

汉口 夏斗寅十八晚九时乘长兴轮赴京,出席四中全

会。(十八日专电)

出席公费定二百元

南京 二三届中央全会出席委员,均由中央拨发公费三百元,本届会期适值国难严重,经费困难,已决定将出席委员公费,减为二百元,俟各委到京后,即通知拨发。(十八日专电)

整理欠赋将有提案

南京 财部赋税司长高秉坊谈,财部对于整理欠赋,具有决心,至实施办法,业已拟有草案,部当局或将拟就提案,提交四中全会讨论。(十八日专电)

改革案无对人意味

南京 某中委谈,九·一八以来,外侮凭陵,国土损失四省之多,外交着着失败,政治日趋腐化,无可讳言,而国中分崩离析如故,一部分中委,确拟在四中全会中提出改革政治案,容纳各方意见,实行党内大团结,以冀挽救危亡之局,此项提议,纯为对事,绝非对人,至于外间宣传,某某部改组,某某将上台,未免言之过早,至于胡委员汉民,入京问题,亦视此次大会结果而决定,报载已派女公子胡木兰北上,全篇不确,粤三中委崔广秀、陈策、张惠长十七日乘昌兴公司坎拿大皇后号离港北来,十九晨可抵沪,或即转京,预备出席全会,至西南提案,系由崔广秀携带此上,闻系胡汉民诸氏所起草,经陈济棠加以修改者,其内容系参照胡汉民

氏八项主张一部分而成,至全会是否将该案全部列入议程,或有加留部分,则非至预备会时,不能预断。(十八日专电)

林主席或仍将蝉联

南京　中委谷正纲云,本届大会中常会并无总提案提出,惟关于三中全会以来之党务工作情形,中央常会在本会将有报告提出,又云,依照国府组织法,主席任期届满,本届全会对国府主席,确将改选,惟各方以林主席年高德劭,主张仍推崇其蝉联,西南各方且有议决,足见各方同志均推重林主席,故将来决不改换,至政府其他各院部会,个人判断,当无变动。(十八日专电)

财部拨发全会经费

南京　国府十八日令行政院,转饬财部,拨发四中全会经费六万四千三百元,财部已遵令如数拨发。(十八日专电)

军参院拟国防计划

南京　军事参议院对国防计划,拟有提案一则,正由各参议草拟中,将提出四中全会讨论。(十八日专电)

王法勤谈大会前途

南京　中委王法勤戴愧生由沪来京,王谓,此次全会本人不提案,本人所知,本届大会对现在政制,大致无所变更,最近各方面意见,均趋一致,预料所有提案,可望全体通过,又中委冯自由最近由平抵京云,在沪中委,除李烈钧、宋庆龄等,不克来京出席全会外,其余可悉数来京。(十八日专电)

宪法草案不及提出

南京 关于宪法草案,现正继续审查,尚有多种手续未经完毕,本届全会,不能提出讨论。(十八日专电)

上例在"中常会推汪为四中全会开会式主席"的正标题之下,包括电信二十一种。其分段标题有十三,即"中常会昨决定提案""全会出席中委人数""四中全会开会程序""蒋委长将返京出席""各地中委纷纷晋京""出席公费定二百元""整理欠赋将有提案""改革案无对人意味""林主席或仍将蝉联""财部拨发全会经费""军参院拟国防计划""王发勤谈大会前途""宪法草案不及提出"。文字亦为讲述体。

(例三)正文用叙事体者

青海塔尔寺之灯会
寺中最神圣者为讲康
供奉黄派首领宗喀巴
宗氏弟子为班禅达赖
每年来寺观觐者甚众
灯会举行时极为热烈

西宁塔尔寺,为西藏佛祖宗喀巴诞生地,每届废历元宵节,必举行礼佛观经及纪念宗氏之灯会,在大会前数日,全省僧俗,往来相率拜佛者,络绎不绝,五光十色,极一时之盛焉，兹将该寺现状及宗喀巴历史，与本届观经灯会种种详情，叙述如下，以饷国人。

塔尔寺位西宁南乡，相距仅四十里，每年除于元宵节举行观经及灯会外，并在废历六月六日，亦举行观经，虽系揽佛，每在会前数日，汉蒙商民，赶集货易，该寺附近，几无空隙，人山人海，蔚然大观。全寺之建筑，魁梧壮丽，为青海伟大建筑物之一，有喇嘛约三千五百六十余人，其宿舍皆演成粉白，围绕于寺内之四周，附近二百余里之土地，皆归该寺掌管，每年收入颇广，寺内珍奇宝物，价值连城，多为各地进贡，无形构成一博物院，估计者谓仅其不动产，可抵价庚子赔款有余，其富有可以想见也。寺中最为圣神者，即为讲康，讲康即佛教圣陵之意，外观极为美丽，分上下二层，上层周围以布幔围之，非大纪念日不揭去，两层均铺镶以金叶之瓦，最上层顶置有一美丽宝顶，系纯金作成，价值不可计算，佛教黄派首领宗喀巴画像与其肉体，均供置于"讲康"，上面挂一幅画像，即为宗喀巴用其自身之血液所绘成，据其在西藏拉萨传教时，因与其慈母分处两方，彼为释其母念，绘此像以给其母，暂作书信，考宗喀巴在明永乐十五年（即西历1417年）生于该寺，彼诞生后，其母埋胎衣处，上生一树，树叶肖佛形，人甚宝之，故又称宗氏为"宝贝佛"。距寺东南百余里之十族地方，临黄河有一寺，名曰沙冲寺，为宝贝佛削发虔修之处。沙冲寺规模宏壮，僧众约有千余户，汉番互市之重地,佛教聚会之中心也,其地崇山峻岭,林木森密,山似莲台,林似莲花,游历其地者,咸有徘佛不忍去之概。宗氏在该处修行后,即游历各处,学道于后藏札什伦布之萨加寺,彼时西藏各地僧侣,受朝廷优越待遇,腐败淫乐,放佚不羁,且不务正道,迷信魔术,深入歧途,宝贝佛警惕之余,就宣誓改革宗教,入大雪山,归修梵行二十余年,道成,藏民极为信仰,因别立一宗,排幻术,禁娶妻,改服黄色衣冠,是为黄派佛教,而与旧时之教徒服红色衣冠者有别矣,教徒皆通大乘,尚苦修,学行卓然,出红教徒上,黄教遂盛行西藏。至明成化十五年(1479年)宝贝佛圆寂,有大弟子二,一名班禅喇嘛,一名达赖喇嘛,译言光显也,相传达赖为观音分体之光,班禅为金刚化身,在印度已转身,分骑前后藏之拉萨及扎什伦布,为黄教徒宗主,宝贝佛既禁娶妻,故别创一续嗣法,谓班禅达赖喇嘛,肉体虽死,其精神仍附人体,世世不灭,辗转出现,为呼毕勒汉(意即化身)掌握教权等,盖以漠北诸部,所处僻远,不得亲承宗喀巴故也,讲康俗称大经堂内有宗喀巴之造像,高五尺余,为纯金制成,颇为辉煌庄严,像坐于一构成精巧高八尺余之宝座上,像前之供器,亦皆为金银所铸,神灯数百,无一不闪烁光亮于宗氏之前,映照于其像之下,灿烂光辉,令人目不敢正视,宗氏宝座前之木板,因其已经过众信徒之叩头膜拜,木板上已摩擦有寸余深的凹痕,闻每年由西藏、蒙古、甘肃、热河、察哈尔、绥远等处来寺观觑者,几无虚日,甚至有千里外,手掌套护木板,伏地叩头来寺者,其诚心可见,至所谓观经,于二十八日(废历元月十五日)上午全寺僧众,举行观经礼拜跳舞,番乐齐奏,先有小僧数人,全身裹以白布,只漏两眼如猴状,出而跳舞,数十僧人头戴各种兽类面具,奇异衣饰,握叉执戟而舞,与舞合拍,大有西洋跳舞风味,至游人进香者,则必在门首以铜元数枚,购酥油铜灯,以手执之,由左而右,盘桓数匝,然后将灯仍还原位,亦有购后燃献于佛像之前,万人拥挤,紧张极端,该寺有黑衣喇嘛,手执皮鞭,充临时警察,以维持秩序。是日晚间灯会,专系为纪念宗喀巴氏,以无数花样之酥灯油搭成巧妙灯架,极为美丽精致,第一层系前藏拉萨之全景,其下为一两手伸出,盘坐法台,慈祥和悦之大佛像,其他佛像花卉、山水人物,等等,栩栩如生,脉脉含情,均拱卫四周,照耀如昼,西藏艺术之高妙,与佛法之无边,游人无不引领神往,执行灯会之祭礼时,有黑衣喇嘛一群,先行开道,大批喇嘛捧藏香、祭物等随行。后有一喇嘛,手执一玉制之圭,其两傍有二喇嘛各执火把,其后供宗喀巴的化身,大众行至酥油灯架大佛像前,庄重恭敬跪拜,礼毕,酥油灯是时亦行融化,数万人围睹景像,大典亦于是告毕。

上例叙事详明,取材富于兴趣,极合现在报纸登载之用。凡正文用此种方法写作,必须注重全部事实之焦点,本文的焦点为塔尔寺,寺中最神圣之处所,寺中供奉之佛像如何人,其弟子为何人,到寺内觐观之盛况,灯会举行时之详情,记者对于材料之焦点能明确把握,叙事始能扼要,且有条不紊。

(注意)记载社会新闻的"正文",可参看本讲义第一四〇页至一四六页,为避免重复计,兹不重举。

关于解释文体之例可看本讲义第一五九页至一六三页。并参看《通信练习》讲义第一四五页至一五〇页,又一三〇页至一三一页。

讨论式的文体在现代报纸上用处甚少,故不举例。

问题:

试就第三例,指出其中所含之五 W。

第十三章　混合编辑

铅字应用得法,可使纸面调和整齐。纸面可分二种:

1.英国式——有固定之地位,铅字高雅,纸面整齐,纪事依照新闻分类来排列。

2.美国式——以煽情主义为主,把新闻价值最高记事,放至头上,字码甚大,在使读者看了而生印象,但闻亦有采用英国式者,如 *Chicago Daily News*、*Kansas Star*、*Washington Star* 各报的读者是固定的,无须再用新鲜化样去吸引新读者。

固定读者多则用英国式较好,若固定读者少则用美国式,以便吸引临时读者。现代新闻多采用混合编辑,就是把各种不同的新闻记事混合统一起来做成纸面。

新闻记事有软硬两性之区别,混合编辑则把二者混合起来,英国报纸主张割据主义,把软性新闻放在软性栏内,硬性新闻放在硬性栏内,割据主义不方便之处颇多,例如某政治家被暗杀,此种记事可由两种观点来写:一由政治方面,二由社会方面。由政治方面写是为硬性，由社会方面写是为软性，写硬性方面的注重政治家个人，写软性方面注重于暗杀的事实，若把软硬二性分开，纸面便不经济，读者的时间也不经济，由此看来，非采用混合编辑法不可。

新闻记事登在报上是以整个社会为主体，办报者的内部组织非常复杂，不能统一及连络，要统一连络也非用混合编辑不可。组织统一的机关叫整理部（Make-up Editors）。若不采混合编辑则整理部亦等于无用，例如失业问题，本是普遍现象，此问题一发生，各处通讯员均有关于此问题之报告，约可分为——

1. 外埠；

2. 电报；

3. 政治方面观察；

4. 社会方面观察来写。

以上四种报告整理部可把他（它）分别整理，把各处寄来相同的新闻集中一处。

办报的目的在提高社会文化事业，故应先提高读者的智识，大多数读者对硬性新闻不大注意，欢喜看软性新闻，特别是中国的读者，这种现象是畸形的。办报者若使读者对软硬两性新闻，同样注重，就非采用混合编辑不可。此法可以打破国民看报的恶习，同时可以使读者知道政客的言论，市井的言谈，大群人民死亡，火山爆发等事，均有同等价值。

实行混合编辑后，报馆方面组织可以单纯化，记者写稿时同时可以采用几种不同的观点之外内勤记者之职责亦已一样了。例如写上海小学教员之待遇问题,记者可用两种观点来看,一由政治观点,即国家教育部注意之事,若待遇不好则教员之生活不能解决,亦可视为一种社会问题,此二点同时登载出来,则新闻价值更能显著,有价值之新闻可排入重要地位。中国报中的经济,教育,尚另排一栏,因一半系副刊性质之故。例如公债、商情,均不能列入新闻栏中,只能视为附刊。

采用混合编辑法以后,编辑部应设"整理部",担任"编辑整理"(Make up)的工作。

编辑整理时,应该注意之事项有六——

1. 选择;

2. 取舍;

3. 排列;

4. 标题适当与否;

5. 拼版;

6. 校正。

编辑整理为编辑最后之程序,各报馆之方法不同。在英美有News Editor or(或者) Make-up Editor 担任。多半用一圆桌子,大家坐在一处共同来做。关于编辑整理之原则,举例如次:

1. N. J. Radder(*New York Times*)之说

(1)新闻记事与事实无差异(与调查部及整理部协作)。

(2)勿构成诽谤罪(在公堂未判决以前报纸不能下断语是犯何罪,犯人可以提起公诉的,例如"党被捕"等,均不合法)。

(3)看错字。(在欧洲 17 世纪时,1632 年英国出一部圣经《出埃及记》中之十□□第七诫为不要奸淫"Thou shall not comit adultery"中,竟落了一个 Not 字,永久传为笑话,称为"Wioked bible"云)

中国字常有很多印错的例,如——

尼姑——屁姑　姿态——婆态

大使——大便　娘娘——狼狼

白刃——自刃　失败即成功之基(正)

殿下——欧下　失败即成功之墓(误)

(4)新闻价值判断有无错误。

(5)文法、句法、造句、用语,有无错误。

2. Bleyer 之说

(1)使纸面重要消息平均。

(2)使内容不同的消息易于找寻。

(3)整个纸面引人注目。

(4)有兴趣新闻应放在前面(美国式编辑法)。

问题:

上海各报,已采用混合编辑法者,共有几种,试比较其优劣之点。

第十四章　硬软两性新闻的编辑方针

讲到硬性新闻与软性新闻的编辑方针，我们应该用美国报纸做参考材料。美国的报纸有的偏重硬性新闻，有的偏重软性。例如 New York Times 就是注重政治、外交等硬性新闻的第一流报纸。当欧战结束时，和平会议消息，异常秘密，不易得到，而 New York Times 的记者跑到一家印刷店里去抄全文，一面则打电报，他用巴黎全市廿四家电报馆来打全文的电，在巴黎和约未公布之前，美国报纸已经把全文登出来了。有人说该报的记载漫长，但他们始终不改其方针。美国芝加哥之 Chicago Tribune 亦注重硬性新闻，但简洁而不长，且注意趣味性，第一张为论说和漫画，二者都注重 Feature Story（特写）。

美国 Hearst 系之报纸多注重软性新闻，如 New York American、Chicago Herald and Examiner、San Fransisco Examiner、New York Evening Journal 等报，以挑拨、夸张、诱惑、惊异为软性主材，即写硬性新闻亦用软性去写，Hearst 系为美国报界大王，大主笔为 Brisbune，薪金数十万元，为全世界记者薪俸之最高者。某教育家曾经调查三个月内美国注重软性新闻的报纸，所登事件如次：

1. 有关风纪的新闻，有三千九百件；

2. 不健全的记事，有一千六百八十四件；

3. 不平凡的记事，有二千一百件；

4. 有价值的记事，二千九百件。

但第4之新闻不过占百分之卅而已。

在 Boston 的 Christian Science Monitor 报与 Hcarat 系报恰好相反，凡不道德与影响风俗者，一律不登，但他的"邮讯"栏"Mail New"甚佳，对外交、产业、国际贸易特别注意。

在1923年4月2日至28日，华盛顿开美国第二次新闻记者大会时，大多数人主张采用伦理运动，它的要点是：

1. 新闻记者责任；

2. 新闻记者要独立；

3. 新闻记者要诚意；

4. 出版自由；

5. 公平无私；

6. 正大光明；

7. 端正。

以上七项，可以补救软性新闻之缺点。

我国报纸，为政党办者多偏重宣传，利用新闻政策。此外的报纸多为营利，无主张，亦无主义，我们不愿此二趋势长此下去，应为民众服务，现在应注意之点，一为边疆问题，[一为]国际问题。在中国仅有路透与哈瓦斯二电讯社,是不够用的,最好方法由报馆委托留学国外之中国留学生做通讯员,有华侨之地则委托该处华侨学校之教员为通讯员,此□凡城市自治团体成绩昭著而富有朝气者,及农村破产、经济恐慌、建设消息,均应注意,作为硬性新闻之质料。

"经济"一栏,亦为硬性新闻,应注意下列各点:

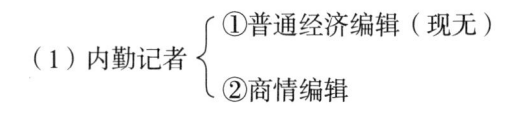

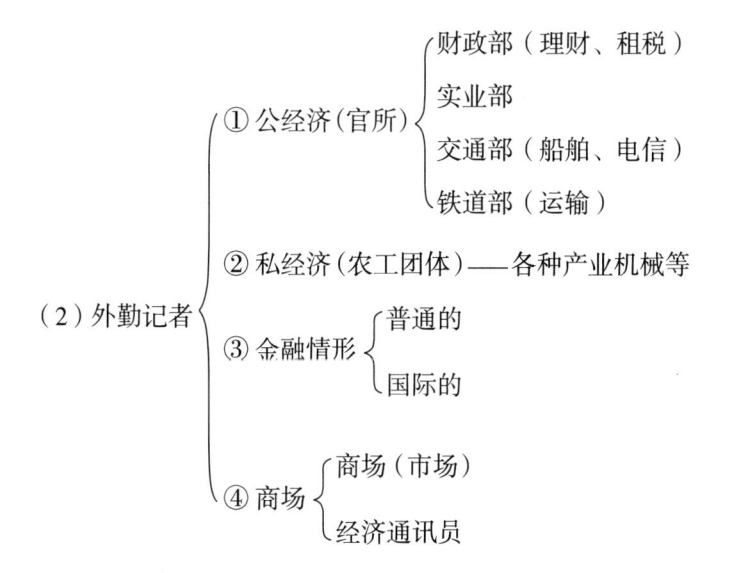

（1）内勤记者 ①普通经济编辑（现无）
②商情编辑

（2）外勤记者
① 公经济(官所) 财政部（理财、租税）
实业部
交通部（船舶、电信）
铁道部（运输）
② 私经济(农工团体)——各种产业机械等
③ 金融情形 普通的
国际的
④ 商场 商场（市场）
经济通讯员

编辑软性新闻时,我们要提倡伦理运动。

新闻之伦理运动可分二点:1.在编辑上;2.[在]广告上。

记者对于"伦理化"应注意之点,列举如下:

1.记者须有信念,须有做人的宗旨,不可视人生为儿戏,须有严肃之态度。现在的社会是病态的社会,染这种病的人很多,记者看见这情形,对于一般善良人类受其威胁,须采取外科医生之态度。

2. 记事或调查,务求确实,不受金钱之诱惑,若颠倒是非,则犯诽谤罪名。对淫奔、自杀、饿死等消息,须注意事件之本身及其背景,不可嘲笑。例如街上有饿死的人,一定是慈善医院,或警察办得不好,才有此现象,现在的报纸,对此等记事多未注意。

3. 注重责任观念与尊重他人之人格,例如记者摘发秘密、暴露事实时,应负完全责任。

4. 选择标准提高(对中国社会而言),登载麻醉之新闻,对于教育有绝大影响,强奸一类之消息应减少,最好改"强奸"二字为"凌辱"或"侮辱"。

我们为使新闻大众化,所以软性新闻不得不登,但须改良,文字的应用尤须注意,外国采取软性新闻有通报员,并非靠做记者为生的,例如火车站之警察,马路上之巡捕均可充任,并不是要他写文章,只要事情发生时报知报馆便可以了。

软硬二性共通注意之点:

1. 文字方面——欲使看报人一看就懂,不费脑力,一方面对民众教育有一贯目的,须编一本《新闻常用字汇》或《新闻上所用之名词》,约三五千字,如此则可避免许多艰深的字,且系用白话之初步,在日本已做此种工作,文言与白话并用,在中国尚无。

2. 记事中勿加意见——在体育新闻中最常见,若记者自加意见,足以影响读者的判断,与销路亦有关系。

第十五章　副刊编辑

副刊之价值与新闻相同,盖可满足读者之欲望,完成新闻之文化使命。

副刊分学艺、家庭、妇女、儿童、无线电等栏。

(一)学艺方面[的]有:

1. 长篇小说

2. {文艺评论
　　演剧评论
　　美术评论
　　音乐评论
　　电影评论

3. {一般文化的纪录
　　学术消息
　　世界新闻

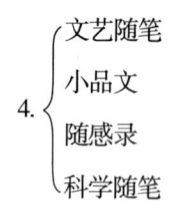

4. $\begin{cases}\text{文艺随笔}\\\text{小品文}\\\text{随感录}\\\text{科学随笔}\end{cases}$

（二）家庭方面的有：

1. 女性问题

2. 儿童漫画

3. 科学智识

4. 育儿卫生

5. 大众医学

6. 消费经济

7. 生活改善

8. 海外妇女

9. 思想问题

10. 妇女解放

11. 女校运动

12. 社会人生观

13. 流行品批判

凡任副刊编辑者，应在编辑室中张贴下列之表格，用以登记各种性质的稿件，此表对于稿件的安排，请作家写稿时，均有用处。

类别＼日期	长篇小说	文艺	演剧	电影	美术	音乐	学术	世界新闻	小品文	科学	随感录
×月×日星期×	×				×				×		×
×月×日星期×			×			×				×	
×月×日星期×		×		×			×	×			
×月×日星期×	×				×				×		×
统　计											

类别＼日期	儿童	女性	医学	流行品	海外妇女	女权运动	育儿研究	漫画	人生观	妇女解放	其他
×月×日星期×				×				×	×		
×月×日星期×			×		×						×
×月×日星期×	×	×			×	×			×		
×月×日星期×				×				×	×		×
统　计											

(注)表中×符号表示此类稿件已经收到。

问题：

试批评上海各报副刊之编辑法及其内容。

第十六章　地方版编辑

纸面可以分为二种：

1. 市内版——供给报馆所在地之读者；
2. 地方版——供给报馆发行地以外的读者。

地方版有二大要点：

1. 提早编辑印刷时间，可以早些送至附近城市；
2. 特编一版或二版，附在本报内在一定区域内发行。

以上二种之共同目的，在扩张自己报纸之销路，又可侵略该处地方之报纸，如苏州杭州等地（上海《申报》和《新闻报》曾办过杭州地方版）。

考地方版发行的历史，当推英国，最早的地方版为1895年之 Manchester Guardian。伦敦方面之 Daily Mail 的地方版为推至英国北部及法国巴黎等处。又 Daily News 也发行英国中部之地方版。

美国最著名的报纸为 Chicago Lribune，他（它）的销路在 Illinois、

Wisconsin、Indiana、Michigan Iowa、Ohio、Minuesota 等州特多，在前年 1932 年之晨报为 778000 份，星期为 1255000 份。它的地方版分三种（连市内版在内）：

1. City 市内发行者

2. Suburban 近郊发行者

3. Country 市镇发行者

该报晚报的编辑最忙，因早上到晚上要编七次，第一次印好后送至最远的都市去，送出以后若有新消息发生时，那么第二版中便须插入去。

在纽约的 New York Times、New York World、New York lerald Tribune 等报均提早出版，采用第 1 种方法。

地方版不可办成官报或半官报式之报纸，编辑上应注意"有地方性"之新闻为主，须采用与该地人民有利害关系的消息为上。

有地方性之新闻如次：

1. 地方上之各种会议；

2. 地方上之各团体消息；

3. 关于市镇、乡村之各种报告；

4. 农工的活动情形；

5. 农作物生产；

6. 地方金融（银行）；

7. 农工纠纷；

8. 地方演说会及风俗的集会；

9. 要人之来往；

10. 学校消息；

11. 蚕丝、肥料价格及贩卖情形；

12. 学校运动；

13. 军队来往。

目前中国之地方版应特别注意者为：

1. 农村恐慌之一般状况；

2. 江浙二省副业（养蚕等）没落状况；

3. 租税状况（人民纳税情形，有无反抗等情形）；

4. 农产物价格暴落之原因何在。

问题：

试估定下列地方版新闻之价值：

1. 某县大雪。

2. 某县人民反对县长。

3. 某地银行成立。

4. 某地绅士受表彰。

5. 某地人民要求免租。

6. 某县农人无法完债，自缢屋中。

第十七章 评论

报纸有二大功能,一为报告消息,二为舆论机关。

报纸在幼稚时代,仅当作舆论机关,Mr. Shuman 在他的《实验新闻学》(Practical Journalism)里曾经说过,美国之独立宣言在 1775 年 7 月 4 日发表后,若报纸为报告消息者,即应当时即登载,但《纽约报》过了十天才发表,在波士顿之《波士顿报》过了廿天才发表,可见昔日报纸之注重舆论,而轻视报道。

评论是否即能代表舆论,尚属一疑问,先有社会后有新闻,评论须得大众之拥护,始能代表舆论,但在中国则没有这样的报纸。

报纸评论起源于何时,已不可考,在 18 世纪时英国有 Mist's Journal(报名)中有 "Letter Introductory" 一栏,刊登长篇论文。在美国 1728 年有 Boston News Letter 报,亦有时评,写评论者称 Editor,是为"评论"之嚆矢。

评论为思想的产物,思想以智识做基础。评论须有丰富之思想,否则即无感化力,评论做得不好,可影响报纸之销路。同时评论为人格之表现,"文者人也",故写作者之人格高,其文章亦高尚,凡人格有缺点者,亦可由文章上看出来。

写作上的原则——材料应以新鲜的 Current Topic 为主,用解说的批评,指示读者,取材的原则虽为时事问题,但应该把范围扩大,也可以取材于科学、文学。

写作的注意——写作评论应有两种观念:1.新闻的立场;2.社会的立场。写某一事实时,亦须有二种观察:1.综合观察;2.部分观察。第1种又叫鸟瞰态度(Bird's eyes views),即先考察事实的来源、现象与未来进展,把各种事实都注意到,此又称综合观察,无论何报纸写评论均不出此二法。须此二种方法可以并用,若仅用部分观察则范围不免过狭。

美国新闻记者 Harding 对时评举出六个要点:

1. 对一切问题,须看事实的两面;(有好处亦有坏处,有赞成者亦有反对者是)

2. 确实可信;(注意道德方面,与报馆信誉有关)

3. 记者因主观太重,偏见难免,故取材宜慎;

4. 高尚、公平、宽大;(即道德要高尚,气量要宽大)

5. 人性本善,须使被评论者有退步余地;

6. 政治评论,对各党派须一视同仁。(注意新闻的立场)

评论可分为社评与时论两种,社评代表整个报馆,由编辑部聘请各种专家,组织"评论委员会"轮流作稿,稿成后,用"不署名制"发表。时论多为长篇论说,并不代表报馆的言论,由作者个人署名发表。

问题:

1. 剪存各报有价值之评论。
2. 比较各报之评论,试批评其意见及文字上之优劣。

第十八章　采访

新闻记者职务上与他人会见,新闻学上称为采访。其目的在搜集新闻,写作记事。英国新闻记者 O. E. Russel 说,要克服这采访的困难工作,记者必须有比常人超越的智识,亦须机警,须培养人性,热心研究人间生活、事务,而且对于一切事物,须有兴味,始克胜任愉快。

"采访"分为人物访问(interview)与采访事件。分述如下——

一、人物访问

英记者 Alfred Baked 说,采访是用一种文字去描写他人的工作、意见、境遇及与某人有关之著名事件,在描写时应该忠实圆满。

美记者 Harace M. Swetland 举出十条采访法:

1. 要求会面时,须与对方约好一准确时间;

2. 在会面时须预先调查对方之人格、经历、学术思想、在社会上之地位及其兴趣;

3. 预先准备会见时应发问之项目；

4. 警戒记者勿取便宜,即不要期待对方供给之情报(如印定之新闻),须靠发问得来的消息；

5. 提出之发问问题,须得要领；

6. 发问时勿太率直,须委婉曲折；

7. 缓图(若对方常顾左右时,则不宜再问)；

8. 注意礼貌、服装,切忌争辩及否定对方之说话；

9. 统计与数字材料,未发表前最好送给发言人先看一过；

10. 勿久坐,完毕后即可告辞。

美国新闻学者 Bleyer 说,美国新闻记者之采访共分五种方式：

1. 直觉的会见(Interviewing by intuition),如在车站遇见要人,作一简单之谈话是；

2. 反语的会见(Reversible interview),即与对方谈话时,故意说反面的话；

3. 承虚冲撞发问(Wooden interview),即经记者诈问之后,对方之消息,不觉冲口而出；

4. 现成的文件(Prepared interview Statements)；

5. 鼓吹的访问(Inspired interview),即对方招待新闻记者,记者应约而往。

上述三氏之言,实为人物访问之要点。

二、事件采访

事物(件)采访可分为突发新闻之采访与预定新闻之采访,兹先述突发新闻之采访。

(一)突发新闻之采访

突发新闻之新闻,大别为二种:1.遇险;2.灾害。

灾害分火灾、地震、洪水、风暴、爆炸、海滩、火车、飞机、汽车、电车之失事等。采访时应注意之事项:

1. 死者数目;

2. 伤者数目;

3. 死者伤者之姓名、住址、年龄,英文报则另设一栏,例如——

```
TROLLEY CRASH VICTIMS
        THE KILLED
     MAME NAME NAME
     NAME NAME NAME
       THE INJURED
     NAME NAME NAME
     NAME NAME NAME
```

4. 显著之人物和地名;

5. 损失数目与性质,全部或一部分;

6. 财产损失或破坏(动产抑不动产);

7. 原因与责任;

8. 各方面的调查研究;

9. 预防同样事件发生之意见；

10. 事件可能的或实际的结果；

11. 此次事变中有无特异之事件发生；

12. 救助情形,有无特别英雄之行为 Heroism,可以大笔特书者。

△登载遇险新闻之目的：

1. 使看报人知所预防；

2. 使看报人引起同情心(在我国尤应特别注意)；

3. 鼓励英雄行为及其他道德。

△犯罪亦属突发性之消息,采访时应注意事项如下：

1. 生命受害的危险程度及数目；

2. 被控犯罪者之姓名；

3. 嫌疑被捕者与证人；

4. 受害者之姓名；

5. 证明犯罪者之线索；

6. 原因、动机、责任(已知者或可测度者)；

7. 损失的总数或性质；

8. 犯罪时所用的方法；

9. 防止同样犯罪的测度。

△登[载]灾害新闻的立场和目的,有三：

1. 记者须明是非曲直；

2. 预防；

3. 引起他人的同情。

(二) 预定新闻之采访

记者须认清楚消息之来源,若非突发性,必属于预定新闻。可以采集预定新闻的机关甚多,下列即其一例。

1. 政治中心;

2. 消防队;

3. 验尸所(Coroner's Office);

4. 卫生局(Health Department);

5. 登录局(Recorder or Register of deads);

6. 地方监狱;

7. 财务局;

8. 知事公署;

9. 刑庭、民庭(公堂新闻);

10. 遗产管理处;

11. 破产判断处;

12. 房屋检吏(Building Inspector);

13. 公益委员会(Public Utilities Commission);

14. 航业所;

15. 学务处;

16. 慈善总会;

17. 商会与交易所(Board of Trade and Exchange);

18. 旅馆;

19. 总商会(Chamber of Commerce)。

预定性新闻如为"年中行事"（即集会、开审、祭祀等），报馆编辑部早已将它列为一表，挂在编辑室内，届时派遣外勤记者，前往采访。外勤记者的职责就在于跑腿(Run)和制稿。《申报》的采访部由主任负责，采访记者分布于"公堂"，"市政府"，"交通机关"（例如火车站）各地，猎取消息。

问题：

试选某日《申报》之社会新闻，测定其来源。

第十九章　新闻发行

一、生产与消费

生产与消费有互相之因果关系,故消费与生产须保持平衡。新闻幼稚时代,为预约的生产,即有多少人看报,即印多少份报纸。自欧洲产业革命,资本主义发达后,新闻即变为大量生产(又称市场生产与预想生产)。报纸发行应注意之点列下。

1. 保持信用。(1)避免虚伪的消息;(2)拥护大众利益,使报纸成为大众之安慰者。

2. 新闻形式。(1)使纸面整齐;(2)不用有颜色的纸张;(3)铜版须清楚;(4)广告艺术化。

3. 定价适当。

4. 注意发送方法与用人。

5. 资本充足,设备完全(例如资本雄厚可用飞机运送报纸,或用大型机器印刷）。

二、发行方法

1. 中国方面

（1）直接送至消费者；（2）发行之分馆；（3）发行代理者（如香烟店）；（4）报贩。

2. 英美方面

在交通发达之地，如地下铁路、公园、十字街头、剧场中设卖报台，多无人管理，买者把钱放至桌上即可取报一份。

3. 法国方面

有贩卖公司 l'agence Hachette，对各报馆均一视同仁，由公司设分销处，名叫 Kiosque，设置多少分销处，则看人口多少而定，公司可向报馆取佣金。

4. 日本方面

用英美方法，法国方法正在采用，日本正式订户多，而少浮浪读者。日本报纸销售的收入与广告费一样，有人筹办一大报纸代送公司，定资本一千二百万元，目前尚难实现。

三、发行政策

须有多数之消费者，报纸始有生路。消费者少，报馆即患贫血症，一方面须维持旧订户，同时又须获得新订户。

发行之政策有二——

1. 经济要素

注意报纸发行地是否为城市,人口之密度如何,职业状况,生活程度如何。若系工商业之报纸拿到农村去卖,便无销路。美国 Hearst 办 Chicago American 时,目的在销至平民阶级去,仅卖三分,同时有 M. E. Stone 办的 Chicago Daily 是销至智识阶级的,定价仅二分,而销路反不及前者之多,此即因前者曾研究上述经济要素之故。

2. 社会要素

对读者之态度应加注意,对某区人民平日信仰、宗教、政治与教育等观念亦须详细研究。

四、发行份数的增量

"销数"为通用的术语,亦即发行份数。发行份数的增加有两种:

1. 自然增加(亦无方法,由编辑、经营广告各部努力所致)
2. 人工增加(用补助手段)

美国报馆采用劝诱制度 Solicitation,美国 Indiana News 发行部主人之劝诱规则如下:

1. 注意送报工具(如车、飞机等);
2. 每日由报馆派人出外访问未经定报人家,至少须至三处;
3. 注意报馆派出之送报人之举动;
4. 为订户服务;
5. 须亲切和蔼;
6. 收费正确,避免争论;

7. 注意空房子(送报者见有人迁入空屋时,则须送报给他看);

8. 注意旧订户之迁居。

美国 *Daily Mirror* 又常常利用机会,推销其报纸。当足球季时,在报上悬赏,预测胜负,得中者有奖金。美国世界日报(*New York World*)用 Coupon 制度,报上刊印印花,看报者可以剪下保存,到了指定的数目时,便可换取日常用品,称为 Premium System。这些例子可供我们的参考,但是报纸正当的发达,是自然的增量,人工法只可补助,若认为非用不可,那就错了。

美国有智识份子组织团体,它的目的在拉名家稿子,供给各报馆的作品,例如通俗科学智识、健康卫生问答、家庭经济、漫画、运动、特别经济通讯等稿件。有的报馆利用他们的稿子,借以推广销路。

五、发行部之职责

1. 在训练本部职员,组织须完善。发行部主任应注意之地方:

(1)在发行区域内,分配劝诱人员;

(2)订户是否因为新闻有特长所以定报;

(3)训练职员(特别在行为方面);

(4)用科学方法统计发行份数,用表格表明之。

2. 研究与本报竞争的报纸,注意他人之长,觉察自己的短处。

(1)使读者来信批评,以便改良;

(2)注意订户中止之原因,须作统计;

(3)注意新订户之增加,亦须作统计;

(4)研究各报(同一地方)的贩卖份数,以一天为单位;

(5)调查各报送报之方法;

(6)叫卖者及分销处(如上海之香烟店)之统计。

3. 对订户之各项注意。

(1)送报人须于规定时间内送到,可用回单,请订户写明几点几分钟收到;

(2)使送报人熟悉配达路线,及竞争各报之配达路程;

(3)读者的希望,须由送报者使之满足,注意订户指定放报之处。

其他应注意之事项如下:

1. 发行部的支出须简单,用款不可过多;

2. 编制订户名簿,此为最重要而又最难办理者。在美国采[用] Card System。书报之销行与订户簿有密切之关系,宜守秘密。

六、发行部与读者之连络方法

各部职员须热心诚意,使读者与发行部切实联络。例如征求读者对报纸内容形式的批评,亦为最好的方法,问题如下:

1. 印刷方面满意与否?

2. 对刊登照片,凡印象佳者可列举出来。

3. 喜欢何种长篇小说,何种性质,为何喜欢?

4. 文字中之插图(美术作品)你喜欢谁人的作品?

5. 对一般记事有何意见?

6. 对于报中的记事与小说,有无意见?

7. 对各种附刊有何希望？

8. 经济新闻，看得懂么？要如何改良，始看得懂？

9. 对报中漫画有何意见？

10. 运动记事照目前的登法满意否？

上列十问，可用卡片，留开空白给人填上，交送报人送给订户，征求回答。

发行部对订户之减少，须随时调查其原因所在，可分：1. 读者本身变故；2. 迁居；3. 生活变化；4. 其他。若报纸原有一百份，现忽减至三十份，则报纸必有不健全处。

如欲增加订户，可用劝诱员劝诱，有一次美国 *Editor & Tublisher* 征求如何始能使报纸销路扩大的方法，Kansas City 之 *Star* 报主张用劝诱员劝诱。此法同时可以防止减少。此外有几家报馆的方法，殊为可笑。例如 Marked Copy System 者是。即向自治公所去调查本地有无人家生孩子及造房子，把该消息登在报上，刊出之后，以一份用红铅笔划出，寄给生孩子或造房子的人家。他的用意无非欲博他人之欢心，使该户订阅报纸。还有报馆获得某人组织新家庭时，报馆把印好的祝词送上，由报馆主人署名，如此可得新订户，在中国则无此种风气，故不能采用。

七、表示发行份数的方法

新闻学上称销数为 Circulation，调查销数的方法如下：

1. 一年内报纸发行增减之程度；

2.元旦日之份数(以五年或十年为标准);

3.农繁时期份数,因此时读者减少(中国不适用)。以六七月为标准,看最低份数,有若干;

4.某日的份数(每月平均数);

5.某月的份数(每年平均数);

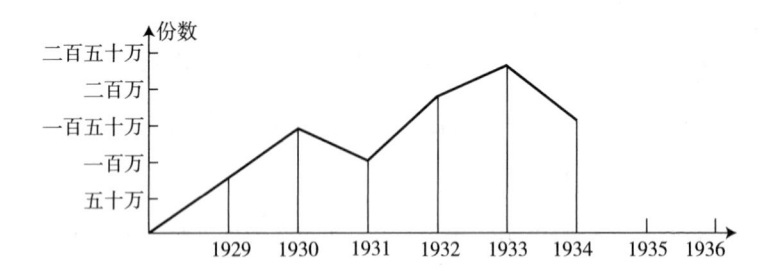

6.自称份数 Claimed Circulation,即不实在的份数。此与广告主人有关,因广告主须见报纸销路大,才肯登广告。美国广告主有 A.B.C.的组织,专门调查报纸销路,原文为 American Audit Bureau of Circulation。报馆亦可派员参加,公平无私,此种制度,始于1913年。A.B.C 的构成如下:

1.广告主人协会;

2.广告代办者或广告公司;

3.出版业主人。

选举职员时,广告主人占执行委员名额大半数。故报馆不能蒙蔽广告主人。

广告主人亦可用简单方法计算"自称份数"是否准确。例如在元旦日某报自称销数为440000份,广告主人先查该报之分销处若干,送报人若干;订户则可在报馆内调查之。

例如分销处有一百五十所,分销人员每处平均八人,每人送报200份,则——150×8×200＝240000份。自称份数440000,若照自称份数销处应有440000÷(200×8)＝257所,若照自称份数送报人应有440000÷200＝2200人

此外如美国 *Hearst* 报纸,他们在报上登出每天发行份数,今天的报登昨天份数,实为取信读者的好方法。

问题:

调查我国都市报纸的发行方法。

第二十章　结论

研究新闻学务求理论与实际工作并重,理论求其精深,实际工作求其熟练。我国报纸尚在幼稚时代,如没有精深的理论,便不能促进报纸的改进;其次,我国新闻记者虽能担任实际的工作,但在技术上还有不少的缺陷。本科讲义的目的有二:1.介绍新闻学理论;2.注重技术的训练。除了讲述理论的各章,均有实例供学者参考。希望本校学员对于写作多多练习,并注意各种新闻记事的体裁。至于采访工作亦可自己练习,新闻记者除了两手的工作,最要的还得数到两条腿的工作,惟须视学者能否善用两手与两腿,如能勤加练习,自能成为优良之新闻记者,编者搁笔之时,对于本校学员,实有莫大的希望。

人名索引

Alfred Baked 330/阿尔弗雷德·贝克

Brisbune 317

Fugger 151/富格尔

Harace M. Swetland 330/哈拉斯·M·斯威特兰

Harding 328/哈丁

L. M. Salmon 151

L. N. J. Radder 315/雷德

Liven 15/利文

M. E. Stone 338/斯通

Mike Wallace 15;瓦勒(Mike Wallac) 135/迈克·华莱士

Millard Grosvenor Bleyer 101;Bleyer 330;白莱叶(Willard Grosvenor Bleyer) 104;布利耶教授(Prof. W. G. Bleyer) 161;布氏 161;W. G. Bleyer 161/威拉德·格罗夫纳·布莱耶

Mr. Shuman 327/休曼

O. E. Russel 330

T. B. Macaulay 151/麦考莱

W. J. Couper 151

爱咪哩安(Amelia Earhart)26/阿梅莉亚·埃尔哈特

安师 293、294

本山 67、97

标马仑式 135

彬材广太郎 115；杉村广太郎 147/彬村广太郎

布尼兹(Pulitzer)135/普利策

曹谷冰 8

戴纳(Charles Dana)135/查尔斯·达纳·吉布森

戴闻达(Duyvendak)70

邓尼斯(Ferdinand Tonnies)137/斐迪南·滕尼斯

迪克哈佛(Dix Harwood)99；Dix Harwood 98/迪克斯·哈伍德

栋尾松治 137、138、148、149、151、161；栋尾松治 148；栋尾 148、151/栋尾松治

杜威 95/约翰·杜威(John Dewey)

渡英(Daniel Treadwell)152/丹尼尔·特雷德韦尔

俄尔特 154

恩克巴图 304

菲立浦(Wendell Philips)144/温德尔·菲利普斯

弗林登博士 216

伏莱斯格利礼 101/霍·格里利

戈金 101

格林·弗兰克博士(Prof. Glenn Frank)272

格尼（Friedrich Koenig）152/弗里德里希·科尼希

葛昭生 278

古登堡（Johannes Gensfleisch Zur Gutenberg）151/约翰内斯·根士弗拉埃希·古腾堡

顾颉刚 69、71

郭步陶 113

哈定 92

哈尔步伦 154/哈尔伯伦

哈礼门（Harriman E. H.）91；Harriman E. H. 92；Harriman 92/爱德华·亨利·哈里曼（Edward Henry Harriman）

哈斯特 102；赫斯脱（Hearst）135/威廉·赫斯特

海特（Grant Miller Hyde）103/格兰特·米勒·海德

赫德 136、137

亨德拉 154 /Hendra

后藤武男 108

胡佛 8

黄炎培 69

黄远庸 222、244

加卜 154；加尔伯 154/加尔贝

蒋鼎文 275

蒋生 135 /Jason

卡特（Cutter）43

卡特维亚博士（Gr. O. W. Caldwell）66/考德威尔

凯撒（Julius Caesar）132、148、149；凯撒大将（Julius Caesar）148、149/尤

利乌斯·凯撒

  克莱玛(George Clymer) 151/乔治·克莱默

  克留斯 154

  礼蒙特 101

  李浩然 113

  李希达 154/里希达

  梁启超 244;梁任公 3、125、126/梁启超

  林白 26、189/查尔斯·林德博格

  林宗礼 41

  刘渊 21

  陆季山 278

  罗斯福 35、91、92、172

  洛伊波尔脱 154/罗伊·博尔特

  洛伊曼 154/洛伊·曼

  马可·勃罗 162;马可·波罗 170/马可·波罗

  马氏 168、169、170、171、172;马可尼 168、169、171、172/伽利尔摩·马可尼

  玛丁穆尔 154/马丁·摩尔

  麦独加 154

  茅震初 38、62、79

  孟华樵 8、42

  米隣(William Milne) 110/威廉·米怜

  莫泊三 297/莫泊桑

  穆尔(Sir Thomas More) 134/托马斯·莫尔

  纳尔逊 102/霍雷肖·纳尔逊

派利特塞 102

朋尼特 101;明尼特 102

任白涛 116

萨鲁耶 154

赛亦尔(Frank Thayer) 106/弗兰克·塞耶

桑亚肃(Arthar F. Thorn) 108/阿瑟·F·索恩

色尔斯 101

邵飘萍 111

施坦霍朴伯爵(Earl Stanhope) 151/斯坦诺普

石勒 21

史维俊 227

孙兰亭 279

特那 102 /Turner

王文萱 115

王隐 21

王云五 62

威尔逊 92/伍德罗·威尔逊

威廉博士(Dr. Walter William) 128、135;维廉博士(Walter William) 154、160/沃尔特·威廉

维廉(J, B, Williams) 147、148、160

吴定九 117

吴晓芝 112

武信芬 278

习凿齿 21

小村 145/小村寿太郎

休门（Edwin D. Sauman）105/埃德温·D·索曼

休泰囚·鲁巴脱 154

徐宝璜 114、136、138、273

杨人楩 29

鱼豢 21

袁格尔 154

袁世凯 111

约翰生 128/约翰逊

约司脱（Casper S. Yost）104；岳斯特教授（Prof. Yost）133；岳斯特 135、147/卡斯珀·约斯特

詹姆士第一世 134/詹姆士一世

张凤 62

张勋 111

张蕴和 113、114

张宗昌 111

贞德女士（Jeanne d'Arc）150/圣女贞德

钟勇森 278

周孝庵 118

兹伊古拉 154